Martin Millar: Die Elfen von New York

Roman

Deutsch von Helga Herborth

Deutscher
Taschenbuch
Verlag

dtv

Ungekürzte Ausgabe
Februar 1996
3. Auflage Juli 1996
Deutscher Taschenbuch Verlag GmbH & Co. KG,
München

Titel der englischen Originalausgabe:
›The Good Fairies of New York‹

ISBN 3-8218-0228-x
Umschlaggestaltung unter Verwendung
eines Bildmotivs von Gerald Bybee
Satz: KCS GmbH, Buchholz/Hamburg
Druck und Bindung: Presse-Druck Augsburg
Printed in Germany · ISBN 3-423-12132-7

»Das Wichtigste in meinem Leben«, sagte Kerry, »ist mein Blumenalphabet. Leicht ist es nicht zusammenzubekommen, weil bestimmte Blumen, die man dazu braucht, sehr selten und schwer zu finden sind, besonders in New York. Aber sobald mein Blumenalphabet vollständig ist, wird alles besser werden.

Erstens wird es wunderschön aussehen. Zweitens glaube ich fest daran, daß es die sonderbare Krankheit lindert, an der ich leide, denn ein altkeltisches Blumenalphabet besitzt eben wundersame Kräfte. Außerdem wird es eine vernichtende Waffe gegen Cal sein, der sich als die niederträchtigste Kreatur auf Erden erwiesen hat, als er sein Versprechen brach, mir alle Gitarrensoli der New York Dolls beizubringen. Und wenn mein Blumenalphabet erstmal den Wettbewerb der 4. Straße gewonnen hat, kann er sich einsargen lassen.«

Die Schwester lächelte Kerry zu, schob ihr sanft das Thermometer in den Mund und traf dann die weiteren Vorbereitungen für die Operation.

Das Buch

»Da oben«, schnaufte Dinnie. »Zwei Feen – mit Schottenröcken, Fiedeln und kleinen Schwertern ... grünen Schottenröcken.« Die Männer starrten ihn an. Dinnies Monolog stockte. »Heh«, rief der Vorarbeiter. »Kümmert euch nicht um den Verrückten.« Aber Dinnie leidet nicht an Halluzinationen. Bei ihm haben sich wirklich zwei Feen einquartiert, zwei schottische Distelfeen, die sich nach einer reichlich orgiastischen Fliegenpilz- und Whiskey-Party mit einem gigantischen Kater in New York wiederfinden. Dort stellen sie nicht nur das Leben von Dinnie und seiner Traumfrau auf den Kopf – einer verträumten Hippieschönheit mit schillernd blau gefärbten Haaren –, sondern auch das wohlgeordnete Banden-Leben der New Yorker Elfen ... »So anmutig, liebevoll und rasant wird man vom Strudel der Ereignisse mitgerissen, man wünscht sich, daß gleich eine Fee auch durchs eigene Fenster reingeflogen käme. Nichts scheint mehr unmöglich.« (Ulrike Staroste) »Millar ist der originellste Kopf der neuen Generation.« (The New Statesman)

Der Autor

Martin Millar lebt als Schriftsteller und Musiker in Brixton bei London. Für ›Die Elfen von New York‹ hat er sich eine ganze Zeit lang in Greenwich Village aufgehalten. Er hat vier Romane veröffentlicht, die international erfolgreich waren. Auf deutsch erschien bisher ›Milch, Speed und Alby Starvation‹ (1989).

I

Dinnie, ein übergewichtiger Menschenfeind, war der schlechteste Geiger von New York. Trotzdem übte er gerade tapfer, als zwei hübsche kleine Feen durch sein Fenster im vierten Stock flatterten und auf seinen Teppich kotzten.

»Entschuldigung«, sagte die eine.

»Ach was«, sagte die andere. »Für Menschen riecht Feenkotze bestimmt köstlich.«

Zu dem Zeitpunkt war Dinnie aber schon halb die Treppe hinunter und wurde immer noch schneller.

»Zwei Feen sind durch mein Fenster reingeflogen und haben auf meinen Teppich gekotzt!« schrie er, als er unten auf der 4. Straße angekommen war. Er merkte gar nicht, welche Wirkung seine Worte auf die Passanten hatten, bis ein paar Häuser weiter die Müllmänner ihre Tonnen abstellten und ihn auslachten.

»Was is los?«

»Da oben«, schnaufte Dinnie. »Zwei Feen – mit Schottenröcken und Fiedeln und kleinen Schwertern... grünen Schottenröcken.«

Die Männer starrten ihn an. Dinnies Monolog stockte.

»Heh«, rief der Vorarbeiter. »Kümmert euch nicht um den Verrückten. Macht weiter mit eurer Arbeit. Los. Vorwärts. Beeilung!«

»Wirklich, es stimmt«, protestierte Dinnie, aber sein Publikum hatte sich verzogen. Niedergeschlagen sah Dinnie den Männern nach.

Die haben mir nicht geglaubt, dachte er. Kein Wunder. Ich glaub's mir ja selbst nicht.

An der Ecke kickten vier Puertoricaner einen Tennisball hin und her und sahen Dinnie mitleidig an. Mein Gott, jetzt habe ich mich vor allen lächerlich gemacht, dachte er zerknirscht und schlich zurück ins alte Kino im Erdgeschoß seines Hauses. Sein Zimmer war vier Stockwerke hoch unter dem Dach, aber Dinnie wußte nicht recht, ob er so viele Stufen hochsteigen wollte.

»Meine Privatsphäre ist mir heilig«, knurrte er. »Und mein Verstand ebenfalls.«

Er beschloß, sich im Laden gegenüber ein Bier zu holen.

»Aber wenn ich in mein Zimmer komme und da sind zwei Feen, dann gibt's Ärger.«

Fünf weitere Feen, die nach Bier, Whiskey und Fliegenpilzen abgrundtief desorientiert waren, flohen in diesem Moment in trunkenem Entsetzen vor dem Chaos der Park Avenue in den vergleichsweise sicheren Central Park.

»In welchem Teil von Cornwall sind wir?« jammerte Padraig und entkam mit knapper Not den Wagenrädern eines Erdnußverkäufers.

»Das weiß nur die Göttin«, antwortete Brannoc und versuchte, Tulip zu befreien, der sich in den baumelnden Zügeln einer Pferdekutsche mit Touristen verfangen hatte.

»Ich glaube, ich halluziniere immer noch«, wimmerte Padraig, denn eine Flutwelle von Joggern wälzte sich auf ihn zu. Maeve zog ihn und die anderen schnell ins rettende Gebüsch.

Erschöpft sanken sie zu Boden.

»Sind wir in Sicherheit?«

Noch immer toste der Stadtlärm um sie herum, aber kein Mensch war zu sehen. Ein Glück. Für die meisten

Menschen waren Feen nämlich unsichtbar, und so viele rennende Füße bedeuteten eine schreckliche Gefahr.

»Ja, ich glaube, hier sind wir sicher«, antwortete Brannoc, der älteste von ihnen und gewissermaßen ihr Anführer. »Aber ich habe langsam den Verdacht, daß wir gar nicht mehr in Cornwall sind.«

Ein Eichhörnchen gesellte sich zu ihnen.

»Guten Tag«, sagte Brannoc höflich, trotz seines schrecklichen Katers.

»Wer zum Teufel seid ihr denn?« wollte das Eichhörnchen wissen.

»Wir sind Elfen«, antwortete Brannoc, woraufhin das Eichhörnchen sich lachend ins Gras plumpsen ließ, denn New Yorker Eichhörnchen sind zynische Kreaturen und glauben nicht an Feen.

In der 4. Straße stapfte Dinnie derweil die Treppen hoch, nahm noch einen großen Schluck von seinem mexikanischen Bier, kratzte sein dickes Kinn und betrat zuversichtlich sein Zimmer; er war überzeugt, daß er alles nur geträumt hatte.

Zwei Feen schliefen friedlich auf seinem Bett, und Dinnie fiel auf der Stelle in eine tiefe Depression. Er wußte, daß er nicht genug Geld hatte für einen Therapeuten.

2

Gegenüber wachte Kerry gerade in ihrem weichen Bett aus alten Kissen auf. Kerry war nicht nur ausnehmend hübsch, sie konnte auch jeden alten Fetzen Stoff mir nichts dir nichts in ein hübsches Kissen, einen Hut oder eine Weste verwandeln.

Ferner war sie eine talentierte Malerin, Bildhauerin, Sängerin und Dichterin, eine hervorragende Ladendiebin und hingebungsvolle Blumensammlerin. Außerdem spielte sie eifrig Gitarre, aber ihre Technik war entsetzlich.

Die meisten Menschen mochten Kerry; trotzdem war sie nicht glücklich an diesem Morgen. Ihr Unglück hatte hauptsächlich vier Gründe. Der erste war die Fernsehmeldung von den entsetzlichen Überschwemmungen in Bangladesh mit Bildern von Leichen, die Kerry schrecklich aufregten, der zweite war die schlimme Krankheit, unter der sie litt, der dritte ihr mangelndes Talent auf der Gitarre. Trotz stundenlangen Übens konnte sie immer noch nicht Johnny Thunders Gitarrensolo aus ›Pirate Love‹ spielen.

Der vierte, in diesem Augenblick allerwichtigste, Grund war, daß sie sich einfach nicht entscheiden konnte, welche Blume sie sich ins Haar stecken sollte: eine Nelke oder eine Rose. Kerrys Haar war einem Gemälde von Botticelli nachempfunden, und die richtige Blume deshalb äußerst wichtig.

Sie saß bedrückt vor dem Spiegel, probierte erst die eine, dann die andere aus, und dachte voll Bitterkeit, wieso sie sich das Haar schillernd blau gefärbt hatte, um nun an solchen Problemen zu scheitern.

Mit dem Blumenalphabet ging es gut voran, und sie

hatte jetzt fünfzehn von den dreiunddreißig Blumen zusammen, die sie brauchte.

Auf der anderen Straßenseite wachten gerade die Feen auf.

»Wo sind unsere Freunde?« murmelte Heather und strich sich das goldene Haar aus den schönen Augen.

Dinnie starrte sie unheilverkündend an.

»Ich weiß nicht, wer ihr seid«, sagte er. »Und es ist mir auch völlig egal. Schert euch zum Teufel und laßt mich in Ruhe.«

Dinnie MacKintosh stand nicht in dem Ruf, besonders höflich zu sein. Im Grunde stand er in überhaupt keinem Ruf, außer dem, grob, intolerant und ständig hungrig zu sein.

»Ich heiße Heather. Ich bin eine Distelfee. Und dies ist Morag. Könnte ich bitte ein Glas Wasser haben?«

»Nein!« donnerte Dinnie. »Kannst du nicht. Raus hier!«

»Was ist denn das für eine Art, mit uns zu reden?« wollte Heather wissen und stützte sich auf ihren winzigen Ellbogen. »Dort, wo wir herkommen, würde sich jeder geehrt fühlen, wenn wir ihn um ein Glas Wasser bitten. Dort reden die Menschen noch jahrelang darüber, wenn sie uns nur einen Augenblick zu Gesicht bekommen haben. Und daß wir dich mit unserer Gegenwart beehren, hast du allein der Tatsache zu verdanken, daß wir dich eine schottische Geigenmelodie spielen hörten.«

»Und zwar sehr schlecht«, fiel Morag ein, die gerade zu sich kam.

»Ja«, stimmte Heather zu, »extrem schlecht. Die Geige hatte einen interessanten Klang, aber offen gesagt, war es die schlechteste Wiedergabe von ›Reel of Tulloch‹, die ich je gehört habe, und das will was heißen. Du spielst noch schlechter als der Sohn vom Schmied in unserem Dorf in Cruickshank, und ich hätte nicht geglaubt, daß sowas möglich ist.«

»So schlecht spiele ich gar nicht«, protestierte Dinnie.

»O doch. Ganz schrecklich.«

»Naja, keiner hat euch eingeladen, mir zuzuhören«, sagte Dinnie wütend.

»Aber keine Sorge«, fuhr Morag fort und strich über ihre winzige Fiedel. »Wir bringen dir bei, die Melodie richtig zu spielen. Wir sind gute Feen und helfen immer gern. Und jetzt sei so nett und bring uns ein Glas Wasser.«

»Hi«, schnurrte eine nackte Frau auf dem Fernsehbildschirm. »Wir sind das Cream Team. Mit Arsch, Mund und Muschi besorgen wir dir's so gut, daß es ein verficktes Verbrechen ist. Du erreichst uns unter 970 M-Ö-S-E.«

»Ich glaube, ich halluziniere immer noch«, sagte Morag. »Ich werde nie wieder einen Fliegenpilz anrühren, das schwöre ich. Außer vielleicht für medizinische Zwecke.«

Dinnie stapfte zum Bett und forderte Heather und Morag lautstark auf, augenblicklich zu verschwinden, da er nicht an Feen glaube. Die Feen brachen in Gelächter aus.

»Du bist vielleicht komisch«, kicherte Heather. Aber das Lachen erweckte ihren gewaltigen Kater zu neuem Leben, und sie mußte wieder brechen, diesmal direkt auf Dinnies Arm.

»So – jetzt bleibt ihm wohl nichts anderes übrig, als an uns zu glauben«, schimpfte Morag.

»Keine Sorge«, sagte Heather. »Für Menschen hat Feenkotze einen köstlichen Duft.«

Beide schliefen wieder ein, und Dinnies laute Schimpfkanonaden konnten sie nicht wecken.

3

Überall in New York wimmelte es von Obdachlosen. Jede Straßenecke hatte ihren eigenen Bettler, der die Passanten mit stumpfen Augen und wenig Hoffnung um Geld bat. Alle Parks waren mit provisorischen Plastikzelten und stinkenden, zu Schlafsäcken zusammengerollten Wolldecken übersät. Diese Obdachlosen führten das hoffnungsloseste Leben. Kein Regierungsprogramm würde ihnen je zu einem neuen Start verhelfen. Kein Sozialamt hatte je genug Geld, um sie gut unterzubringen.

Kein Arbeitgeber würde ihnen einen Job geben, solange sie keine Wohnung oder zumindest ein paar saubere Kleider hatten. Aber saubere Kleider waren unerreichbar für jemand, der den ganzen Tag in einem brütend heißen Park schwitzte. Also blieb ihnen nichts anderes übrig, als sich, so gut es ging, durchzuschlagen, bis sie starben, und das geschah, nach Ansicht vieler anständiger Bürger New Yorks, bei weitem nicht schnell genug.

Ein obdachloser alter Mann setzte sich in der 4. Straße auf den Bürgersteig, um sich auszuruhen, seufzte, schloß die Augen und starb.

»Wieder einer tot«, murmelte Magenta, als sie die

Szene betrat. Magenta war selbst eine, wenn auch recht junge, obdachlose Bettlerin.

»Wenn das so weitergeht, hab ich bald keine Soldaten mehr.«

Sie salutierte vor dem gefallenen Krieger und kämpfte sich bis zum Broadway vor, wobei sie ständig nach der persischen Kavallerie Ausschau hielt. Sie war zwar noch ziemlich weit von der Armee des Artaxerxes entfernt und erwartete eigentlich keinen Ärger, wußte aber, daß sie sehr weit in Feindesland eingedrungen war und deshalb auf der Hut sein mußte.

Daheim in England, in Cornwall, war König Tala ganz außer sich wegen der Flucht von Petal und Tulip. Sie waren seine Kinder und rechtmäßigen Thronerben, und ihm war zu Ohren gekommen, daß Rebellen im Feenreich ihn stürzen und Petal und Tulip schon jetzt auf den Thron setzen wollten.

»Such sie!« befahl er Magris, seinem Chefingenieur, »und bring sie zurück.«

Natürlich konnte der Feenkönig von Cornwall nicht wissen, daß zwei der Flüchtlinge in diesem Moment in einem leeren Zimmer in der 4. Straße in New York aufwachten.

Sie begannen auf der Stelle zu streiten.

»Mir ist fürchterlich schlecht.«

»Selbst schuld«, sagte Morag. »So wie du Pilze und Whiskey eingeworfen hast.«

»Was soll das heißen? Schließlich hast du doch deinen neuen Kilt vollgekotzt.«

»Hab ich nicht! Das warst du. Du verträgst eben nichts. Wie schon das berühmte Sprichwort sagt: Gib einer MacKintosh nie ein Glas Whiskey oder eine Fiedel in die Hand!«

»Das ist kein berühmtes Sprichwort.«

»In meinem Clan schon.«

»Morag MacPherson, du bringst mich noch ins Grab. Und wenn du noch ein einziges Mal das Fiedelspiel der MacKintoshs schlecht machst, dann bringe ich dich ins Grab!«

»Als gäbe es ein Fiedelspiel der MacKintoshs, das man schlecht machen könnte!«

Wütend blitzten sie einander an.

»Wo sind bloß die anderen abgeblieben?«

»Keine Ahnung. Wir haben sie aus den Augen verloren, als du ohnmächtig wurdest und ich dir helfen mußte.«

»Ich bin nicht ohnmächtig geworden, sondern du. Die MacPhersons vertragen eben keinen Whiskey.«

»Jede MacPherson-Fee verträgt ihn besser als eine MacKintosh!«

Der Streit wurde immer heftiger und schließlich zu viel für ihre verkaterten Köpfe. Heather stieß einen finsteren schottischen Fluch aus, kletterte aus dem Bett und rieb sich die Schläfen. Sie ging auf das Fenster zu. Die Flügel einer Distelfee taugen bestenfalls für kurze Flüge, und jetzt, geschwächt durch Pilze, Whiskey und Bier und den Jet-lag, kostete es Heather große Anstrengung, auf den Fenstersims zu flattern.

Schließlich schaffte sie es und schaute auf die 4. Straße hinunter. Sie schnappte nach Luft. Für eine schottische Distelfee, die nur an Hügel, Schluchten und das stille Dorf Cruickshank gewohnt ist, war es ein verwirrender Anblick. Autos und Menschen überall, Kinder, Hunde, Lärm und auf zwanzig Meter mindestens zehn Läden. In Cruickshank gab es nur einen einzigen Laden und sehr wenig Autos.

»Wo sind wir hier bloß?«

Morag gesellte sich zu ihr. Ihr erster nüchterner Blick auf diese neue Umgebung ließ sie den Streit vergessen, und sie packte Heather bei der Hand.

»Ich glaube, das muß eine Stadt sein.«

»Was ist eine Stadt?«

»Wie eine große Siedlung, wie viele Dörfer auf einem Haufen. Ich glaube, wir sind in Glasgow.«

»Aber wir waren doch in Cornwall«, protestierte Morag. »Cornwall liegt doch nicht in der Nähe von Glasgow, oder?«

Heather schüttelte den Kopf. Ihre Geographiekenntnisse waren so wackelig wie Moragş. Seit sie aus Schottland geflohen waren, hatten beide nicht recht gewußt, wo sie sich gerade aufhielten.

Die beiden starrten auf die Straße hinab, wo ein zerlumpter Mann mit einer Plastiktüte kleine Kinder wegschubste und entschlossenen Schritts den Bürgersteig entlangstapfte.

Dieser zerlumpte Mann war Joshua. Er verfolgte Magenta, die sich mit seinem Rezept für den Fitzroy-Cocktail davongemacht hatte, einem Drink, der aus Stiefelwichse, vergälltem Spiritus, Fruchtsaft und einem geheimen Kräutergemisch bestand.

Er hatte sie die First Avenue hinunter verfolgt und aus den Augen verloren, als sie in eine Metrostation verschwunden war. Sie war eine gerissene Widersacherin, aber Joshua würde niemals die Jagd nach seinem Rezept aufgeben, dem Kostbarsten, was er je besessen hatte.

»Was ist aus unseren Freunden geworden? Wo stecken Brannoc und Maeve und Padraig und Petal und Tulip?«

Wie sollten sie das wissen? Ihre Freunde konnten

überall in dieser Stadt sein. Morag und Heather konnten sich an kaum etwas erinnern, nur daß sie in einer riesigen, rumpelnden Maschine aufgewacht waren und in einer Bierkiste auf der Straße abgeladen wurden. Ihre Freunde waren wahrscheinlich in der Maschine weitergefahren. Wieder fingen sie an zu streiten, wessen Schuld es war.

»Jetzt reicht's, ihr zwei«, sagte Dinnie, der wieder ins Zimmer stampfte. »Macht sofort, daß ihr wegkommt, und laßt euch nie wieder blicken.«

»Was ist mit dir los?« fragte Heather und schüttelte ihr goldenes Haar. »Menschen sollen doch erfreut und entzückt sein und sich geehrt fühlen, wenn sie einer Fee begegnen. Sie machen Freudensprünge – rufen ›eine Fee, eine Fee‹ und jubeln vor Glück. Sie jagen keine Fee aus dem Zimmer und schimpfen nicht, daß wir uns nie wieder blicken lassen sollen.«

»Okay, willkommen in New York«, schniefte Dinnie. »Und jetzt haut ab.«

»Gut«, sagte Heather. »Wir gehen. Aber komm später nicht angelaufen und jammere, wenn deine Nachkommenschaft bis ins siebte Glied verflucht ist.«

»Oder gar bis ins dreizehnte.«

Sie starrten sich an. Eine Küchenschabe lugte hinter dem Küchenherd hervor und ging dann ihrer Wege.

Morag, im allgemeinen die vernünftigere der beiden Feen, versuchte, die Situation zu entspannen.

»Gestatte, daß ich mich vorstelle. Ich bin Morag MacPherson, Distelfee aus Schottland.«

»Und ich bin Heather MacKintosh, ebenfalls Distelfee. Und die beste Fiedlerin Schottlands.«

»Was?« protestierte Morag. »Ich bin die beste Fiedlerin Schottlands.«

Heather schüttelte sich vor Lachen.

»Wie kannst du es wagen, über mein Fiedelspiel zu lachen! Ich bin Morag MacPherson, die Meisterin aller Meister«, fuhr die dunkelhaarige Fee fort.

»Also, ich bin Dinnie MacKintosh, und ihr zwei haut am besten ab.«

Jetzt schüttelte Morag sich vor Lachen.

»Was ist so komisch?«

»Er ist ein MacKintosh«, kicherte Morag. »Kein Wunder, daß er so schlecht Fiedel spielt. Die MacKintoshs konnten noch nie die Melodie halten.«

Heather sah unbehaglich drein.

»Er fängt ja erst an«, entgegnete sie, aber Morag lachte immer noch hemmungslos. Sie war hocherfreut über diese Wendung der Ereignisse und fand, sie hätte den Streit gewonnen.

»Was fällt dir ein, über ein Mitglied des MacKintosh-Clans zu lachen?« wütete Heather, die es nicht ertragen konnte, ihren Clan in irgendeiner Weise herabgesetzt zu sehen. »Sogar ein MacKintosh in Menschengestalt ist noch mehr wert als eine lügende, betrügende MacPherson.«

»Wie kannst du es wagen, die MacPhersons Lügner und Betrüger zu nennen?« schrie Morag.

In den grünen Augen der Fee blitzte es.

»Hört mal ...«, sagte Dinnie, aber er wurde ignoriert.

»Ihr lügt und betrügt. Lügt, betrügt, stiehlt, nichts Gutes ...«

»Heather MacKintosh, hoffentlich sehe ich dich nie wieder«, schrie Morag und flatterte aus dem Fenster.

Im Zimmer wurde es sehr still. Heather starrte verdrießlich vor sich hin. Das Geschrei der Fußballspieler unten an der Straßenecke drang herauf.

»Ruf 970 C-L-I-T an, und dich erwartet der heißeste

Telefonsex von New York«, flüsterte eine nackte Frau auf dem Bildschirm.

»Ich bin allein in einer fremden Stadt, und jetzt ist auch noch meine beste Freundin fort, und an allem ist dein blödes Geigenspiel schuld«, jammerte Heather und brach in Tränen aus.

4

»Ja«, gab Kerry zu und schob ein Paar Handschuhe unter ihre Weste. »Ich bin eine zwanghafte Ladendiebin.«

»Wie kommt das?« fragte Morag. »Ist es Kleptomanie? Davon habe ich mal in einer Menschen-Zeitung gelesen.«

»Nein, es bringt mich einfach zur Verzweiflung, wenn ich überall hübsche Dinge sehe und sie mir nicht leisten kann.«

»Bist du arm?«

Ja, Kerry war arm.

»Und oft deprimiert. Aber seit du aufgetaucht bist, bin ich viel fröhlicher.« Draußen auf der Straße probierte Kerry zufrieden ihre neuen Handschuhe an.

Nach ihrem Streit mit Heather war die Fee über die Straße geflogen und hatte dort das Glück gehabt, Kerry zu begegnen, einem der wenigen menschlichen Wesen in New York außer Dinnie, das Feen sehen konnte.

Keiner, der Kerry kannte, mit ihrem langen silberblauen Haar, ihren Hippiekleidern, ihrem Blumenalphabet und ihrem brennenden Wunsch, die New

York Dolls Gitarrensoli zu spielen, würde überrascht sein, daß sie die Gabe besaß, Feen zu sehen. Überraschend war höchstens, daß ihr nicht schon früher welche begegnet waren.

Sie hatte sich sofort mit Morag angefreundet, und nun gingen die beiden regelmäßig zusammen klauen. Kerry gab Morag zu essen, besorgte ihr Whiskey, lauschte ihrem Fiedelspiel und ihren Geschichten. Sie erklärte ihr auch die Verzwicktheit ihres Blumenalphabets und die Gründe, warum sie die New York Dolls anbetete und warum sie entschlossen war, sich an Cal zu rächen, einem treulosen und verräterischen ersten Gitarristen, der mit seiner Band in dem alten Kino auf der anderen Straßenseite probte.

»Meine Rache an Cal wird schrecklich und vernichtend sein«, erzählte sie der Fee. »Er wird es bitter bereuen, daß er mir versprochen hat, mir alle Gitarrensoli aus dem ersten Album der New York Dolls beizubringen, und mich dann so schändlich hat hängen lassen. Dabei habe ich extra mit einem schrecklichen, langweiligen Roadie gebumst, damit er mir eine Gitarre gibt.«

»Recht so«, stimmte Morag zu. »Zahl's ihm heim!«

Kerry hatte verschiedene Arten von Rache im Sinn, aber ihr Hauptplan war, Cals Beitrag für den Wettbewerb der 4. Straße zu vereiteln.

»Die wollen drüben im alten Kino Shakespeares ›Sommernachtstraum‹ aufführen«, erklärte sie. »Er führt Regie und bildet sich ein, daß er den ersten Preis gewinnt. Aber das wird er nicht. Weil ich nämlich gewinne. Meine aufrüttelnde neue Version des uralten keltischen Blumenalphabets, zum ersten Mal seit Jahrhunderten neu zusammengestellt, wird den ersten Preis gewinnen. Und das ist gut so, denn ich liebe Blumen.

Als ich klein war, habe ich immer Blumen mit ins Bett genommen.«

»Ich auch«, sagte Morag.

In der 4. Straße fragte sie ein Obdachloser nach Geld.

»Tut mir leid, ich habe keins«, sagte Kerry. »Aber nimm dies hier.«

»Was hast du ihm gegeben?« fragte Morag.

»Eine Postkarte von Botticellis ›Venus und Mars‹«, erklärte Kerry ihr. »Ein wunderschönes Gemälde.«

Morag war sich nicht sicher, ob das einem hungernden Bettler weiterhalf, aber Kerry behauptete, das Bild würde ihm sehr, sehr gut tun.

»Wenn mehr Menschen schöne Bilder von Botticelli hätten, wäre es um die Welt viel besser bestellt. Die Blumenarrangements in meinem Haar sind ›Primavera‹ nachempfunden, dem größten Gemälde der Welt.«

»Hab ich recht verstanden?« fragte Spiro, das Chefeichhörnchen vom Central Park, das, aufgeschreckt durch die Berichte seiner Untergebenen, den seltsamen neuen Wesen einen Besuch abstattete.

»Ihr nennt euch Feen. Für fast alle menschlichen Wesen seid ihr unsichtbar. Ihr kommt aus einer Gegend, die Cornwall heißt. Dort habt ihr glücklich gelebt, bis ein technikbesessener Elf namens Magris die Dampfmaschine erfand und in eurer Feengesellschaft eine industrielle Revolution auslöste. Tala, euer König, begann, die bis dahin glücklichen und zufriedenen Feen von den Feldern und Gärten in Arbeitshäuser zu versetzen, und verwandelte über Nacht sein Reich in eine unglückliche und unterdrückte Feengesellschaft, mit Polizei, Reiseverbot und allem Drum und Dran. Habe ich soweit richtig verstanden?«

Brannoc und die anderen nickten.

»Woraufhin ihr, die ihr vor allem musizieren und Pilze essen wollt und nicht vorhabt, zwölf Stunden am Tag in einer Fabrik zu schuften, euch mit Hilfe zweier irischer Feen nach Irland abgesetzt habt. Unterwegs seid ihr zwei schottischen Feen begegnet, die behaupteten, man habe sie erst aus ihrer Heimatstadt gejagt, weil sie Songs von den Ramones auf ihren Fiedeln gespielt hätten, und danach ganz des Landes verwiesen – wegen eines anderen Vergehens, über das sie lieber schweigen wollten, und dann habt ihr eine Wiese mit Fliegenpilzen entdeckt und alle aufgegessen. Statt weiterzuflüchten.«

»Wir waren müde.«

»Na gut. Und dann habt ihr furchtbar viel Whiskey und Bier getrunken, seid danach auf einem Lastwagen gelandet, und das nächste, was ihr wißt, ist, daß ihr die Fifth Avenue hochgefahren wurdet, wahrscheinlich, nachdem ihr zuvor in einem Frachtflugzeug hergekommen seid. Ist das die Geschichte?«

Die Feen nickten unglücklich. Der Central Park war besser als die wilden Straßen dahinter, aber trotzdem nicht wie zu Hause.

»Na, laßt den Kopf nicht hängen«, sagte Spiro. »Das ist doch nicht so schlimm. Immerhin seid ihr in Amerika gelandet. Ihr sprecht mehr oder weniger unsere Sprache, könnt euch hier ein Weilchen ausruhen und euch dann wieder zum JFK aufmachen und ein Flugzeug nach Hause nehmen.«

»Wir können nicht zurück. Tala, der König, will unseren Tod.«

»Tja, dann sitzt ihr hier fest. Aber was ist so schlimm daran? New York ist eine tolle Stadt, es wird euch hier gefallen.«

Irgendwo in der Nähe der City Hall machte Magenta Mittagspause. Sie packte die angegessene Pizza aus, die sie unterwegs auf einer Bank gefunden hatte, und biß, vorsichtig um sich blickend, hinein.

Sie war sich sicher, daß Tissaphernes in der Nähe war. Tissaphernes war der Kommandant der persischen Kavallerie. Magentas Streitmacht bestand hauptsächlich aus Hopliten und Pelasgern. Sie mußte also auf der Hut sein, durfte sich nicht ausmanövrieren lassen. Sie stand auf und wanderte weiter den Broadway hinunter.

Draußen schien die Sonne. Drinnen betranken sich Kerry und Morag. Das war nicht gut für Kerry, denn durch die Krankheit war ihr Körper geschwächt, aber für ihre Seele war es gut.

»Zwei in zwei Tagen«, sagte sie und dachte an einen weiteren Obdachlosen, der sich draußen auf dem Bürgersteig hingelegt hatte und gestorben war. Kerry und Morag hatten ein paar Blumen um die Leiche gelegt und den Notarzt gerufen. Jetzt war Kerry müde. Sie legte sich aufs Bett und wollte von Morag wissen, weshalb sie ständig mit Heather streiten mußte.

»Zum Teil, weil ich eine MacPherson bin und sie eine MacKintosh«, erklärte Morag. »Und seit Urzeiten herrscht zwischen den MacPhersons und den MacKintoshs eine bittere Fehde. Später einmal werde ich dir das alles erzählen. Aber davon mal abgesehen, hatte Heather von Anfang an einen höchst zweifelhaften Charakter.

Vor langer Zeit, als wir noch Kinder waren, hatten unsere Mütter uns zu einem großen Feen-Dudelsack- und -Fiedelwettbewerb mitgenommen. Das Treffen fand am Fuße des Berg Tomnahurich statt, der nahe bei einer Stadt namens Inverness liegt.

Meine Mutter erzählte mir, daß das Treffen früher, in den alten Tagen, als die Feenkönigin im Inneren des Berges wohnte, oben auf dem Berg abgehalten wurde. Aber jetzt haben die Menschen dort einen Friedhof angelegt. Thomas, der Reimer, ist dort begraben. Er war ein großer schottischer Prophet und Feenfreund, irgendwann im zehnten Jahrhundert. Oder elften oder zwölften. Genau weiß ich es nicht. Wegen des Friedhofs konnten wir uns nicht mehr auf dem Berg treffen. Es gibt viele Orte, an die wir wegen der Menschen nicht mehr können. Aber die Gegend gefällt uns immer noch. Sie ist schön und als Treffpunkt für alle Feenclans bestens geeignet.

Ich erinnere mich, daß wir auf dem Weg dorthin an Culloden vorbeikamen. Über Culloden gibt es viele Geschichten, aber sie sind alle sehr schmerzlich für die Schotten, deshalb will ich sie jetzt nicht erzählen. Jedenfalls war das Festival ein wundervolles Ereignis. Alle großen Dudelsackspieler und Fiedler waren dort, dann die Sänger, Jongleure, Akrobaten, Geschichtenerzähler und Rennreiter. Alle waren fröhlich und glücklich.«

Morag lächelte bei der Erinnerung.

»Ich war sehr aufgeregt, weil meine Mutter mich für den Junior-Fiedelwettbewerb angemeldet hatte. Es war das erste Mal, daß ich vor jemand spielen würde, der nicht zu meinem Clan gehörte. Ich hatte das ganze Jahr geübt und wollte ›Tullochgorum‹ spielen. Das ist die Melodie, die ich vor kurzem draußen vor deinem Fenster gefiedelt habe. Ich will nicht unbescheiden sein, aber heutzutage wird meine Wiedergabe von ›Tullochgorum‹ im ganzen schottischen Feenreich gerühmt. Es ist ein bekannter schottischer Tanz, sehr lebhaft und sehr schwer zu spielen. Der Ruf einer schottischen Fiedlerin hängt allein davon ab, wie sie ›Tullochgorum‹ spielt. Rabbie Burns, der berühmteste Dichter der Welt, hat ihn die Königin aller Lieder genannt.«

Sie lachte.

»Meine Mutter wollte, daß ich etwas Leichteres spiele, aber ich war ein sehr ehrgeiziges Kind, wenn auch recht still. Obwohl all die großen Fiedler da waren, tagsüber bei den Wettbewerben spielten und die ganze Nacht durch zum Vergnügen, und ich so manchen die Melodie spielen hörte, fand ich keinen besser als mich.

Als dann der Tag des Juniorenwettbewerbs kam, war ich ein Nervenbündel. Meine Mutter, die trotz vieler Fehler etwas vom Fiedelspiel verstand, goß mir einen Schluck Whiskey in den Hals und befahl mir, nicht schlappzumachen. Der Whiskey beruhigte mich, und als ich die anderen jungen Spieler hörte, wurde mir klar, daß ich besser war als sie alle. Dann war ich an der Reihe. Voll Zuversicht stand ich auf, als eine blasse, kränklich aussehende kleine Fee mit ungewöhnlich goldenem Haar vortrat und zu spielen begann. Sie spielte ›Tullochgorum‹, und es war die beste Wiedergabe des ganzen Festivals. Das Publikum raste. Natürlich war ich außer mir vor Wut.«

»Natürlich«, stimmte Kerry zu. »Das war ein gemeiner Trick.«

»Keine Frage! Und vielleicht hätte ich mich entmutigen lassen, aber am Kilt der blonden Fee konnte ich sehen, daß sie eine MacKintosh war, und mich von einer MacKintosh-Fee aus dem Feld schlagen zu lassen, kam nicht in Frage. Schließlich mußte ich an die Ehre meines Clans denken. Außerdem wäre meine Mutter fuchsteufelswild geworden. Also trat ich vor, schloß die Augen und spielte. Was meinst du wohl, wie ich gespielt habe?«

»Warst du gut?«

»Ich war sensationell. Die beste Interpretation von ›Tullochgorum‹, die es dieses Jahrhundert gegeben hat, jedenfalls sagen das unvoreingenommene Zeugen.«

»Also hast du gewonnen?«

»Nein, es gab ein Unentschieden zwischen Heather und mir. Sie bekam einen Sympathie-Bonus, weil sie so kränklich aussah. Außerdem ging das Gerücht, die MacKintoshs hätten die Jury bestochen. Es hätte mir nichts ausgemacht, mit Heather den ersten Platz zu teilen, aber – du wirst es kaum glauben – Heather und ihre Mutter fingen an zu zetern, daß Heather eindeutig besser gespielt hätte, und behaupteten, die MacPhersons hätten die Jury zu meinen Gunsten bestochen. Ist das zu fassen?«

»Und was geschah dann?«

»Ich fiel über Heather her und wollte sie umbringen. Unglücklicherweise war sie zäher als sie aussah, und es gab eine schreckliche Schlägerei. Wir beide hatten Wunden und blaue Flecken und ausgeschlagene Zähne, ehe man uns auseinanderzerrte. Und dann, danach, sind wir Freundinnen geworden.«

»Einfach so?«

»Ja. Schließlich waren wir die beiden besten Fiedlerinnen dort. Und als die weise Fee unsere Wunden verband, mochten wir uns plötzlich. So haben Heather und ich uns kennengelernt. Und so haben wir auch unsere hervorragenden Fiedeln bekommen. Sie waren unsere Preise. Aber Heather wird nie zugeben, daß meine Version von ›Tullochgorum‹ besser war als ihre.«

»Und diese unterschwellige Aggression ist also schuld an eurer ewigen Streiterei?«

Morag war sich nicht sicher, was »unterschwellige

Aggression« bedeutete, nickte aber trotzdem zustimmend.

»Außerdem behauptet sie, eine radikale keltische Band zu gründen sei ihre Idee gewesen, dabei war es meine. Ich hatte als erste die Ramones gehört. Der Sohn vom Schmied hatte ihre ersten drei Schallplatten.«

Morag sinnierte.

»Und jetzt bin ich in New York gelandet, wo sie herkommen. Wenn das keine Fügung des Schicksals ist! Heather und ich mußten ja vor allem deshalb aus Cruickshank fort, weil wir die alten schottischen Tänze in Punkversion gespielt haben und zerrissene Kilts trugen. Die anderen Feen sind deshalb auf uns losgegangen. Und daß wir uns die Haare färben, hat ihnen auch nicht gefallen.«

Sie griff zu ihrer Fiedel, spielte ›Tullochgorum‹ auf eindrucksvoll traditionelle Weise und machte sich dann daran, die Noten für das Gitarrensolo aus ›Bad Girls‹ von den New York Dolls aufzuschreiben. Mit den Noten, hoffte sie, würde es ihr gelingen, Kerry das Solo beizubringen. Da aber Morag keine Gitarristin war und Kerry kaum etwas von Musik verstand, erwies sich das Ganze als äußerst mühsam.

»Dieser elende Schweinehund von Cal, der konnte das Solo spielen«, schimpfte Kerry, und ihre Augen blitzten vor Haß.

Auf der anderen Straßenseite sah Dinnie aus dem Fenster.

»Komisch«, murmelte er, »ich könnte schwören, daß dort drüben jemand Geige spielt.«

»Vergiß es«, sagte Heather. »Das war bloß eine rollige Katze. Bist du dir ganz sicher, daß du nirgends ein Tröpfchen Whiskey hast?«

5

Nachdem Morag fortgeflattert war, blieb Heather bei Dinnie, der darüber bemerkenswert wenig Begeisterung an den Tag legte.

»Such dir anderswo eine Bleibe«, fauchte er sie an.

Heather antwortete, sie könne einen MacKintosh, der in Schwierigkeiten stecke, unmöglich im Stich lassen.

»Ich stecke in überhaupt keinen Schwierigkeiten.«

»Doch, das tust du!«

In Wirklichkeit wußte Heather nicht, wo sie sonst hin sollte. Aber davon abgesehen, nahm sie es als deutlichen Wink des Schicksals, daß der erste Mensch, dem sie in dieser riesigen Metropole begegnete, auch ein MacKintosh war, und deshalb blieb sie mit Vergnügen. Dank ihrer Fähigkeit, sich unsichtbar zu machen, hatte Dinnie keine Chance, sie fortzujagen, so gern er das auch getan hätte.

Jetzt saß sie da, aß seine Kekse und spielte mit seiner Fernbedienung. Nur vage vertraut mit der kleinen Programmauswahl daheim in Britannien, war sie fasziniert von den fünfzig Kanälen, die über Dinnies Fernseher flimmerten.

Dinnie war unterwegs, um Geld zu verdienen. Er hatte Heather angemault, daß er mit der Miete im Rückstand sei und vielleicht aus der Wohnung geworfen würde.

»Na sehr gut, bestens«, sagte Heather, der nicht klar war, was das bedeutete.

Er hatte einen schrecklichen Vormittag damit verbracht, vor dem Büro des Kurierdienstes herumzuhängen und auf Arbeit zu warten. Als Fahrradkurier war Dinnie eine Katastrophe. Zu dick, um schnell zu radeln, und zu streitlustig für die meisten Aufträge, konnte er froh sein, wenn er überhaupt etwas verdiente. Hauptsächlich war er jedoch eine Witzfigur für die anderen Fahrradkuriere.

Heute war, wie an den meisten Tagen, seine Warterei vergebens gewesen, und Dinnie radelte schlecht gelaunt nach Hause und zerbrach sich den Kopf, woher er das Geld für die Miete nehmen sollte.

Auf der 4. Straße strampelte er an Kerry vorbei. Dinnie legte die Stirn in tiefe Falten. Er sah Kerry oft, und er konnte sie nicht ausstehen.

»Du Früchtchen«, brummte er, wenn sie an ihm vorübertänzelte.

»Du schwuler Gitarrist«, zischte er leise jedem geschmeidigen und attraktiven jungen Mann hinterher, der neben ihr her wanderte.

»Du Schlampe«, murmelte er, wenn er in einsamen Nächten früh um vier aus seinem Fenster starrte und sah, wie ein Taxifahrer der betrunkenen und kichernden Kerry aus dem Auto die Treppe hoch zu ihrem Apartment half.

Dinnie fühlte sich sehr angezogen von Kerry.

Als er die Wohnung betrat, begrüßte Heather ihn freudig.

»Sprich mich nicht an«, knurrte er. »Ich habe beschlossen, nicht an dich zu glauben. Hoffentlich verschwindest du dann.«

»Warum bist du nur so grantig zu mir?«

»Weil ich ein vernünftiger Mensch bin und keine Zeit habe für fiese kleine Feen.«

Dinnie öffnete eine Dose Cornedbeef, machte es in der Pfanne warm, aß und stapelte das Geschirr in die Spüle. Er war bemerkenswert unordentlich. In seinen beiden großen Zimmern war nichts sauber oder an seinem Platz. Für die Miete, die er zahlte, war seine Wohnung erstaunlich groß, denn die Räume über dem Kino, in denen er lebte, waren eigentlich nicht als Wohnraum gedacht. Er hatte sie – nicht ganz legal – vom Hausmeister gemietet. Und aus diesem Grund lebte er in ständiger Angst, selbst wenn er nicht mit der Miete im Rückstand war.

»Ich habe eine unglaubliche Sendung gesehen«, sagte Heather, »über eine große Familie, die Ölquellen in Texas besitzt. Stell dir vor, einer von ihnen hatte einen Autounfall und bekam wegen seiner Verletzungen keine Luft mehr, also stieß seine Sekretärin, die früher mal Krankenschwester war, ihm ein Messer in die Kehle, steckte ihm einen Federkiel in die Luftröhre und blies hinein, bis der Arzt kam, und rettete so sein Leben. Einen Notluftröhrenschnitt nennt man das, glaube ich. Im Krankenwagen hielt er dann ihre Hand und sagte, daß er sie liebe. Ich war zu Tränen gerührt.«

Dinnie sagte kein Wort, holte seine Geige, stieg die Treppe hinunter und radelte entschlossen die Second Avenue hinauf.

»Wohin fahren wir?« fragte eine körperlose Stimme vom Lenkrad her.

Dinnie schrie auf und fiel vom Fahrrad.

»Kein Wunder, daß du als Fahrradkurier kein Geld verdienst«, sagte Heather und klopfte sich den Staub vom Kilt. »Du baust ja dauernd Unfälle.«

Dinnie hustete und röchelte.

»Brauchst du einen Luftröhrenschnitt?« fragte Heather hoffnungsvoll und zog ihr winziges Schwert aus der Scheide.

»Was zum Teufel machst du hier?«

»Ich hatte Lust auf einen kleinen Ausflug.«

Dinnie hatte vor, auf der Straße Geige zu spielen, und das tat er nur in Zeiten allerhöchster Not.

Er kettete sein Fahrrad am St. Mark's Place an. Drei zerlumpte und obdachlose junge Männer bettelten ihn an, aber er ignorierte sie und begann zu spielen.

Heather schüttelte ungläubig den Kopf. Dinnie spielte so schlecht, daß es jeder Beschreibung spottete. Passanten wechselten die Straßenseite und riefen ihm Beleidigungen zu. Der kleine Koksdealer an der Ecke räumte das Feld und machte Mittagspause. Die zerlumpten Obdachlosen, die schon zuviel mitgemacht hatten, um sich von einer Geige vertreiben zu lassen, drehten sich einfach auf die andere Seite.

Nach einer halben Stunde qualvollen Gefiedels hatte Dinnie keinen Penny verdient. Traurig schloß er seine Fahrradkette auf und wollte heimfahren.

Heather war entsetzt, einen MacKintosh-Musiker so niedergeschmettert zu sehen.

»Geh nicht«, flüsterte sie.

»Wozu soll ich denn bleiben?«

»Spiel weiter«, befahl Heather und hüpfte auf die Saiten seiner Violine, um deren Klang zu dämpfen. Unsichtbar für den Rest der Welt, spielte sie auf ihrer Fiedel, während Dinnie nur so tat. Sie spielte ein paar hinreißende schottische Tänze – ›The Salamanca‹, ›Miss Campbell of Monzie‹, ›Torry Burn‹ und verschiedene andere, jeden untermischt mit ein paar von ihren Lieblingsriffs der Ramones. Zum Schluß stürzte sie sich in eine bewegende Version von ›Tullochgorum‹.

Die Menge brach in lauten Jubel aus. Münzen regneten in Dinnies Geigenkasten. Dinnie schaufelte sie zusammen und hatte einen triumphalen Abgang. Er war so erfreut über das Geld und den Applaus, daß er sich hingerissen bei Heather bedankte. Alles in allem wäre es ein denkwürdiger Tag gewesen, hätte er nicht im nächsten Moment festgestellt, daß sein Fahrrad gestohlen war.

»Du dämliche Fee«, wütete er. »Wie konntest du mich nur dazu bringen, weiterzuspielen, nachdem ich mein Fahrrad losgekettet hatte?«

»Wie sollte ich denn ahnen, daß es geklaut wird?« protestierte Heather. »In Cruickshank werden keine Fahrräder geklaut.«

»Verdammtes Cruickshank!« schrie Dinnie und stürmte davon.

Magenta radelte heiter die First Avenue entlang. Hinter ihr schüttelte Joshua wütend die Faust. Er hatte sie schon beinahe eingeholt gehabt, als Magenta großes taktisches Geschick bewiesen, sich auf ein nicht angekettetes Fahrrad geschwungen hatte und losgefahren war.

Da er nicht weit rennen konnte, gab Joshua die Verfolgungsjagd bald auf und ließ sich auf den Bürgersteig sinken.

Er zitterte. Ohne sein regelmäßiges Quantum vom Fitzroy Cocktail bekam er Entzugserscheinungen, aber das Gebräu hatte seinen Verstand schon so vernebelt, daß er sich ohne den Zettel, den Magenta ihm gestohlen hatte, nicht an das Rezept erinnern konnte.

Ein Obdachloser, ein alter Bekannter Joshuas, stolperte heran und bot ihm einen Schluck Wein an. Das half, aber nicht viel.

»Zur Hölle mit dieser Magenta«, schimpfte Joshua. »Und ihren dämlichen klassischen Phantasien.«

»Ich habs gleich gesagt: Du hättest sie nicht zum Trinken mit in die Leihbücherei nehmen dürfen«, sagte sein Freund. »Für wen hält sie sich denn jetzt?«

»Irgendeinen General aus dem antiken Griechenland«, murrte Joshua.

»Was kann ich dafür, daß du in einer Stadt voller Diebe und Krimineller lebst«, sagte Heather, die hinter Dinnie her flatterte. »Schließlich habe ich dir Geld verdient, oder etwa nicht?«

»Dreiundzwanzig Dollar. Wo soll ich für dreiundzwanzig Dollar ein neues Fahrrad herkriegen?«

»In einem Fahrradladen vielleicht?« schlug Heather vor, aber das schien Dinnie nur noch wütender zu machen.

Als eine alte Frau mit drei alten und dreckigen Mänteln übereinander ihn um Geld anbettelte, beschimpfte er sie grob.

Zu Hause stolperte er vor der Treppe zum Kino über eine Leiche, ohne sie auch nur eines Blickes zu würdigen. Heather blieb stehen und betrachtete sie. Wieder ein toter Penner. Jeder Luftröhrenschnitt kam hier zu spät.

Es ist einfach schrecklich, wie die Leute hier auf der Straße sterben, dachte sie. Warum kümmert sich niemand um sie?

Unten im Kino war Cal mit den Proben für seinen ›Sommernachtstraum‹ zugange. Als die Stimmen der Schauspieler durch die Decke dröhnten, schimpfte Dinnie durch die Dielenbretter. Er war kein Fan von Shakespeare.

»Sprich mich nie wieder an«, schnauzte er Heather an, die sein Benehmen höchst undankbar fand.

Aber an Undank war sie ja gewöhnt. Nachdem Morag und sie sich daheim endlose Stunden damit geplagt hatten, neue Fiedeltechniken zu entwickeln, die Haare zu färben und die Dämpfe von Feenklebstoff zu schnüffeln, waren ihre beiden Clans alles andere als erfreut gewesen. Im Gegenteil, beide Mütter hatten mit den Ausschluß aus ihren Clans gedroht, wenn sie nicht aufhörten, die Jugend des schottischen Feenreichs zu verderben. Als sie später Callum MacHardie, den berühmten Feeninstrumentenbauer, höflich gefragt hatten, ob er ihnen einen elektrischen Verstärker bauen könne, hatte er sie doch tatsächlich bei den Oberhäuptern ihrer Clans angeschwärzt, was ihnen lange Vorträge darüber eintrug, wie sich eine Fee zu benehmen hätte und wie nicht.

»Feen sollen durch Wiesen streifen«, hatten die Oberhäupter erklärt. »Und Menschenkindern, die sich verlaufen haben, den Heimweg zeigen. Sie dürfen auch dafür sorgen, daß die Kühe von freundlichen Bauern mehr Milch geben. Aber eine Jugendrebellion anzuzetteln, so etwas gehört sich einfach nicht. So, und jetzt geht nach Hause und benehmt euch.«

Kurz darauf waren Heather und Morag in T-Shirts mit dem Aufdruck »Die Fee mit dem geilsten Irokesen-Look in unserm Block!« durchs Tal geflattert, aber da niemand wußte, was ein Block war, kam der Witz nicht an.

Morag stahl soviel kleine Leckereien, vorzugsweise Kekse und Doughnuts, wie sie nur tragen konnte, und verteilte sie an die Obdachlosen. Früher, zu Hause in Cruickshank, hatte sie keine Ahnung gehabt, welch unerfreuliche Seiten ein Menschenleben haben konnte. Trotzdem staunte sie immer noch über die Wunder dieser Stadt.

Kerry war fünfundzwanzig und lebte in New York, seit sie fünfzehn war. Sie wunderte sich über nichts mehr, liebte aber die Stadt.

Sie saßen in einer Bar an der Houston Street und tranken Bier aus der Flasche. Die Fee schwärmte von ein paar südamerikanischen Musikern, die sie am Broadway hatte spielen hören.

»Wie gut die gespielt haben! Und so herrliche Rhythmen!«

»Mmmmmh«, antwortete Kerry.

»Und all die jungen Leute, die an ihnen vorbeischlenderten, um ihre neuen Kleider vorzuführen. Was für ein angenehmer Zeitvertreib!«

»Mmmmmh«, antwortete Kerry.

»Und wie romantisch, diese beiden Jungs, die auf der Feuerleiter saßen und sich küßten!«

Morag war begeistert von den Feuerleitern, die sich die Fassaden hochwanden. Gern hüpfte sie die Sprossen hoch und runter und warf einen Blick in die Fenster.

»Mmmmmh«, sagte Kerry.

»Mit dir habe ich viel mehr Spaß als Heather mit diesem Klotz von einem MacKintosh. Das weiß ich genau. Der ist viel zu geizig, um Bettlern eine Botticelli-Postkarte oder Blumen zu geben.«

Kerry schwieg.

Der junge Barkeeper sammelte die Flaschen von ihrem Tisch ein und warf Kerry ein begehrliches Lächeln zu. Kerry starrte ins Leere.

»Alle Leute lächeln dich an, Kerry!«

Eine Träne kullerte Kerrys Wange hinunter.

»Laß uns gehen«, sagte sie.

Auf dem Heimweg begegnete ihnen eine besorgt aussehende Stadtstreicherin, die die 3. Straße hinaufschlich und hinter Autos und Laternenpfosten Deckung suchte.

»Noch eine Verrückte. Es gibt so viele in New York.«

Magenta war eigentlich nicht verrückt, aber nachdem sie infolge exzessiven Alkoholgenusses über den Fahrradlenker gesegelt war, fühlte sie sich nicht allzu wohl. Sie setzte sich in einen Hauseingang, fischte ihr gestohlenes Exemplar von Xenophons ›Expedition nach Persien‹ aus der Tasche und suchte darin nach einer Kur für ihren Kater.

Die Vögel und Tiere im Central Park tratschten miteinander.

»Eine Amsel hat mir erzählt, und die hat es von einer Möwe«, sagte eine Taube zu einem Eichhörnchen, »daß die Albatrosse nach irgendwelchen Wesen suchen, die eigentlich nur diese Feen sein können.«

Die Tauben und Eichhörnchen sahen zu den Feen hinüber und fragten sich, ob es Ärger geben würde.

»Mir fehlen Heather und Morag«, sagte Brannoc.

»Nun, mir nicht«, antwortete Padraig und stimmte seine Fiedel. »Zwei streitsüchtigere Feen sind mir in meinem ganzen Leben noch nicht untergekommen. Kein Wunder, daß sie aus Schottland ausgewiesen worden sind. Und hätten sie es je bis Irland geschafft, wären sie auch von dort verjagt worden.«

Seine Violine war gestimmt, und Padraig spielte auf. Er begann langsam mit ›The Miltdown Jig‹, spielte dann ein wenig schneller und schloß dann eine virtuose Interpretation von ›Jenny's Welcome to Charly‹ an, einen langen und komplizierten Tanz. Maeve fiel mit ihrem Dudelsack ein. Feenmusikanten können die Lautstärke ihrer Instrumente auf magische Weise variieren, und die beiden harmonierten perfekt.

Die Tiere hörten mit ihrem Getratsche auf, um ihnen zuzuhören. Maeve und Padraig waren die besten Feenmusikanten Irlands, was fast das gleiche ist, als würde man sagen: die besten Musiker der Welt, obwohl Heather und Morag in diesem Punkt vielleicht anderer Meinung waren.

Kerrys Apartment bestand aus zwei kleinen Räumen. Das Bett stand auf einem Sockel, und darunter waren ihre Kleider verstaut. Sie lag auf dem Bett. Morag lag neben ihr.

»Daheim in Schottland«, sagte die Fee, »bin ich für meinen psychologischen Scharfblick berühmt. Nun, mir fällt auf, daß du, seit ich hier bin, nie richtig glücklich warst. Hab ich recht?«

Kerry brach in Tränen aus.

»Ich war schon unglücklich, lange bevor du aufgetaucht bist«, sagte sie.

»Aber warum? Du lebst doch gut. Bestens sogar! Alle mögen dich. Die Liebhaber stehen Schlange vor deiner Tür, obwohl du sie alle wegschickst.«

Kerry starrte auf das Plakat der New York Dolls. Schmollend erwiderten sie Kerrys Blick.

»Ich schicke sie weg wegen meiner Krankheit«, erklärte Kerry.

Kerry hatte die Crohnsche Krankheit, ein sehr unangenehmes Leiden, das den Darm zerfrißt.

»Nach einer Weile müssen die Ärzte die kaputten Stellen rausschneiden.«

Morag schüttelte sich. Das überstieg ihre Vorstellungskraft.

Kerry schob ihr Hemd hoch. Auf der linken Seite ihres Bauchs klebte ein Beutel.

Die Bedeutung und Funktion dieses Beutels waren Morag nicht klar, bis Kerry es ihr erklärte.

Morag starrte bedrückt zum Fenster hinaus. Draußen strömte das Leben vorbei, aber sie nahm es kaum wahr. Sie stellte sich vor, wie es wohl sei, ein Loch in den Bauch geschnitten zu bekommen, damit sich die Exkremente in einen Beutel entleeren konnten.

Die Sonne stach. Brütende Hitze lag über der Stadt. Passanten schleppten sich schwitzend auf dem Bürgersteig dahin, und Autofahrer fluchten und drückten auf die Hupe.

Kerry liebkoste ihren dreiblütigen, walisischen Klatschmohn, eine geradezu unvorstellbar seltene Blume und der Stolz ihrer Sammlung. Als Kerry den Klatschmohn auf einem Abbruchgelände gefunden hatte, war sie überhaupt erst auf die Idee mit dem Blumenalphabet gekommen. Sie küßte die Mohnblume, streichelte sie und flüsterte ihr zärtliche Worte zu.

Als nächstes sah sie nach ihrer *Mimulus cardinalus*, einer schönen rotgelben Blume, dem Neuzuwachs in ihrem Blumenalphabet. Die abgeschnittene Blume hing mit den Blüten nach unten an der Wand zum Trocknen. Sowie sie trocken genug war, würde Kerry sie mit Haarspray besprühen und zu den anderen fünfzehn, auf die gleiche Weise konservierten Blumen auf den Fußboden legen.

Cal hatte Kerry verlassen, als er von ihrer Krankheit erfuhr. Er hatte erklärt, eine Beziehung mit jemand, dessen Exkremente sich in einen Beutel am Bauch entleerten, sei für ihn ausgeschlossen. Kerry war sehr elend zumute gewesen.

Morag seufzte. Ein Mensch zu sein schien in der Tat einige sehr unerfreuliche Seiten zu haben.

6

»Ich will keine Geigenstunde«, erklärte Dinnie. »Und ich will dich nicht hier haben. Geh zu deiner Freundin.«

»Sie ist nicht meine Freundin«, protestierte Heather. »Das Unglück wollte es, daß wir uns begegnet sind. Ich hatte Mitleid mit ihr. Ehrlich gesagt, hat sie mir nichts als Ärger gebracht.«

Heather ließ sich mit einem Fingerhut voll Whiskey nieder, den sie aus der Bar an der Ecke hatte mitgehen lassen.

»Plustert sich die ganze Zeit auf! Nur weil sie ein paar übersinnliche Kräfte hat. Na und? Übersinnliche Kräfte sind Massenware unter Feen. Ich würde sowas nicht geschenkt haben wollen. Ihr Grundproblem ist natürlich, daß sie wahnsinnig eifersüchtig ist auf mein herrliches blondes Haar. Alle Männer im schottischen Feenreich sind deswegen ganz verrückt nach mir. Das konnte sie einfach nicht verkraften. Blondinen bevorzugt, wie wir in den Highlands sagen.«

»Ihr habt doch beide gefärbte Haare«, stellte Dinnie fest und betrachtete stirnrunzelnd den karmesinroten Ansatz von Heathers blonder Mähne.

»Aber meins hat schon immer viel besser ausgesehen«, kicherte Heather in sich hinein. »MoragIst zu dunkel; es läßt sich nicht richtig färben.«

Dinnie starrte mürrisch die Wand an. Er glaubte nicht an Feen, aber selbst wenn, so hätte er nicht damit gerechnet, daß sie ihre Zeit damit zubrachten, gegenseitig ihre Frisuren schlechtzumachen.

Er schielte zu seiner Geige hin. Niedergeschlagenheit machte sich auf seinem dicken rosa Gesicht breit.

Geigespielen war zu schwer für ihn. Nie würde er Fortschritte machen. Im Grunde mochte er das Instrument gar nicht mehr, obwohl die Geige damals, als er sie in einem Gerümpelladen unter einem Haufen kaputter Trompeten entdeckt hatte, ihm irgendwie bedeutsam erschienen war.

In der Schule hatte er kurz Geigenunterricht genommen, aber bald wieder aufgegeben. Die Geige und das Lehrbuch hatte er vor allem deshalb gekauft, weil sie ihn an seine Schulzeit erinnerten, das letzte Mal, daß er Freunde hatte.

»Hol sie«, befahl er Heather.

»Nein.«

Für Heather war das alles sehr frustrierend. Wenn Dinnie nicht richtig Geigespielen lernte, würde sie vor Morag das Gesicht verlieren. Unklugerweise hatte Heather behauptet, für sie, mit ihrem hervorragenden Fiedeltalent, sei es überhaupt kein Problem, aus Dinnie einen guten Violinisten zu machen.

Jetzt war ihr klar, daß Morag sich mit Absicht über die MacKintoshs lustig gemacht und sie so zu dieser voreiligen Behauptung verleitet hatte.

»Wenn du gut spielst, kannst du viel Geld verdienen!«

»Aber nicht schnell genug. Vorher fliege ich aus der Wohnung«, brummte Dinnie. Nach dem Diebstahl seines Fahrrads war dieses Thema ein wunder Punkt für ihn.

Heather fuhr sich durch ihr goldenes Haar, bewunderte sich im Spiegel und dachte verzweifelt nach. Lieber wollte sie sterben, als vor Morag MacPherson eine Niederlage eingestehen.

»Hör zu, ich mache dir einen Vorschlag«, sagte sie nach einer Weile. »Ich versuche, dir Geigespielen beizubringen. Wenn du Fortschritte machst, freust du dich. Wenn du keine machst, verspreche ich dir, fortzugehen und dich in Ruhe zu lassen. Und dann freust du dich genauso.«

Daß Heather in Manhattans Straßenschluchten verschwinden würde, war in der Tat eine angenehme Vorstellung für Dinnie.

»Okay«, stimmte er zu. »Bring mir was bei.«

»Du wirst mir die Fotze lecken, du dreckiger Wurm«, schnurrte eine Frauenstimme. »Ruf gleich 970 D-O-M-E-N-I-C-A an.«

»Stell bitte Kanal dreiundzwanzig ab«, sagte Heather. »Er ist dem Geigenunterricht nicht förderlich.«

Dinnie lachte.

»Hab ich's mir doch gedacht, daß ihr Feen prüde seid.«

»Ich bin nicht prüde. In den Highlands gelte ich als die heißblütigste Geliebte seit die große Feen-Dudelsackspielerin Mavis MacKintosh es in einer Nacht mit achtzehn Männern, zwölf Frauen und dem Oberhaupt der MacAuly-Elfen getrieben hat. Alle waren befriedigt, aber sehr erschöpft. Ich habe nur was gegen Telefonsex. Stell also den Fernseher ab.«

Im Central Park sah Brannoc schwermütig zu Petal und Tulip hin, die unter einem Busch Händchen hielten. Da sie Bruder und Schwester waren, konnte niemand daran Anstoß nehmen, daß sie Händchen hielten, trotzdem war Brannoc eifersüchtig. Seit dem Tag, als er, der wandernde Barde aus den kalten, unbekannten Grafschaften Nordenglands, nach Cornwall gekommen war, liebte er Petal.

Maeve und Padraig fragten die Eichhörnchen, wo sie einen Tropfen Guinness auftreiben könnten.

»In fast jeder Bar«, sagte eins der Eichhörnchen. »New York ist voller Iren, die gern Guinness trinken. Ihre Kneipen erkennt ihr an dem Kleeblatt draußen. Aber das heißt, daß ihr durch Straßen voller Menschen laufen müßt. Ihr behauptet zwar, daheim in Irland würde jeder Mensch euch mit Freuden ein Bier holen. Aber ob das auch hier in New York gilt, daran habe ich meine Zweifel.«

Maeve verkündete, sie würde auf der Stelle losgehen und Bier auftreiben, denn schließlich sei sie Maeve O'Brien aus Galway und fürchte sich weder vor Gott noch der Welt. Aber Padraig war vorsichtig und meinte, sie sollten lieber noch warten.

Petal und Tulip waren traumverloren. Sie versenkten sich oft in einen tranceartigen Feentraum, um ihren Vater zu vergessen. Sie waren die Kinder von Tala, dem König, und wußten, er würde die Suche nach ihnen nie aufgeben.

»Wow«, sagte Spiro, als er das hörte. »Ihr seid Königskinder! Na sowas! Königliche Hoheiten! Hier im Central Park!«

Aber Maeve verzog nur verächtlich das Gesicht, denn sie hatte nichts übrig für Englands königliche Hoheiten und tat Petals und Tulips Streit mit dem Vater als die übliche Borniertheit englischer Aristokraten ab.

»Haben ihr Lebtag noch nicht gearbeitet«, brummelte sie und spielte einen wilden Tanz auf ihrem Dudelsack.

Brannoc klimperte auf seiner Mandoline. Er gab Petal und ihrem Bruder Mandolinen- und Flötenunterricht. Und wenn die beiden nicht gerade träumten, waren sie schnell von Begriff.

Dinnie war nicht schnell von Begriff.

»Streich den Bogen sanft. Du willst die Geige doch nicht zersägen!«

Schon nach fünf Minuten der ersten Unterrichtsstunde begann Heather, ihren Vorschlag zu bereuen. Ebenso Dinnie. Er baute seinen großen, dicken, ungelenken Körper vor der Fee auf.

»Ich habe es mir anders überlegt«, sagte er. »Verschieben wir's auf ein andermal.«

Heather biß die Zähne zusammen.

»Dinnie, gleich reißt mir die Geduld! Wenn eine Fee dir Musikstunden gibt, dann ist das eine große Ehre. Du mußt dich freuen.«

»Ich scheiß auf die große Ehre, du dämliche Fee«, donnerte Dinnie.

»Du fetter Scheißer, scher dich zum Teufel!« donnerte Heather zurück. Sie hatte inzwischen in der Bar an der Ecke ein paar hilfreiche Ausdrücke aufgeschnappt.

Sie funkelten sich gegenseitig an.

»Nimm die Geige.«

»Ich hab was Besseres zu tun.«

»So? Was denn, zum Beispiel? Was hast du denn heute abend vor? Vielleicht ein paar Freunde besuchen?«

Dinnies tief in Fettpolstern vergrabene Augen schauten mißmutig.

»Du hast überhaupt keine Freunde, stimmt's?«

»Na und?«

»Das will ich dir sagen: Obwohl du so unglaublich grob zu mir bist, freust du dich im Grunde, daß ich hier bin, denn sonst hättest du überhaupt niemand zum Reden. In dieser riesigen Stadt hast du keinen einzigen Freund. Oder stimmt das etwa nicht?«

Dinnie griff zur Fernbedienung und stellte den Fernseher an. Heather sprang flink auf und machte ihn wieder aus.

»Aber deshalb mußt du nicht den Kopf hängen lassen, Dinnie. Ich habe schon eine Menge über diese Stadt gelernt. Offenbar ist Einsamkeit hier nichts Ungewöhnliches. Das habe ich in einem Artikel in einer Frauenzeitschrift gelesen, die ein alter Mann in einer Bar durchgeblättert hat. In Cruickshank sind alle freundlich zueinander. Wieso hier, wo es so viele Menschen gibt, ein paar davon überhaupt nicht freundlich sind, weiß ich nicht, aber für dich kann ich die Sache schon regeln.«

»Spar dir die Mühe«, brummte Dinnie.

»Das ist keine Mühe für mich. Bei den schottischen Feen bin ich berühmt für die Leichtigkeit, mit der ich Freunde gewinne. Wegen meines goldenen Haares und meiner außerirdischen Schönheit sind natürlich sowieso alle wild darauf, sich mit mir anzufreunden – was, nebenbei bemerkt, Morag zum Wahnsinn treibt. Daheim in Schottland wurde selbst der gröbste Troll Wachs in meinen Händen.«

»Na wunderbar. Wenn dir auf der 4. Straße ein Troll über den Weg läuft, dann hast du ja keine Probleme.«

»Ich bin die beste Fiedlerin der Welt, und da sich jetzt eine MacKintosh-Fee deiner annimmt, wirst du auch bald ein Meister des Instruments sein. Du hättest hören sollen, wie Neil Gow gespielt hat, ehe meine Mutter ihm ein paar Tricks beibrachte.«

»Wer ist Neil Gow?«

»Wer Neil Gow ist? Der größte schottische Fiedler aller Zeiten! Er wurde in Inver geboren, ganz in der Nähe meines Heimatdorfs. Er liegt auf dem Friedhof von Little Dunkeld begraben, ein wunderschönes

Plätzchen, obwohl ich gestehen muß, daß wir Feen für Friedhöfe nicht allzu viel übrig haben. Ich könnte dir so viele interessante Geschichten über Neil Gow erzählen.«

»Wovon du dich bestimmt auch nicht abhalten lassen wirst.«

»Später. Jedenfalls war seine Technik eine Katastrophe, bis meine Mutter ihn unter ihre Fittiche nahm. Meine Familie hat alle großen Violinisten Schottlands unterrichtet, und auch ich werde Erfolg haben bei dir, da bin ich mir sicher. Hör also auf, dauernd die Fernbedienung anzustarren, und laß uns weitermachen.

Lektion eins. ›The Bridge of Balater‹, ein langsamer Tanz, von Meisterhand gespielt aber ein bewegendes Stück.«

Heather spielte ›The Bridge of Balater‹, einen langsamen Tanz, aber, von ihrer Meisterhand gespielt, eine ergreifende Melodie. Eine so virtuose Wiedergabe hatte man seit den Tagen Neil Gows nicht mehr gehört. Vögel ließen sich auf dem Fenstersims nieder und lauschten. Unten auf der Straße setzte sich Rachel, eine alte Stadtstreicherin, auf die Kinotreppe, um ihre müden Knochen auszuruhen und sich an Heathers Spiel zu ergötzen.

»Wie schön, daß ich noch so was Hübsches zu hören bekomme, ehe ich sterbe«, murmelte sie vor sich hin und wärmte ihr Herz an der Aura der Fee.

Oben strahlte Heather Dinnie an.

»So, und jetzt bist du dran.«

Dinnie, sein zerfleddertes Exemplar der ›Gow-Sammlung schottischer Tanzmusik‹ auf den Knien, kämpfte sich durch die Strophen von ›The Bridge of Balater‹. Die Vögel flogen davon, und Rachel wurde abrupt in die rauhe Wirklichkeit zurückgestoßen.

»Schrecklich«, sagte Heather. »Aber in Nullkommanichts wirst du Fortschritte machen. Guck her. Dieses Zeichen auf den Noten ist ein Triller, den du so spielen mußt ... und dieses Zeichen bedeutet Tremolo, und das wird so gespielt ... Versuch es.«

Dinnie machte einen neuen Versuch. Wieder entlockte er seiner Geige nur schreckliches Gekrächz. Heather seufzte. Sie war bei weitem keine so geduldige Lehrerin, wie sie angenommen hatte.

»Dinnie, mir wird allmählich klar, daß besondere Maßnahmen angebracht sind. Du tätest gut daran, endlich zu begreifen, daß es eine hohe Ehre ist, wenn eine MacKintosh-Fee sich deiner annimmt. Und diese Ehre wird dir nur zuteil, weil du auch ein MacKintosh bist, in Schwierigkeiten steckst und dein Gekrächz eine Beleidigung für meine Ohren ist. Streck die Hand aus.«

Sie berührte seine Finger. Dinnie fühlte, wie zarte Wärme seine Hand durchströmte.

»Jetzt versuche es noch einmal.«

Dinnie sah auf seine warmen Finger und machte einen neuen Versuch. Zum ersten Mal in seinem Leben gelang es ihm, Töne hervorzubringen, die beinahe wie Musik klangen.

Aelric hockte unter einem Busch. Es war tiefe Nacht, und über ganz Cornwall lag Ruhe. Seine fünf Gefolgsleute saßen startbereit hinter ihm. Auf Aelrics Zeichen flatterten sie in die Luft, überflogen den Schuppen, in dem die Webstühle standen, zauberten Feuer in ihre Hände und setzten den Schuppen in Brand.

Der Schuppen brannte lichterloh, aber noch ehe der Alarm aufheulte, waren Aelric und seine Mannen in der Nacht verschwunden.

Aelric war der Anführer der Widerstandsbewegung

der Feen von Cornwall und der einzige Hoffnungsschimmer für die von ihren Oberhäuptern unterdrückten Feen. Da seine Widerstandsbewegung jedoch nur aus ihm und seinen fünf Gefolgsleuten bestand und Tala der mächtigste Regent war, den das Königreich je erlebt hatte, schien das Unternehmen zum Scheitern verurteilt.

Trotzdem – das Anzünden des Schuppens mit den Webstühlen war gelungene Wirtschaftssabotage. In einem Buch über terroristische Taktiken, das ihm in einer Bibliothek der Menschen in die Hände gefallen war, hatte Aelric gelernt, wie man Wirtschaftssabotage betreibt, und bisher waren alle seine Aktionen von Erfolg gekrönt.

Dinnie machte Fortschritte, klagte aber über wunde Finger.

»Und jetzt noch einmal von vorn«, befahl Heather.

»Meine Finger tun weh.«

»Gedoomt siest du, dou fatter Klomp!« schrie ihn die Fee an.

»Verschon mich mit deinem schottischen Kauderwelsch«, sagte Dinnie. »Lieber ein Fettkloß als ein winziger Freak wie du mit einem schäbigen Kilt.«

»Was fällt dir ein? Und das, wo ich dir tatsächlich eine Melodie beigebracht habe.«

»Die hätte ich sowieso gelernt.«

Heather war außer sich.

»Du hast soviel Talent wie ein Topf Kutteln«, schrie sie und verschwand in die Nacht.

Sehr wenige Menschen waren wie Kerry mit der natürlichen Gabe ausgestattet, Feen zu sehen. Bei anderen, wie Magenta, stellte sich diese Gabe ein, wenn sie abwegige Mischungen aus vergälltem Spiritus, Stiefelwichse und Fruchtsaft zu sich nahmen.

»Stimmt es, daß du eine außerirdische Helferin von Tissaphernes, dem persischen Statthalter der Gegend hier bist?« sagte Magenta.

»Nein, ich bin Heather, eine schottische Distelfee.«

Magenta war nicht überzeugt und zückte ihr Schwert.

»Nun, ich bin Xenophon und führe die griechischen Söldner an, die Kyros unterstützen im Kampf gegen seinen Bruder, König Artaxerxes. Und wenn du zu Artaxerxes gehörst, dann sag ihm, sein Ende ist nahe.«

Ein Auto mit Lautsprechern im Heck rollte vorbei und beschallte die Gegend.

Ich würde gern mal meine Fiedel mit einer solchen Anlage spielen, dachte Heather und mußte daran denken, daß sie und Morag eine Band hatten gründen wollen. Plötzlich wurde sie sehr traurig.

Magenta marschierte weiter, glücklich von ihrem Wahn umhüllt.

7

»Hier sind ja alle gelb«, sagte Morag.

»Wir sind schließlich in Chinatown«, erklärte Kerry.

Sie machten ihren täglichen Spaziergang. Und während sie durch die Straßen gingen, hielt Kerry Ausschau nach einer Blüte des *Ginko biloba,* eines chinesischen Baums.

»Wie kommt denn eine chinesische Baumblüte in ein altkeltisches Blumenalphabet?« fragte Morag.

Kerry wußte es nicht. Sie vermutete, daß die Kelten weitgereist waren.

»Vielleicht wuchs der Baum ja früher auch in anderen Gegenden. Jedenfalls gehört diese Blüte zu den Seltenheiten, die mein Blumenalphabet so schwierig machen.«

Morag suchte den Horizont nach *Ginkos biloba* ab. Als sie das erste Mal von dem Blumenalphabet hörte, hatte sie sich vorgestellt, eine Blume müsse mit A beginnen, die nächste mit B, die folgende mit C und so weiter. Aber offensichtlich war die Sache viel verzwickter. Die dafür benötigten Blumen hatten nichts mit dem modernen Alphabet zu tun, sondern entsprachen alten keltischen Symbolen, und sie mußten nicht nur die richtige Gattung, sondern auch die richtige Farbe haben.

Da kein *Ginko biloba* zu sehen war, wandte Morag ihre Aufmerksamkeit den Passanten zu.

»Was für eine aufregende Stadt dieses New York ist! Schwarze Menschen, braune Menschen, weiße und gelbe und manche, die irgendwie gemischt aussehen. Ich finde es herrlich.«

»Ich auch«, sagte Kerry. »Aber manchmal streiten sie sich.«

»Warum?«

»Weil sie verschiedene Farben haben.«

Morag schüttelte sich vor Lachen.

»Menschen sind wirklich dumm. Wenn wir Feen verschiedene Farben hätten, würden wir uns doch deswegen nicht streiten!«

Heute war Kerry fröhlich aufgewacht, und selbst die Prozedur mit ihrem Beutel hatte sie nicht deprimiert. Morag wußte jedoch, daß die Depression später schon noch kommen würde, und zerbrach sich den Kopf, was sie dagegen tun könnte. Als Fee besaß sie zwar bemerkenswerte Heilkräfte, konnte aber bei solch komplizierten Fällen nichts ausrichten.

In einem Schaufenster entdeckte Kerry eine kleine Brosche in Form eines achteckigen Spiegels, und sie ging in den Laden, um sie sich anzusehen. Es war ein Secondhand-Laden, vollgestopft mit Kleidern und Schmuck; auf dem Tresen stapelten sich Bücher und Karten, und dahinter lagen in einem Regal ein paar alte Musikinstrumente. Morag besah sie sich genau, während Kerry den chinesischen Ladenbesitzer nach der Brosche fragte. Sie stand nicht zum Verkauf.

»Warum?« fragte Morag, als sie wieder draußen waren.

Kerry zuckte die Achseln.

»Was weiß ich! Er hat einfach gesagt, er verkauft sie nicht.«

Sie schlenderten ein Stück weiter, und Kerry holte die Brosche aus der Tasche.

»Du bist wirklich eine hervorragende Ladendiebin«, sagte Morag bewundernd. »Ich habe nichts gemerkt.«

In einem großen Bassin vor einem Restaurant entdeckte Morag mehrere Hummer.

»Wieso leben die denn hier draußen auf der Straße?«

»Sie bleiben in dem Bassin, bis ein Kunde kommt und sie essen will. Dann landen sie im Kochtopf.«

»Was?!«

Morag war entsetzt. Wenn sie daheim in Schottland an der Ostküste umhergestreift war, hatte sie sich ausführlich und gern mit Hummern unterhalten. Daß Menschen sie aßen, davon hatte sie keine Ahnung gehabt. Als sie sich später auf den Heimweg machten, weil Kerry etwas essen und ihre tägliche Dosis Steroide gegen die Crohnsche Krankheit nehmen mußte, gingen Morag die armen Hummer nicht aus dem Kopf.

Sie wickelte ihre Violine aus dem grünen Tuch und hielt sie sich sanft unters Kinn.

»Was für eine schöne Melodie«, sagte Kerry.

»Danke. Das ist ein bekanntes schottisches Klagelied. Aber ehrlich gesagt, habe ich mit dieser Sorte Musik nicht mehr viel im Sinn. Wenn Heather sich nicht so unmöglich aufgeführt hätte, wären wir nicht in Ungnade gefallen und aus Schottland ausgewiesen worden, und unsere radikale keltische Punk-Band würde genau in diesem Moment die ganze Nation in Aufruhr versetzen.«

Der Anblick, wie Morag trübsinnig den Bogen über ihre Fiedel strich und ihr wehmütige Klagen entlockte, machte auch Kerry traurig. Als die Abenddämmerung hereinbrach, waren beide sich einig, daß sie am besten ein Kissen über das Telefon stülpen und ins Bett gehen sollten.

Kerry wünschte ihren Blumen Gutenacht, küßte den sagenumwobenen walisischen Klatschmohn und legte sich schlafen.

Im alten Kino auf der anderen Straßenseite ließ Cal junge Schauspielerinnen für die Rolle der Titania im ›Sommernachtstraum‹ vorsprechen.

Heather sah ziemlich verärgert zu.

»Keine einzige hat irgendwas von einer Feenkönigin an sich«, beschwerte sie sich später bei Dinnie, aber der war so beschäftigt damit, eine Extraschicht Erdnußbutter auf seine Schokoladenkekse zu schmieren, daß er kaum Notiz von ihr nahm.

»Gestern habe ich eine Frau getroffen«, fuhr Heather fort, »die sich für Xenophon hält, den Athener

Söldnerführer aus dem Jahr 401 v. Chr., der Kyros, den Anwärter auf den persischen Thron, im Kampf gegen seinen Bruder Artaxerxes unterstützt.«

»Ich hasse deine albernen erfundenen Geschichten«, sagte Dinnie. »Laß mich in Frieden.«

Da sie nicht schlafen konnte, stand Morag auf und beschloß, die Hummer zu befreien.

»Die armen kleinen Dinger.«

Sie hüpfte auf ein Auto, das in Richtung Chinatown fuhr, und war voller Abenteuerlust.

»Genau wie James MacPherson«, murmelte sie. James MacPherson war der berühmte schottische Räuber und Fiedler aus dem siebzehnten Jahrhundert und ein großer Feenfreund gewesen, ehe man ihn hängte.

In der nächsten Straße ging ein Kracher hoch, und ein paar Leute waren unterwegs, aber im ganzen war es ziemlich ruhig.

Morag fand das Restaurant wieder und begrüßte die Hummer mit überschwenglichem Winken. Sie zu befreien war nicht schwer. Es gibt kaum ein Schloß, das eine Fee nicht mit Leichtigkeit knackt, und im nächsten Moment schwammen die Hummer durch die Kanalisation in die Freiheit.

Ein spektakulärer Erfolg, dachte Morag. Geradezu ein Triumph. Wie geschmiert war die Aktion gelaufen. MacPherson der Räuber persönlich hätte es nicht besser gekonnt.

»Was fällt dir ein, ein Restaurant in unserem Revier auszurauben?« gellte eine Stimme hinter ihr. Morag wirbelte herum und entdeckte zu ihrer großen Überraschung eine sehr aufgebrachte Fee mit gelber Haut und Schlitzaugen, die sie wütend anblitzten.

Morag floh.

An der Ecke Canal Street hüpfte sie auf ein Motorrad, das viel schneller fuhr, als sie hätte fliegen können, und sie mußte sich mit aller Kraft festhalten. Hinter ihr schüttelte eine wütende Horde chinesischer Feen die Fäuste und hielt Ausschau nach einem Gefährt, das geeignet war für die Verfolgungsjagd.

»Weißer Teufel«, schrien sie. »Dir werden wir's zeigen. Niemand überfällt ungestraft unsere Restaurants!«

Als das Motorrad in die 4. Straße einbog, riskierte Morag mit einem spektakulären Sprung aufs Pflaster Kopf und Kragen und rannte dann heim, so schnell sie konnte. Sie warf noch einen hastigen Blick über die Schulter, entdeckte aber keine Verfolger. Hoffentlich habe ich sie abgeschüttelt, betete sie. Was ein Glück, daß der Motorradfahrer betrunken und wie ein Verrückter gerast war.

Aha! dachte Magenta, die den Broadway hinauf schlich und beobachtete, wie die chinesischen Feen vergeblich versuchten, Morag einzuholen. Die ersten Scharmützel! Artaxerxes hat seinen Feldherrn Tissaphernes und ein Heer orientalischer Söldner ausgeschickt. Sie begriff, daß die große Schlacht kurz bevorstand. Um ihre Nerven zu beruhigen, nahm sie einen kräftigen Schluck aus ihrer Flasche Fitzroy Cocktail. Die Stiefelwichse verfärbte ihre Lippen dunkellila, aber sie fühlte sich sehr gestärkt.

Da sie es für ratsam hielt, in Deckung zu gehen, schlich sie zur 4. Straße und stahl sich in das alte Kino.

Drinnen gab Cal gerade dem Schauspieler, der die Rolle von Theseus, dem Herzog von Athen, spielte, Regieanweisungen.

»Du bist ein Herzog. Also beweg dich und rede wie ein Aristokrat!«

»Lächerlich«, verkündete Magenta und trat aus den Kulissen. »Theseus war nie Herzog von Athen.«

»Was?«

»Theseus war nie Herzog von Athen. Den Rang eines Herzogs gab es im alten Griechenland gar nicht!«

»Woher zum Teufel willst du das wissen?«

Magenta warf sich in die Brust. Das Leben auf den Straßen hatte ihr nichts anhaben können. Fünfunddreißig und muskulös, mit gestutztem eisgrauem Haar, war sie ein furchteinflößender Anblick, wenn man sie reizte.

»Woher ich das weiß? Weil ich dort geboren bin.«

»Hau ab, du Pennerin«, sagte der Schauspieler.

Magenta gab ihm eine schallende Ohrfeige.

»Ich trete von meiner Rolle zurück«, jaulte der Schauspieler auf. »Ein wahrer Künstler kann unter solchen Bedingungen nicht arbeiten!«

Sicher daheim angekommen, flitzte Morag in Kerrys Zimmer. Kerry war aufgewacht, saß auf einem Kissen, machte sich einen zu ihrem hellblauen Haar passenden Hut, trank Bier und hörte Radio.

»Teuflische gelbe Feen …«, begann Morag, aber Kerry unterbrach sie.

»Morag, gerade habe ich an dich gedacht. Hör dir die Nachrichten an!«

Der Nachrichtensprecher berichtete von den Ereignissen des Tages in Brooklyn, wo es nach einem Streit in einem Lebensmittelgeschäft zu Ausschreitungen zwischen Koreanern und Lateinamerikanern gekommen war. Der Zwischenfall hatte zu heftigen Straßenkämpfen geführt, und inzwischen war das Geschäft von Wachposten umstellt.

»Schon wieder Rassenkrawalle«, sagte Kerry. »Wie

schade, daß Menschen nicht wie Feen sind, so wie du heute morgen gesagt hast.«

»Genau«, sagte Morag und starrte zur Decke.

Kerry stellte das Radio ab und schaute nachdenklich.

»Was meinst du mit ›teuflische gelbe Feen‹?«

»Nichts. Überhaupt nichts. Das ist bloß ein netter schottischer Gruß, den wir oft benutzen, wenn wir einen alten Freund treffen.«

Morag holte ihren Whiskeyvorrat hervor und setzte sich dann aufs Bett.

»Ich gehe jetzt lieber schlafen. Wenn jemand anruft, sag, ich bin nicht da.«

»Mußt du unbedingt auf meiner Schulter sitzen?« beschwerte sich Dinnie.

»Warum nicht? Es ist eine hübsche dicke Schulter mit viel Platz darauf.«

»Ich habe keine dicken Schultern.«

»Klar hast du die.«

Sie blieben an der Ecke stehen und stritten sich. Dieser hitzige Disput zwischen einem Geigenspieler und einer unsichtbaren Fee hätte andernorts Aufmerksamkeit erregt. An einer Ecke der 4. Straße nahm niemand Notiz.

Sie gingen weiter, Dinnie noch brummiger als sonst, Heather dagegen völlig unbeeindruckt. Dinnie war auf dem Weg zum Supermarkt in der Second Avenue, wo er billig einkaufen konnte und seine Lieblingskekse bekam.

»Hast du'n bißchen Kleingeld?« fragte ihn eine Bettlerin. Dinnie würdigte sie keines Blicks. Dinnies Herzlosigkeit stimmte Heather traurig. Sie fand, für einen MacKintosh schicke es sich nicht, den Armen seine Hilfe zu verweigern.

»Sie hat kein Zuhause. Es ist schrecklich, wenn man kein Zuhause hat.«

»Was geht mich das an! Geh doch hin und bau ihr eins, wenn du soviel Mitleid mit ihr hast. Dann hängst du mir wenigstens nicht dauernd im Haar.«

»Ich war noch nie in deinem Haar. Das ist mir viel zu dreckig.«

Dinnie hatte dickes, schwarzes Haar. Meistens war es struppig und ungekämmt. Mit seiner verfilzten Mähne und seinem kräftigen Körperbau sah er manchmal wirklich wild aus, besonders, wenn er nicht rasiert war – entweder weil er keine Lust dazu hatte oder weil er den Heißwasserboiler nicht in Gang bekam.

Er schätzte es nicht, von einer Fee kritisiert zu werden, und beschloß, stumm seines Weges zu gehen.

Aber mit Heather auf der Schulter war das nicht möglich.

»Warum steigt da Dampf vom Trottoir auf?«

»Keine Ahnung. Außerdem heißt das Bürgersteig.«

»Wirklich? Sind wir bald da?«

»Nein.«

»Bestens. Dann erzähle ich dir eine Geschichte, solange wir unterwegs sind. Ich erzähle dir die traurige Geschichte, warum ich von den herrlichen Seen und Schluchten Schottlands vertrieben wurde, warum ich nie mehr zurück darf, nie mehr die schönen mit Heidekraut bewachsenen Hügel und die schneebedeckten Berge von Glencoe sehen werde. Warum ich für immer dem Genuß von Heidekrautbier und dem von den MacKintosh-Feen so vorzüglich gebrauten und destillierten Whiskey entsagen muß und warum ich den hübschen kleinen Friedhof von Inver niemals wiedersehen werde.«

Dinnie knirschte mit den Zähnen. »Nun fang schon an mit deiner Geschichte.«

»Ich wollte dich doch bloß erst in Stimmung bringen. Also, eines Nachts, es war stockdunkel und goß in Strömen, waren Morag und ich auf Skye unterwegs, einer Insel vor der schottischen Westküste. Wir wollten zum großen MacLeod-Feenfiedelwettbewerb. Die Reise war sehr beschwerlich, aber als echte MacKintosh konnte mich das nicht abschrecken. Morag dagegen jammerte die ganze Zeit, ihr sei kalt und sie hole sich noch den Tod in den feuchten Kleidern. Die MacPhersons sind alle verweichlicht. Sie wollte sich schon irgendwo hinlegen und aufgeben, als ich die Sache in die Hand nahm und eine Burg fand, in der wir unterschlüpfen konnten.«

»Du hast eine Burg aufgetrieben? Einfach so?«

»In Schottland sind Burgen nichts Ungewöhnliches, im Gegenteil, es wimmelt geradezu von solchen Gemäuern. Wir fanden einen Raum, der schön trocken war. Es gab zwar kein Bett darin, aber auf dem Boden stand eine bequem aussehende Schatulle, und in die kletterten wir. Darin war nichts außer einem großen grünen Tuch.«

Im Schrittempo rollte ein Taxi vorbei, hupte den Lastwagen vor sich an, der wiederum das Auto vor sich anhupte, dem gerade ein anderes Auto mit abgewürgtem Motor im Weg stand. Die Fahrer hinter dem Taxi taten es den anderen gleich und stimmten ein gewaltiges Hupkonzert an, obwohl sie natürlich wußten, daß es ihnen nicht das geringste nutzte. Dinnie schlängelte sich zwischen den Autos hindurch über die Straße.

»Morag jammerte natürlich immer noch, ihr sei kalt, und um mir das nicht länger anhören zu müssen, zog ich mein Schwert und schnitt uns aus dem grünen Tuch zwei Decken heraus. Darunter hatten wir es schön warm und schliefen tief und fest. Und jetzt rate mal, was es mit dem grünen Tuch auf sich hatte!«

»Ist mir doch egal!«

»Das war die berühmte MacLeod-Feenfahne!«

Heather wartete darauf, daß Dinnie vor Staunen nach Luft schnappte. Aber nichts dergleichen geschah.

»Bist du nicht baff?«

»Nein.«

»Hast du etwa noch nie davon gehört?«

»Nein.«

Heather war erstaunt. Sie hatte angenommen, die MacLeod-Fahne sei jedem ein Begriff.

»Sie ist eine der berühmtesten Artefakte Schottlands und den schottischen Feen so lieb und heilig wie die MacPherson-Fiedel und das MacKintosh-Schwert.

Irgendwann im elften Jahrhundert hatten die Feen die Fahne dem menschlichen MacLeod-Clan übergeben, und sie bewahrten sie von Generation zu Generation in ihrem Stammschloß Dunvegan Castle auf. Die Fahne rettete den Clan vorm Untergang und darf nur in äußersten Notfällen aus der Schatulle geholt werden. Mit der MacLeod-Fahne spielt man nicht. Nicht einmal berühren darf man sie – Bettdecken aus ihr herauszuschneiden ist völlig ausgeschlossen!

Wir wußten natürlich nicht, was wir getan hatten, und setzten am nächsten Morgen unsere Reise fort. Die Decken nahmen wir mit, um unsere Fiedeln darin einzuwickeln und für alle Fälle eine warme Zudecke zu haben. Als wir aber das Gelände erreichten, wo der Wettbewerb stattfand, und unsere Fiedeln auspackten, gab es einen Aufruhr. Die MacLeod-Feen wollten uns auf der Stelle umbringen, weil wir ihre Fahne zerschnitten hatten. Ich sagte, es sei ein Versehen gewesen, ich hätte nicht gewußt, daß wir in Dunvegan Castle Unterschlupf gefunden hatten und noch viel weniger, daß es die Feenfahne war, die ich zerschnitten hatte. Aber sie glaubten offensichtlich, wir hätten es mit Absicht getan. Na, die MacLeod-Feen sind ja bekannt für ihren niedrigen Intelligenzquotienten. Unglücklicherweise waren sie eindeutig in der Überzahl, und wir mußten auf dem Rücken eines Tümmlers zurück aufs Festland fliehen.

Aber sie ließen nicht locker und verfolgten uns überall. Sogar die Tatsache, daß wir gute Feen sind und bekanntermaßen nie etwas Böses tun, beeindruckte sie nicht. Deshalb mußten Morag und ich aus Schottland verschwinden. Und jetzt können wir nie wieder zurück, und alles nur, weil diese dumme Ziege Morag dauernd über die Kälte gejammert hat. Sie hat mein Leben ruiniert.«

»Naja«, sagte Dinnie und witterte eine Gelegenheit, Heather eins auszuwischen. »Schließlich hast du doch die Fahne zerschnitten.«

»Aber nur einem schwachen Wesen zuliebe. Woher sollte ich denn wissen, daß es die berühmte MacLeod-Fahne war? Warum mußten die blöden Feen sie auch in dieser Schatulle rumliegen lassen?«

Inzwischen war Dinnie müde. Der Gang von der 4. Straße zum Supermarkt hatte ihn ins Schwitzen gebracht, und er wollte nur noch schnell einkaufen und wieder nach Hause.

»Ein bißchen Mitgefühl könntest du immerhin zeigen«, sagte Heather, während Dinnie Berge von Keksen und Cornedbeefdosen in den Einkaufswagen lud.

»Warum? Ist mir doch egal, daß ihr aus Schottland verjagt worden seid.«

»Aber es ist schrecklich, kein Zuhause mehr zu haben.«

»Bah!«

Dinnie hatte einen kurzen Disput mit der Frau an der Kasse, weil er irrtümlicherweise glaubte, sie habe ihm zuviel berechnet, dann machte er sich auf den Heimweg.

»Genau der Mann, auf den ich gewartet habe«, sagte der Hausmeister, der Dinnie auf der Treppe abfing. »Du mußt aus der Wohnung raus.«

Dinnie stapfte zu seinen Zimmern hoch und warf die Einkaufstüten auf den Boden.

»Tut mir leid«, sagte Heather. »Es ist schrecklich, wenn man kein Zuhause ...«

»Sprich es nicht aus«, giftete Dinnie und öffnete wütend eine Cornedbeefbüchse.

Die Albatrosdame landete mit einem Plumps an der Küste von Cornwall. Magris war dort, um sie zu begrüßen. Er war der Hofzauberer des Königs, auch wenn er es inzwischen vorzog, sich Chefingenieur zu nennen. Seine Flügel hatte er unter seinem langen grauen Mantel ordentlich zusammengefaltet.

»Hast du Neuigkeiten für mich?«

Die Albatrosdame schüttelte den Kopf.

»In keinem der Königreiche, die wir überfliegen, gibt es eine Spur von ihnen. Wir haben Kriege gesehen, Hungersnöte, Plagen, Schiffe, Züge und Autos, Ameisen, Kamele und Eidechsen, Gnome und Kobolde und Meerjungfrauen, aber deine beiden Feen und ihre Freunde haben wir nicht gesehen.«

Magris runzelte die Stirn. Er war verärgert, hütete sich aber, einen Albatros zu kritisieren.

»Bitte setzt eure Suche fort!«

Der Vogel nickte und flog davon. Albatrosse halten nichts von müßigem Geplauder. Magris genauso wenig. Er war außer sich vor Zorn über den Rebellen Aelric und seine Sabotageakte gegen die Wirtschaft des Königreiches. Überall gingen Warenlager und Fabriken in Flammen auf.

Außerdem streuten die Rebellen das Gerücht aus, daß es um das Königreich viel besser bestellt wäre, wenn statt Tala seine Kinder Petal und Tulip regierten.

Petal und Tulip lagen in einer friedlichen kleinen Lichtung im dichten Unterholz des Central Park und lauschten dem Flötenspiel von Maeve und Padraig. Die beiden spielten ›Ballydesmond‹ und ›Maggie in the Woods‹, und Petal und Tulip wippten mit den Füßen im Takt zur fröhlichen Polkamusik.

»Ob wir wohl Doolin jemals wiedersehen?« seufzte Maeve. Das Dorf Doolin war in ganz Irland wegen seiner Flötenspieler bekannt, und die beiden Feen hatten dort viel Zeit verbracht, selbst gespielt oder den anderen zugehört. Wehmütig dachten sie an vergangene schöne Tage in der Grafschaft Clare.

Magenta hatte noch nie viel vom zwanzigsten Jahrhundert gehalten. Als ihr Vater, nachdem er sich die Hände gewaschen und nicht richtig abgetrocknet hatte, sich an seinem Schreibcomputer einen elektrischen Schlag holte und daran starb, hatte sie endgültig die Nase voll. Und vom Waschen hielt sie auch nicht viel.

Die Xenophon-Phantasie, in die sie sich einspann, war ein willkommener Ausweg und hielt sie außerdem bei Laune, während sie sich vor Joshua versteckte. Magenta und Joshua waren ein Liebespaar gewesen, bis sie ihn mit einer anderen Stadtstreicherin erwischte und aus Rache sein Rezept für den Fitzroy Cocktail stahl, wohl wissend, daß er ohne nicht leben konnte.

Während sie jetzt durch die Straßen schlich, spielte sie jedoch mit dem Gedanken aufzugeben. Das scharfe Gebräu wirkte nicht mehr so gut wie am Anfang, und ihr dämmerte, daß sie wenig Ähnlichkeit mit dem legendären griechischen Helden hatte.

Eine Feengestalt tauchte in der Ferne auf.

»Ich glaube, ich halluziniere immer noch.«

Heather sah traurig auf eine Leiche hinab. Wieder war eine alte Obdachlose an Krankheit, Erschöpfung und Hoffnungslosigkeit gestorben. Das machte drei in drei Tagen. Heather war entsetzt, wie die Leute ihr Leben hier auf der Straße aushauchten und einfach liegenblieben. Fußgänger gingen vorbei und sahen nicht einmal hin. In Cruickshank wäre so etwas unmöglich.

Feen legen zum Zeichen des Respekts immer eine Blume auf eine Leiche, und Heather machte sich auf die Suche nach einer passenden Blume. Im Kino entdeckte sie direkt neben Cals Gitarre eine herrliche Mohnblume mit roten, gelben und orangenen Blüten. Heather stibitzte sie und legte sie auf die Leiche.

Dann spielte sie ein ergreifendes Klagelied auf ihrer Fiedel und ging weiter.

Magenta hatte inzwischen die Leiche erreicht, blieb stehen und stellte mit Entsetzen fest, daß es jemand war, den sie gut kannte. Mit dieser Frau hatte Magenta seit fünfzehn Jahren gebettelt. Sie waren Freundinnen gewesen.

Deprimiert setzte sie sich auf den Bürgersteig und nahm einen tiefen Schluck von ihrem Fitzroy Cocktail. Kein guter Ort, diese Stadt, dachte sie.

»Zum Teufel, was soll's«, flüsterte Magentas Unterbewußtsein. Sie stand auf und nahm eine majestätische Haltung ein.

»Kyros ist tot«, verkündete sie den versammelten Truppen. »Mein lieber Freund und Wohltäter, er fiel im Kampfe. Wie sollen wir Griechen jetzt durch Tausende Meilen Feindesland den Weg in unsere Heimat finden?«

Sie hob die Blume auf, die Heather hingelegt hatte, und marschierte zielstrebig weiter.

Wieder landete die Albatrosdame schwerfällig an der Küste von Cornwall.

»Wir haben sie gefunden«, berichtete sie Magris.

»Wo?«

»Eine der Feen wurde in New York von einem Spatz entdeckt, als sie gerade mit einer alten Frau sprach.«

»Ich danke dir«, sagte Magris und gab der Albatrosdame zur Belohnung ein Goldstück.

8

Der Verlust von Kerrys dreiblütigem walisischen Klatschmohn war ein niederschmetterndes Ereignis.

Kerry starrte auf den leeren Platz in ihrer Sammlung und zitterte vor Entsetzen und Zorn. Morag, die auf einem der Lautsprecher saß und sich eine Suicide-Platte anhörte, flog zu ihr und fragte, was los sei.

»Meine Mohnblume ist verschwunden!«

In Kerrys Buch über keltische Mythen war der walisische Klatschmohn das Zentrum des mystischen Alphabets. Es mußte jedoch eine Mohnblume mit drei Blüten sein, und die war so selten, daß es sie praktisch nicht gab.

»Ich habe sie dort gefunden, wo die Polizei ein Crackhaus plattgewalzt hat. In ganz Amerika gibt es keine zweite.«

Wie sie verschwunden sein konnte, war ein Rätsel.

Cal klingelte an der Wohnungstür. Als er eintrat, bedankte er sich überschwenglich bei Kerry, weil sie ihm die Blume geliehen hatte.

»Meine Titania ist von einer wirren Stadtstreicherin, die das Theater überfiel, in Angst und Schrecken versetzt worden. Ich mußte ihr etwas besorgen, um sie zu beruhigen. Weil ich ja noch deinen Schlüssel habe, bin ich in deine Wohnung gerannt und habe eine Blume geholt. Das macht dir doch nichts aus, oder? Ich fürchte bloß, inzwischen hat sie jemand geklaut. War doch bestimmt weiter nicht wichtig, was?«

Die chinesischen Feen waren keineswegs erfreut, daß ein Restaurant in ihrem Revier von einem Eindringling ausgeraubt worden war. Ihr Ärger darüber hielt sich jedoch in Grenzen. Maßlos dagegen war ihr Entsetzen, als sie entdeckten, daß ihr Bhat Gwa-Spiegel verschwunden war. Ein Bhat Gwa-Spiegel hat die Kraft, vor schlechten Fung Shui-Strahlen zu schützen, also alle möglichen Formen von Unglück abzuwenden. Und weil dieser Spiegel, ein kleines Achteck, den chinesischen Feen heilig war, hatten sie ihn ihrem menschlichen Freund Hwui-Yin anvertraut, damit er ihn in seinem Laden aufbewahre.

Ohne den Spiegel würden gewiß die schlimmsten Katastrophen passieren, um so mehr, als das Fest der

Hungrigen Geister näherrückte, an dem unzufriedene Geister auf der Erde umherstreifen.

Die chinesischen Feen schnupperten im Laden herum auf der Suche nach einem Hinweis, wohin der Spiegel verschwunden sein mochte.

»Diese seltsame weiße Fee mit den buntgescheckten Haaren war hier«, riefen sie, denn sie witterten Moragս Aura. Feen können so etwas. Sie hielten Morag für die Diebin, eine keineswegs abwegige Annahme, obwohl in Wirklichkeit Kerry die Übeltäterin war, die sich den Spiegel inzwischen auf eine ihrer indischen Westen genäht hatte.

»Phantastisch! Der Schlag hat gesessen!« sagte Morag. »Erinnert mich an die Zeit, als ich allein gegen den MacDougal-Clan angetreten bin.«

»Danke«, sagte Kerry und rieb sich ihre verstauchte Hand.

»Meinst du, Cals Nase ist wirklich gebrochen? Er ist so schnell fortgerannt, daß ich es nicht richtig sehen konnte.«

Kerry sagte, das wolle sie doch hoffen und ihre Rache an Cal würde nun noch furchtbarer werden. Sie war tief deprimiert über den Verlust ihrer Blume und unterstellte Cal, er hätte das mit Absicht getan.

Sie war gerade damit beschäftigt, ihren Kolostomiebeutel abzumachen und fortzuwerfen. Sie haßte das Geräusch, das er manchmal dabei machte.

Morag hockte auf ihrer Schulter.

»Wie werden wir die Blume ersetzen?«

»Sie ist unersetzlich!«

»Unsinn«, antwortete Morag. »Schließlich bin ich hier, um dir zu helfen. Ich werde die ganze Stadt absuchen.«

Kerry holte die sterile Lösung und einen Wattebausch, um das Loch in ihrem Bauch zu säubern. Morag ließ sich auf einem Stapel Bootlegs von den Velvet Underground nieder und warf einen kurzen Blick auf das Foto von Nico, auf dem sie sehr jung und traurig aussah.

»Soll ich dir ein bißchen Kokain von dem Dealer an der Ecke stehlen? Das würde dich bestimmt inspirieren.«

Kerry lachte.

»Woher weißt du denn das?«

»Mein psychologischer Scharfblick sagt es mir.«

Sich Kokain besorgen zu lassen, hielt Kerry für keine besonders gute Idee. Sorgfältig klebte sie einen Pappring auf ihren Bauch, um den heutigen Beutel daran zu befestigen.

»Aber wie kann ich dich denn sonst aufheitern?« fragte Morag leicht frustriert. Mit den unglücklichen Frauen von Cruickshank hatte sie nie solche Probleme gehabt.

»Erzähl mir eine Geschichte.«

Morag war erfreut.

»Ausgezeichnete Idee! Ich erzähle dir die Geschichte von der Fehde zwischen den MacPhersons und den MacKintoshs. Sie wird dir einen Einblick in die Herrlichkeit der schottischen Kultur geben und dich außerdem begreifen lassen, weshalb Heather zu der schrecklichen Ziege wurde, die sie heute ist.«

Sie machte es sich auf den Schallplatten bequem und begann.

»Im zwölften Jahrhundert schlossen sich mehrere schottische Clans zu einem mächtigen Bund zusammen, dem Chattan-Bund. Die MacPhersons, mit denen mein Feenstamm verbündet ist, traten ihm bei, ferner die MacGillivrays, die MacBeans und die Davidsons. Die verwünschten MacKintoshs jedoch …«

»Bitte spuck jetzt nicht wieder auf den Boden«, sagte Kerry.

»Na gut. Jedenfalls waren die MacPhersons die geborenen Führer dieses Bundes. Denn erstens waren sie tapferer und klüger und zweitens auch noch stärker und schöner als alle anderen. Ihre Dudelsackspieler waren die besten im ganzen Land; kein Wunder, schließlich hat meine Familie sie alle unterrichtet. Wir sind nämlich als Dudelsackspieler so berühmt wie als Fiedler.

Außerdem stammen die MacPhersons von Muireach ab, der 1173 der Parson von Kingussi war. Aber nicht nur das. Gleichzeitig war er der Vater zweier berühmter Söhne: Der eine war Gillechattan Mor, unumstrittener Führer der Chattans; der andere war Ewan Mor, Stammvater der MacPhersons. Die MacPhersons stammen also in direkter Linie vom Urvater des Chattan-Bundes ab und sind schon allein deshalb dessen geborene Führer. Als die Führerschaft der Chattans 1291 jedoch auf Eva überging, die Tochter von Dougall Dall, wurde sie von Angus, dem Sechsten Laird der verdammten MacKintoshs, entführt. Er zwang sie, ihn zu heiraten, und hat so die Führerrolle an sich gerissen.«

Unterdessen klebte Kerry den neuen Plastikbeutel fest, damit er die Exkremente auffing, die heute aus ihrem Bauch sickern würden.

»Die MacPhersons haben das natürlich nie akzeptiert, aber im Laufe der Jahrhunderte war den MacKintoshs kein Trick zu schmutzig, kein Vorwand zu windig, um an ihrer erschlichenen Anführerrolle festzuhalten. Nichts war ihnen zu niederträchtig. Sie betrogen, schmiedeten Komplotte, ließen sich von jedem kaufen – von den Franzosen, Engländern oder sonstwem. Kurz, durch ihr schockierendes Benehmen brachten sie den guten Namen des ganzen Bundes in Verruf. Und ich glaube, sie tun es heute noch.

Du siehst also«, schloß Morag, deren Gesicht jetzt vor Eifer glühte, »bei einer solchen Abstammung war es einfach unvermeidlich, daß aus Heather ein solches Miststück wurde. Stehlen, betrügen und alte Freunde verraten, was anderes kennt sie nicht. Es liegt ihr einfach im Blut.«

»Ach komm«, protestierte Kerry. »So schlecht kann sie doch gar nicht sein.«

Die kleine Fee schniefte verächtlich.

»Ha! In Cruickshank verging kein einziger Tag, ohne daß Heather Unheil angerichtet hat. Wenn die Bauern die Milch ihrer Kühe vermißten, schickten sie Suchtrupps nach Heather aus. Wenn das Häuschen eines Dörflers niederbrannte, war der erste Ruf ›Wo ist Heather?‹ Wirklich, es ist ein Wunder, daß sie nicht an einem Hagedornbusch aufgeknüpft wurde, lange ehe man sie aus Schottland vertrieben hat. Ich sage dir, sie mag ja eine Distelfee sein, aber sie ist ein elendes, betrügerisches, skrupelloses Geschöpf.«

»O je«, sagte Kerry freundlich. »Du liebst sie sehr, nicht wahr?«

»Ganz bestimmt nicht. Diese Angeberin! Ständig prahlte sie damit, daß sie ihr Haar leuchtender färben könnte als ich. Aber jetzt, wo du mich in die Kunst des Oxydierens eingeweiht hast, stinkt ihr Blond sowieso ab gegen meins. Mir soll es recht sein, wenn ich sie nie wieder sehe. Sie hat mein Leben ruiniert. Schließlich war es ihre Idee, die MacLeod-Feenfahne zu zerschneiden und Decken daraus zu machen. Ich wäre bestens ohne Decke ausgekommen. Sie ist schuld, daß ich aus Schottland verbannt worden bin. Und davor hat sie mir ihre Mutter auf den Hals gehetzt, die fand, ich hätte einen schlechten Einfluß auf Heather, weil ich ihr beigebracht hatte, das ganze erste Anthrax-Album auf der Fiedel zu spielen. Das Leid, das sie über mich gebracht hat, ist unermeßlich!«

Kerry hatte jetzt den Kolostomiebeutel gewechselt und zog sich an. Da der Beutel seitlich auf ihrem Bauch saß, konnte sie nichts tragen, das an der Taille eng saß. Auch die knallbunten Leggings, in die sie schlüpfen wollte, zwängten sie zu sehr ein. Sie seufzte tief und suchte nach etwas Weiterem. Morag sah ihr zu.

»Andererseits«, sagte die Fee, »verglichen mit manch anderem, hab ich's gar nicht so schlecht getroffen.«

Kerry nahm eine kleine Flasche aus dem Regal und schluckte ihre Dosis Steroide, die ihre Krankheit eindämmen sollten.

»Mag sein«, sagte sie zu Morag. »Trotzdem ist deine Geschichte traurig. Komm, wir tun uns was Gutes und holen uns eine Riesenpizza. Und dann denken wir darüber nach, wo wir Ersatz für den Klatschmohn herkriegen. Entweder gewinne ich den Preis der 4. Straße oder ich sterbe bei dem Versuch.«

9

Dinnie wollte den Hausmeister überreden, ihn nicht aus der Wohnung zu werfen, aber der Mann blieb unerbittlich. Er riskierte seinen Job dadurch, daß er die Räume über dem Kino vermietete, denn das war illegal, und wenn Dinnie nicht zahlen könnte, dann müsse er gehen.

»Aber ich bin die einzige respektable Erscheinung hier. Ohne mich werden sich die Schwulen im ganzen Gebäude breitmachen. Ich bin ein guter Mieter. Ruhig und belästige niemand. Morgen habe ich das Geld.«

Der Hausmeister wurde schwankend. Unglücklicherweise konnte Heather in genau diesem Moment dem Drang nicht widerstehen, unsichtbar, wie sie war, auf die Schulter des Hausmeisters zu flattern und ein paar schnelle, schrille Rhythmen zu spielen.

»Ich gebe dir bis morgen, dann hast du die Wohnung geräumt«, sagte der Hausmeister und verschwand.

»Warum zum Teufel hast du das getan?« schrie Dinnie. Die Fee hatte keine vernünftige Erklärung. Dinnie, vor Zorn außer sich, warf seine Sandalen nach ihr, und sie ließ ihn beleidigt stehen.

Er lümmelte sich vor den Fernseher.

»Ich hätte sie mit ihrer Geige erschlagen sollen«, brummte er.

Unter Heathers Anleitung hatte Dinnie ›The Bridge of Alar‹ und ›The Miller o'Drone‹ spielen gelernt, beides bekannte schottische Tänze. Inzwischen übte er mit mehr Enthusiasmus. Nach menschlichem Ermessen konnte er immer noch nicht gut spielen, und gemessen an Feen-Standards, spielte er einfach erbärmlich, aber er hatte eindeutig Fortschritte gemacht. Dinnie hätte sich beinahe dazu hinreißen lassen, Heather ein Dankeschön zu gönnen, konnte sich aber noch rechtzeitig beherrschen.

»Machen Sie jetzt ein Tausend-Dollar-Gelübde, und Gott wird Sie erhören«, verkündete ein gutaussehender Fernsehprediger. »Durchbrechen Sie den Teufelskreis von Armut und Jammer. Geben Sie mir tausend Dollar als Unterpfand, und mit der Hilfe Gottes schmelzen all Ihre Sorgen dahin.«

Dinnie verfluchte lautstark den Prediger und wechselte auf einen anderen Kanal.

»Hier sind wir und warten auf dich«, sagte eine nackte Frau mit einschmeichelnder Stimme und rieb sich mit einem roten Telefon über den Körper. »Schöne, rosa, warme, junge, saftige Muschi, unter 970 M-Ö-S-E.«

»Was guckst du da?« fragte Heather, die mit zufriedenem Whiskey-Grinsen durchs Fenster geflattert kam.

»Das geht dich einen Dreck an!«

»Was ist das – schöne, rosa, warme, junge, saftige Muschi?«

»Wie kannst du es wagen, dich noch einmal hier blicken zu lassen?«

»Mach dir keine Sorgen«, sagte Heather. »Ich habe dir verziehen, daß du Sandalen nach mir geworfen hast.«

In den Außenbezirken des Himmels herrschte hektisches Treiben; Gestalten schwirrten aufgeregt hin und her, tuschelten miteinander und blickten zur Erde hinab.

»Was ist los?« fragte Johnny seinen Freund Billy.

»Das Fest der Hungrigen Geister wird vorbereitet«,

sagte Billy. Billy war einige Jahre vor Johnny gestorben und kannte sich besser im Himmel aus. »Alle chinesischen Geister, denen etwas auf der Seele liegt, irgendein unerledigter Auftrag oder eine offene Rechnung, dürfen auf die Erde hinabsteigen, sich umsehen und ihre Angelegenheiten ordnen.«

»Ach, das ist ja interessant«, murmelte Johnny. »Ich wüßte nur zu gern, was aus meiner Gitarre geworden ist.«

Aelric trennte sich von seinen Gefolgsleuten, um in die Stadt zu fliegen. Dort angekommen, machte er sich schnurstracks auf den Weg zum Lesesaal der Stadtbücherei. Für einen kleinen unsichtbaren Elf ist es äußerst kompliziert, ein Buch aus dem Regal zu holen und zu lesen; außerdem ist die Prozedur dazu angetan, Panik unter den anderen Bibliotheksbenutzern auszulösen. Aber Aelric brauchte dringend eine Information.

Was nämlich den nächsten Schritt in seinem Guerillakrieg gegen König Tala betraf, so hatte ihn plötzlich die Inspiration verlassen. Guerillakrieg liegt einem friedlichen Elf aus Cornwall nicht unbedingt im Blut, und Aelric und seine kleine Gruppe von Gefolgsleuten mußten ständig gegen den Drang ankämpfen, zu Tala hinzugehen und zu sagen: »Hör mal, wir sind doch alle Elfen. Wollen wir nicht vernünftig miteinander reden?« Aber Tala war ein Herrschertyp, wie ihn das Feenreich bislang nicht gekannt hatte – despotisch und allen vernünftigen Argumenten unzugänglich.

Aelric machte die Abteilung für Politik ausfindig und zog eine Kurzfassung der Werke des Vorsitzenden Mao aus dem Regal.

»Hi, ich bin Linda. Meine Freundin und ich bieten dir den heißesten Telefon-Sex der ganzen Stadt.«

»Warum verbringst du deine Zeit damit, dir diesen lächerlichen Sex-Kanal anzugucken?«

»Ich verbringe meine Zeit nicht damit. Ich habe nur von einem Kanal auf den andern geschaltet und zufällig diesen erwischt.«

Heather lachte. »Ich würde so gern wieder mal schottische Musik hören! Komm, laß uns losgehen und gucken, wo es welche gibt.«

»In New York spielt kein Mensch schottische Musik. Nur irische.«

»Wirklich? Das überrascht mich. Aber macht nichts. Ist ja fast das gleiche. Alles, was die Iren können, haben sie schließlich von uns gelernt. Wo können wir welche hören?«

Dinnie kannte eine Kneipe in der 14. Straße, Ecke Neunte, wo regelmäßig irische Gruppen auftraten, aber er hatte keine Lust auf den Weg dorthin. Heather quengelte.

»Laß mich in Frieden mit deinen Jigs und Reels«, sagte Dinnie verärgert. »Wie soll ich Musik genießen, wenn ich morgen aus der Wohnung fliege? Und du bist schuld.«

Heather runzelte die Stirn.

»Erklär mir mal eins, Dinnie, weil ich nicht weiß, ob ich das richtig verstehe. Du mußt diesem Mann jede Woche Geld geben, damit du hier wohnen darfst. Und fünf Wochen hast du das nicht gemacht. Deswegen will er dich rauswerfen. Stimmt das soweit?«

»Haarscharf.«

»Also mußt du nichts weiter machen«, fuhr Heather fort, »als ihm ein Bündel von diesen Dollar-Dingern geben. Und dann ist alles in Ordnung?«

»Ja, du dämliche Fee, aber ich habe kein Bündel von diesen Dollar-Dingern.«

»Und wie war das, als du zu dem Fahrrad-Kurier-Dienst gegangen bist? Hast du da nicht genug verdient, um deine Miete zu bezahlen?«

Dinnie schniefte.

»Das hat nicht mal für 'ne Pizza gereicht.«

»Wäre der Vermieter denn auch mit einer Pizza zufrieden statt der Miete?«

Dinnie runzelte die Stirn.

»Laß mich in Frieden. Die Ahnungslosigkeit von euch Feen geht mir auf die Nerven.«

Heather zückte ihr Schwert und posierte kurz vor dem Spiegel. Sie rückte ihren Kilt zurecht und lächelte.

»Nun, wie dir inzwischen sicher aufgefallen ist, kennt der Erfindungsreichtum einer Distelfee keine Grenzen. Geh mit mir Musik hören, und ich besorg dir Geld für die Miete.«

Heather verstand immer noch nicht ganz, warum man Dollar zahlen mußte, um in einem schmutzigen Zimmer zu wohnen – ihr kam das wirklich abwegig vor –, aber sie war bereit zu helfen.

Heather genoß die irische Musik. Nur gelegentlich schniefte sie verächtlich über die Musiker. Nun, es waren eben Menschen, und gemessen an Feenstandards ... Aber im Grunde spielten sie nicht schlecht, und es sah sehr gemütlich aus, wie sie, eingehüllt in Zigarettenrauch, um den runden Tisch am Ende der Bar saßen. Heather hatte ihre Freude daran, den Dudelsäcken, Flöten, Violinen, Mandolinen, Banjos und Bodrans zu lauschen, und stampfte mit ihren nackten Füßen im Takt zu den Jigs und Reels auf den Tisch. Obwohl sie und Morag sich in den Kopf gesetzt hatten, die schottische Feenmusik mit Punk aufzupeppen, hing ihr Herz immer noch an der traditionellen Musik.

Als einige Musiker zu ihren Hornpfeifen griffen und ›The Boys of Bluehill‹ und ›Harvest Home‹ spielten, ließen junge und alte irischstämmige Einwanderer ihr Guinness und Jamesson stehen und fingen an zu tanzen.

»Ich bin gerührt«, sagte Heather und sah ihnen zu, wie sie hüpften und sich drehten.

»Warum?«

»Weil sie an zu Hause denken.«

Italienische Feen sind gut Freund mit dem Wind und können prächtig auf seinem Rücken reiten.

Drei von ihnen ließen sich gerade von einer Brise über die Houston Street tragen, nördlich von ihrem Zuhause in Little Italy. Sie suchten die Straßen in Richtung Norden ab und warteten.

»Da«, sagte die jüngste und deutete mit dem Finger. »Da ist sie. Sitzt auf der Schulter von diesem großen, dicken Menschen.«

Dinnie stapfte den Broadway hinunter, die Augen stur aufs Pflaster geheftet. Er war deprimiert und wütend und fühlte sich erniedrigt.

»Es tut mir leid«, sagte Heather – zum zwanzigsten Mal. Dinnie ignorierte sie. Die Bettler, Liebespaare und Partybesucher, die ihnen in der Dunkelheit begegneten, ignorierte er ebenso.

»Das war tapfer von dir«, fuhr die Fee fort. »Allein der Versuch war die Mühe wert! Beim nächsten Mal wird es schon viel besser gehen.«

Dinnie sagte, ein nächstes Mal werde es ganz bestimmt nicht geben. Und es hätte auch kein erstes Mal gegeben, wenn Heather ihn nicht mit ihrer Drohung erpreßt hätte, sich vor versammeltem Publikum sichtbar zu machen und für Aufruhr zu sorgen. Nach ein paar Whiskey hatte sie es sich in den Kopf gesetzt, Dinnie müsse unbedingt seine neuerworbenen Fertigkeiten auf der Geige vorführen. Aber sein Auftritt war eine einzige Katastrophe geworden. Mit vor Nervosität steifen Fingern hatte er sich wie der schlimmste Amateur durch zwei Tänze gekrächzt und gekratzt, und um ihn herum saßen lauter erfahrene Musiker, die nicht wußten, ob sie lachen oder peinlich berührt wegsehen sollten.

Als seine schreckliche Darbietung vorbei war, hatte tödliche Stille geherrscht. Selbst der lautstarke Betrunkene am Nebentisch war verstummt. Keiner der Zuhörer hatte je einen so schlechten Auftritt miterlebt. So etwas war im irischen Pub noch nicht vorgekommen. Und der ansonsten dickfellige Dinnie hätte sich bisher nicht träumen lassen, daß solch abgrundtiefe Beschämung überhaupt möglich war.

Dinnie erklärte Heather, daß es kein nächstes Mal gebe, weil er nie wieder seine Geige anrühren würde, weder zu Hause noch in der Öffentlichkeit. Außerdem würde er es begrüßen, wenn sich Heather eine andere Bleibe suchte und ihn in Frieden ließe, und zwar für immer.

Als er an einem Verkaufsstand mit gerösteten Erdnüssen vorbeitrabte und noch nicht einmal einen hungrigen Blick hinwarf, wußte Heather, daß die Sache ernst war.

»Laß dich doch nicht so schnell unterkriegen«, flehte sie. »Jeder fängt klein an. Es tut mir leid, daß ich dich zum Vorspielen überredet habe, ehe du soweit warst. Ich weiß, daß das ein Fehler war. Ich verstehe, daß es dir peinlich ist. Aber all die Musiker dort waren schließlich auch mal Anfänger. Sie wissen, wie das ist.«

»Die hatten aber keine Fee am Hals, die sie erpreßt hat, zu spielen und sich in aller Öffentlichkeit zu blamieren.«

Heather mußte zugeben, daß das wahrscheinlich stimmte.

»Ich mache es wieder gut, Dinnie. Ich habe das Geld für die Miete besorgt.« Sie holte ein Bündel zusammengeknüllter Dollarscheine aus ihrer Felltasche und überreichte es Dinnie.

Er nahm es schweigend. Selbst die Rettung vor dem Rausschmiß konnte ihn nicht aufheitern.

»Wo hast du das Geld her?« fragte er, als sie wieder in seiner Wohnung waren.

»Feenzauber«, log Heather.

Dinnie stellte den Fernseher an.

»Ich leck dir den Arsch und du kannst mir meinen verhauen«, gurrte eine nackte Frau mit langen dunklen Haaren, die auf einer Couch kniete. »Nur zwölf Dollar für drei Minuten.«

»Das hab ich nicht ganz verstanden«, sagte Heather und versuchte, ein Gespräch anzufangen. »Hat das irgendwas mit den schönen, jungen, rosigen, warmen, saftigen Muschis zu tun?«

Dinnie behandelte sie wie Luft.

Die italienischen Feen flatterten heimwärts.

»Sie hat ihm das geklaute Geld gegeben.«

»Was hat das zu bedeuten? Wer ist sie?«

Die italienischen Feen wußten es nicht. Sie hatten Gerüchte über große Aufregungen unter den chinesischen Feen in der Nachbarschaft gehört und fragten sich, ob da ein Zusammenhang bestand. Es war schon lange her, seit die italienischen Feen mit den chinesischen in Berührung gekommen waren, aber das Mißtrauen gegen sie saß tief und war ständig abrufbar.

Egal wie, sie waren empört, daß eine fremde Fee frech in eine italienische Bank eingedrungen war, das Safeschloß geknackt und sich mit einer Felltasche voll Geld davon gemacht hatte.

10

Kerry und Morag suchten die Lower East Side nach der Mohnblume ab, ohne Erfolg. Nachdem Cal, der Verbrecher, die Blume aus dem Apartment gestohlen und auf der Bühne hatte herumliegen lassen, war sie verschwunden.

Morag gab sich Mühe, Kerry aufzuheitern, und arbeitete mit ihr an der Gitarrenstimme von ›Born To Lose‹, einem Johnny-Thunders-Klassiker, aber weder Kerrys Herz noch ihre Finger waren bei der Sache. Ihr war nur noch nach Biertrinken.

Heather war zutiefst verstört, als Dinnie sich weigerte, auf seiner Geige zu spielen. Wenn es ihr nicht gelang, ihm das Fiedeln beizubringen, gab sie sich dem bitteren Hohn Moragς preis. Und das war mehr, als Heather verkraften konnte. Sie fürchtete, daß ihre Rivalin vielleicht schon von Dinnies Debakel im irischen Pub erfahren hatte.

»Warum habe ich bloß dieser hinterlistigen MacPherson gegenüber behauptet, ich könnte diesem nutzlosen Klotz Geigespielen beibringen! Weil ich mich von seiner herrlichen Geige habe bezaubern lassen! Sie hat einen wunderschönen Klang. Aber wegen eines Schwachkopfs hab ich nun den Ruf meines ganzen Clans aufs Spiel gesetzt!«

»Komm schon, Dinnie, üb ein bißchen.«

»Nein.«

»Wenn du nicht übst, dann macht Morag MacPherson mich und alle MacKintoshs lächerlich!« rief die Fee verzweifelt.

»Aha«, sagte Dinnie. »Deshalb bist du so wild darauf, daß ich es lerne. Ich hätt's mir ja denken können, daß du ein niederes Motiv hast. Ich gebe einen Scheißdreck auf die MacKintoshs und die MacPhersons. Schreib dir das hinter die Ohren.«

Heather schluckte ihren Zorn hinunter und säuselte. Sie flehte, überredete, jammerte, quengelte, schmeichelte und ging Dinnie um den Bart. Zum Schluß appellierte sie an seine Eitelkeit und sagte, mit seiner Geige unterm Kinn sei er ein sehr attraktiver junger Mann.

»Meinst du wirklich?«

Heather nickte. »Ja, ausgesprochen gut aussehend.«

Dinnie grinste, und Heather wußte, daß sie seine schwache Stelle getroffen hatte. Dinnie wünschte sich nichts sehnlicher, als attraktiv zu sein.

»Eins weiß ich ganz genau«, fuhr sie fort. »Wenn du noch ein paar Melodien lernst und dann wieder ins Pub gehst, werden sich die jungen irischen Mädchen auf der Stelle um dich reißen. Schon letzte Woche haben dich ein paar mit den Blicken geradezu verschlungen. Ich habe es genau gesehen.«

Dinnie holte seine Geige.

Ich habe mich selbst übertroffen, dachte Heather.

Endlich habe ich ihn dazu gebracht, seine Geige zu lieben. Glücklich hüpfte sie die Stufen hinunter zur Bar an der Ecke. Cal saß auf der Treppe und redete auf eine junge Frau ein.

»Du wirst eine großartige Titania abgeben«, sagte er. »Komm, wir proben. Es wird dir gefallen. Du wirst als Feenkönigin über eine Bühne voller Blumen schweben.«

Als sie das Wort Blume hörte, mußte Heather wieder an Morag denken. Daheim in Schottland waren sie mit allen Blumen befreundet gewesen. Sie beschloß, über die Straße zu fliegen und zu gucken, was Morag so trieb.

Drüben hörten sich Morag und Kerry gerade alte Lydia-Lunch-Kassetten an und tranken Bier. Kerry erzählte Morag von ihrer Kindheit in Maine und ihren Eltern, die gestorben waren, als sie noch klein war, und die ihr nichts hinterlassen hatten als eine gute Krankenversicherung, was sich als großes Glück herausstellen sollte.

»Und seit der Zeit bin ich arm. Ich habe versucht, hier in New York mit meiner Malerei Geld zu verdienen, aber dabei ist nicht viel herausgekommen.«

Kerrys letzter Versuch in der Malkunst war ein Auftrag von Cals Freunden gewesen, die ein Cover für ihre selbstproduzierten Platten brauchten.

»Ich habe eine schöne Frau gemalt. Sie sah aus wie die Venus von Botticelli – im Grunde hatte sie Ähnlichkeit mit mir. Sie lag auf einem Bett von Rosenblättern. Das Bild war sehr schön, aber die Band meinte, es passe nicht zum Titel ihres Albums.«

»Wie hieß das denn?«

»›Rock me, Fuck me, Kill me‹. Miserable Platte.«

Das war Kerrys letztes kommerzielles Unternehmen

gewesen, und seither hatte sie praktisch ohne Geld gelebt. Aber seit Morag da war und ihr beim Klauen half, war ihr Leben um einiges leichter geworden.

»Und was nun, Morag? Wo soll ich jetzt einen walisischen Klatschmohn mit je einer roten, gelben und orangenen Blüte finden? Ohne den Klatschmohn ist mein Blumenalphabet nicht vollständig, und es muß vollständig sein, wenn ich Cal beim Kunstwettbewerb den Preis wegschnappen will.«

Als sie Cals Namen aussprach, riß sich Kerry wütend das indianische Stirnband vom Kopf. Erst hatte er sie wegen ihres Kolostomiebeutels sitzenlassen und nun auch noch ihr Blumenalphabet sabotiert!

Magenta betrat einen kleinen Park in der Houston Street und setzte sich auf eine Bank, um ihren Xenophon zu konsultieren. Ein paar Tauben staksten um sie herum und pickten Krümel auf. Aber ehe Magenta zum Lesen kam, wurde sie von einem Penner gestört, den sie gut kannte. Er ließ seinen Job – Windschutzscheiben an der Ampel waschen – kurz im Stich und kam zu ihr herüber.

»Was hast du denn da? Xenophon?« Er brach in Gelächter aus. »Xenophon ist der reinste Schrott. Nach den jüngsten Erkenntnissen aller literarischarchäologischen Kapazitäten hat er bei dem Feldzug längst keine so wichtige Rolle gespielt, wie er behauptet.«

Magenta war nicht gewillt, länger zuzuhören. Sie vergewisserte sich, daß ihre neueste Beute, eine unschätzbare Blume mit drei Blüten, sicher in ihrer Plastiktüte verstaut war, und stapfte weiter.

»Warte nur, bis Joshua dich erwischt«, rief der Penner hinter ihr her.

»Gestern hat ein Abwasserkanal drei Strände auf Long Island überschwemmt. Das Gesundheitsamt von Nassau County wurde von Anrufern bestürmt, die von verseuchten Muscheln krank geworden sind.«

Morag las Zeitung, nachdem Kerry sich an einem Gitarrensolo versucht, das Instrument aber bald deprimiert zur Seite gelegt hatte. Ihrer Bewunderung für die New York Dolls tat das jedoch keinen Abbruch, und sie würde immer wieder probieren, deren Soli nachzuspielen.

»Und ein Teenager aus Brooklyn wurde nach einem Streit im Sunset Park niedergestochen.«

»Mmmmmh.«

»Und zwei Straßenräuber haben einen Streifzug durch Midtown gemacht, in fünf Minuten drei Passanten mit dem Messer bedroht und ausgeraubt.«

Kerry zog eine Grimasse. »Vielleicht solltest du mir lieber eine Geschichte aus Schottland erzählen.«

»Wenn du unbedingt willst.«

Morag biß in ein Plätzchen, spülte es mit einem Schluck Bier hinunter und begann.

»James MacPherson war ein berühmter schottischer Räuber und großartiger Fiedelspieler. Er hatte Angst vor niemand, und seine Beutezüge waren legendär. Aber schließlich wurde er gefangengenommen, weil ihn jemand auf dem Marktplatz von Keith verraten hatte. Das war so um 1700. MacPherson war gut Freund mit den Feen, hatte sogar eine glückliche Beziehung zu einer Meerjungfrau, und Meerjungfrauen sind ja so ähnlich wie Feen.

Der berühmteste Geigenbauer der MacPherson-Feen, Red Dougal MacPherson, lebte um die gleiche Zeit, und er mochte MacPherson, den Räuber, sehr gern. Die beiden tranken und musizierten oft zusammen in den Bergen um Banff. Red Dougal brachte James viele Fiedeltechniken der Feen bei, und es hat weder zuvor noch danach ein Fiedel-Duo gegeben, das ihnen das Wasser reichen konnte. Als Dank brachte MacPherson, der Räuber, seinem Lehrer und den anderen MacPherson-Feen Schläuche voll Whiskey und die schönsten Juwelen von seinen Raubzügen mit.

Schließlich waren sie so gute Freunde, daß Red Dougal mit all seiner Handwerkskunst eine Fiedel baute und zur großen Annie MacPherson brachte, dem Oberhaupt des MacPherson-Feen-Clans. Sie zauberte die Fiedel so groß, daß sie auch von Menschen gespielt werden konnte, und Red Dougal schenkte sie James.

Das Instrument hatte einen unvergleichlichen Klang. In den richtigen Händen konnte die Fiedel das Publikum hypnotisieren. Sie konnte einen zum Weinen bringen oder zum Lachen. Sie schickte Krieger in die gefährlichsten Schlachten und sang Babys in den Schlaf. Sie war in ganz Schottland berühmt, und obwohl MacPherson der Räuber sie trug und spielte, galt sie doch als eine der drei großen Artefakte der schottischen Feen und gehörte dem Clan.

Dann wurde MacPherson, der Räuber, verraten und gefangengenommen und vom Sheriff zum Tode verurteilt. Im Gefängnis von Banff saß er hinter Schloß und Riegel. Die Feen versuchten, ihn zu befreien, aber der Sheriff hatte zu viele Tricks von den Engländern gelernt, und dagegen waren wir schottische Feen machtlos. MacPherson saß in seiner Zelle und komponierte eine letzte Melodie, das berühmte ›MacPherson-Lamento‹.

Dank ihrer großen Macht gelang es Annie MacPherson, eine Begnadigung für den Räuber zu erreichen; das ganze schottische Volk war entzückt, denn er hatte nie die Armen beraubt, sondern nur die Reichen. Aber der Sheriff, der wußte, daß der Erlaß unterwegs war, stellte heimtückisch die Rathausuhr eine Stunde vor. So fand die Hinrichtung eine Stunde zu früh statt, und der Begnadigungserlaß kam zu spät.

Als James MacPherson unter dem Galgen stand, spielte er die Melodie, die er in seiner Zelle komponiert hatte, das ›MacPherson-Lamento‹. Die MacPherson-Feen sahen zu und merkten sich die Melodie, deshalb ist sie bis heute lebendig. Dann zertrümmerte der Räuber seine Fiedel vor Wut und schrie der Welt seine Verachtung entgegen. Danach wurde er gehängt.

Und das war das Ende der berühmten MacPherson-Fiedel. Keiner weiß, was aus den Stücken geworden ist.«

Auf dem Sims vor Kerrys Fenster im zweiten Stock hockte Heather und hörte zu.

»Ein Jammer, daß sie verloren ist«, sagte Morag gerade. »Denn Red Dougal war der beste Feenviolinenbauer, den das Land je hatte, und allen Berichten zufolge war die MacPherson-Fiedel das herrlichste Instrument, daß er je gebaut hat.«

Draußen auf dem Fenstersims schlug Heather sich gegen die Stirn. Sie war wie vom Donner gerührt und flatterte so schnell sie konnte zu Dinnie zurück.

Warum Dinnies Geige selbst in seinen Händen, der doch ein so miserabler Musiker war, einen solch ergreifenden Klang hatte, war Heather schon immer ein Rätsel gewesen. Aber gerade eben hatte sie eine verblüffende Eingebung gehabt, etwas, wofür sie eigentlich nicht berühmt war.

»Dinnie! Deine Geige! Weißt du, daß sie das berühmte, sagenumwobene, legendäre Feeninstrument ist – die MacPherson-Fiedel!«

Dinnie hockte vor dem Fernseher und beachtete Heather nicht.

»Oh, Baby, ich bin scharf drauf, deinen steifen Schwanz zu lutschen«, gurrte eine Frau im Bikini in den Hörer eines roten Telefons. »Ruf 970 L-U-T-S-C-H an. Der heißeste Telefon-Sex erwartet dich.«

Irgendwann werde ich diesen Menschen umbringen müssen, dachte Heather.

Morag fuhr, ging und flatterte durch die Stadt, konnte aber Kerrys verschwundene Blume nirgendwo entdecken. Bis zu dem Wettbewerb waren es nur noch drei Wochen. Jetzt half nur noch eins. Sie kletterte eine Feuerleiter hinauf, sah zum Himmel hoch und betete zu Dianna, der Göttin der Feen.

Als sie wieder unten auf dem Bürgersteig stand, kam ihr Magenta entgegen. Aus ihrer Plastiktüte ragte die konservierte Blume hervor.

»Dank dir, Dianna«, sagte Morag und machte sich sichtbar.

Sie erklärte Magenta kurz, was es mit der Blume auf sich habe, und wollte sie wiederhaben.

Magenta floh und befahl ihren Truppen, Aufstellung zu nehmen, die Bogenschützen und Reiter nach hinten.

»Können wir vielleicht irgendwo eine andere finden?« fragte Morag, als sie wieder bei Kerry war.

»Nein«, sagte Dinnie. »Nein, nein, nein. Die kriegst du nicht.«

Er preßte die Geige fest an sich.

»Aber du magst sie doch gar nicht.«

»Doch, tu ich wohl. Mit der Geige bin ich attraktiv, und junge irische Mädchen werden mir zu Füßen liegen. Das hast du selbst gesagt.«

Heather stierte verzweifelt vor sich hin. Sie hatte Dinnie dazu gebracht, sein Instrument zu lieben, aber jetzt brauchte sie es selbst.

»Außerdem glaube ich dir nicht«, protestierte Dinnie. »Wie soll denn meine Geige die berühmte MacPherson-Fiedel sein, von der du dauernd faselst?«

»Die MacPherson-Fiedel gehört zu den berühmtesten Kunstwerken der Feen Schottlands. Ich weiß zwar nicht, wie sie nach New York gekommen ist, aber sie ist hier gelandet. Ich erkenne sie an ihrem Klang. Jede schottische Fee würde den wiedererkennen. Wir haben alle geglaubt, daß sie vor Jahrhunderten verlorenging. Ich muß sie haben. Wenn ich mit der MacPherson-Fiedel nach Schottland zurückkehre, dann wird man mir den Schaden an der MacLeod-Fahne vergeben.«

»Wie kann sie denn ein Feen-Instrument sein? Dafür ist sie ja viel zu groß.«

»Sie kann ihre Größe verändern.«

»Was du nicht sagst.«

Dinnie und Heather starrten sich wütend an.

»Ich könnte sie dir stehlen.«

»Nein, das kannst du nicht«, sagte Dinnie triumphierend. »Du bist eine gute Fee. Und gute Feen dürfen den Menschen nichts stehlen, woran deren Herz hängt. Und schon gar nicht einem anderen MacKintosh.«

Heather dachte verzweifelt nach. Was macht eine Fee, wenn sie etwas von einem Menschen braucht, es aber nicht stehlen darf? Natürlich. Sie macht einen Handel.

»Ich schlage dir einen Tausch vor.«

Cal war gestreßt. Mit einem winzigen Budget eine Aufführung des ›Sommernachtstraums‹ auf die Beine zu stellen, erwies sich als äußerst schwierig, und zu allem Überfluß hatte er eine Gruppe von hochempfindlichen Schauspielern um sich versammelt, für deren schwache Nerven verrückte Stadtstreicherinnen einfach zu viel waren.

Er stöpselte seine Gitarre ein, um sich zu entspannen. Cal war ein guter Gitarrist. Er konnte fast alles spielen, mit seiner Gitarre sogar den Verkehrslärm oder das Surren seines Ventilators begleiten.

Er spielte einige Riffs und Akkorde, seine Finger glitten über die Saiten, und als nächstes spielte er eins seiner Lieblingssoli.

Er runzelte die Stirn. Immer, wenn er die alten Gitarrensoli der New York Dolls spielte, überkamen ihn leichte Schuldgefühle. Schließlich hatte er Kerry versprochen, sie ihr beizubringen, sich aber vorher von ihr getrennt.

»Hör mal«, sagte Johnny oben im Himmel.

»Was?« fragte Billy.

»Da unten irgendwo. Die spielen immer noch meine Musik.«

Johnny Thunders und Billy Murcia, verstorbene Mitglieder der New York Dolls, hörten oben im Himmel die letzten Klänge der Leadgitarre von ›Rock and Roll Nurse‹.

»Ich wüßte wirklich zu gern, was aus meiner Gitarre geworden ist«, sagte Johnny wieder. »Meine Gibson Tiger Top fehlt mir! So eine Gitarre gibt es nur einmal. Selbst hier oben finde ich keinen Ersatz für sie.«

Auf der anderen Seite des gesegneten Himmelsfelds waren die chinesischen Geister immer noch mit ihren Vorbereitungen für ihren Abstieg zur Erde und das Fest der Hungrigen Geister beschäftigt.

»Wenn eine Distelfee einen Tauschhandel abschließt, kann sie jeden Wunsch erfüllen«, verkündete Heather. »Sag mir, was dein Herz begehrt.«

Dinnie sah Heather mißtrauisch an.

»Okay«, sagte er. »Gib mir eine Million Dollar, und meine Geige gehört dir.«

»Hmmm. Also, ich fürchte, das läßt sich nicht machen.«

»Ha! Hab ich's doch gewußt! Du lügst!«

Heather flatterte aufgeregt im Zimmer hin und her.

»Ich habe nicht gelogen. Ich kann dir alles anbieten. Nur kein Geld. Wir Feen dürfen nicht mit Münzen handeln.«

»Aber du hast mir doch das Geld für die Miete besorgt.«

»Das war Hilfe für einen Menschen in Not. Kein Tauschhandel!«

»Ach, geh doch zum Teufel. Ich behalte meine Geige.«

»Aber Dinnie! Es muß doch noch etwas anderes geben außer Geld, was du gern möchtest. Ich kann dir jeden Wunsch erfüllen!«

Dinnie schlenderte zum Fenster. Ihm fiel absolut nichts ein, und er hatte keine Lust, die Geige wegzugeben.

»Ich will nichts. Also kannst du die Geige nicht haben. Und jetzt entschuldige mich bitte, ich geh Bier holen. Und laß dir das eine Lehre sein! Ihr Feen haltet euch für superschlau, aber verglichen mit einem Menschen wie mir seid ihr strohdumm!«

Dinnie war hocherfreut, daß er Heather eins ausgewischt hatte; er hielt die Fee für viel zu unverschämt. Ein kleiner Dämpfer konnte ihr nicht schaden. Zufrieden eine Melodie vor sich hin summend, stapfte er die Treppe hinunter.

Magris, in Cornwall, war unzufrieden. König Tala hatte ihm befohlen, Petal und Tulip zurückzuholen, was in Magris' Augen reine Zeitverschwendung war. Je weiter sie fort waren, desto weniger Schaden konnten sie anrichten.

Magris hatte nur ein Ziel: Er wollte die Feengesellschaft von Cornwall umstrukturieren. Sein Vorhaben war bereits von Erfolg gekrönt, denn schon lebten die Feen nicht mehr frei in den Wäldern, sondern waren unter der Aufsicht von Baronen in Arbeitshäusern eingepfercht. Die Produktion hatte sich gesteigert, und der Handel mit den Feen Frankreichs und anderer Länder blühte. Für Magris gab es nur ein einziges Problem, und das waren Aelric und seine Bande. Aber Magris war zuversichtlich, daß die Sicherheitskräfte die Rebellen bald festnehmen würden.

»Praktisch über Nacht habe ich dich vom unbedeutenden Lord einer Jäger- und Sammlergesellschaft zum König eines geordneten feudalen Reiches gemacht«, sagte er zu Tala. »Und jetzt, wo ich die Dampfmaschine erfunden habe, ist unser Fortschritt nicht mehr aufzuhalten. Wir werden so viele Waren produzieren wie die Menschen. Vergiß Tulip und Petal, sie sind nicht wichtig.«

Tala blieb jedoch stur und wollte ihre Flucht nicht hinnehmen. Er befahl Magris, sie zurückzuholen. Also sandte Magris Kundschafter mit Gold aus, die eine Gruppe von Söldnern anheuern sollten, und dachte darüber nach, wie er sie am besten nach Amerika befördern könnte.

Kerry und Morag kauften Kaffee und Bier in dem Laden an der Ecke.

»Was ist denn das für ein Geräusch?«

Ein entferntes Summen war zu hören, das schnell zu einem lauten Gewirr aus Stimmen und Getrampel anschwoll. Eine lange Prozession war in die 4. Straße eingebogen und kam näher.

»Ein Protestmarsch.«

»Wogegen denn?«

»Logo! Wir sind homo! Habt ihr was dagegen?« riefen die Demonstranten im Chor.

Sie streckten die Hände durch die Spalier stehenden Polizisten und verteilten Flugblätter, auf denen ihre Probleme geschildert wurden. Kerry nahm ein Flugblatt und las es Morag vor: Die Zahl der Angriffe auf Schwule in der Stadt habe in den letzten Wochen rapide zugenommen. Vor den Schwulen-Nachtclubs und Bars lauerten Männer den Gästen auf und belästigten und verprügelten sie, wenn sie herauskamen. Mehrere Schwule seien ernsthaft verletzt worden, und die Gemeinschaft der Homosexuellen protestiere dagegen, daß die Polizei sie nicht genügend schütze.

»Logo! Wir sind homo! Habt ihr was dagegen?«

Die meisten Männer und Frauen waren jung und schauten finster. Ein Riesenaufgebot an Polizisten eskortierte den Zug. Nicht weit entfernt, am Tomkins Square, war es vor kurzem zu einer Reihe ernsthafter Zwischenfälle gekommen, und als die Demonstranten diese Richtung einschlugen, wurde die Polizei sichtlich nervöser.

Kerry sah Gesichter, die sie kannte, und winkte ihnen zu. Sie erzählte Morag, daß gerade letzte Woche zwei schwule Freunde von ihr zusammengeschlagen worden seien, als sie eine Bar im West Village verließen.

Morag verstand das Ganze nicht. Kerry gab sich alle Mühe, es ihr zu erklären, und war ein wenig schockiert, als Morag in Gelächter ausbrach.

»Was ist denn so komisch daran?«

»Ihr Menschen«, quietschte Morag und schüttelte sich vor Lachen. »Was ihr euch für Probleme macht! Wir Feen kennen so was einfach nicht. Selbst die MacKintoshs, die Diebe, Betrüger und Lügner sind, haben mehr Verstand, als sich über zwei Männer aufzuregen, die sich in den Schluchten wälzen.«

»Diese Schluchten werden immer interessanter«, sagte Kerry. »Irgendwann mußt du mich mitnehmen.«

»Platz da, ihr verdammten Tunten!« dröhnte eine grobe Stimme neben ihnen. »Kann ein Mann denn heutzutage nicht mal mehr in Ruhe sein Bier holen, ohne von einem Haufen schwuler Radikaler belästigt zu werden?«

Es war Dinnie, der sich zum Laden durchboxte.

»Hallo, Dinnie«, rief Kerry. Dinnie zuckte zusammen, stammelte etwas vor sich hin und ging weiter, ohne ihren Gruß zu erwidern.

»Wir laufen ja in die verkehrte Richtung«, sagte Heather auf seiner Schulter. »Und warum bist du denn so rot geworden?«

Wieder in seiner Wohnung, kippte Dinnie Bier in sich hinein, und Heather kicherte.

»Du bist in Kerry verliebt.«

»Sei nicht albern!« schnaubte Dinnie.

»Ich bin nicht albern. Ich habe doch gesehen, wie du rot geworden bist, gestottert hast und dann in die verkehrte Richtung gelaufen bist. In solchen Dingen kann man einer Fee nichts vormachen.

Nun, Dinnie, heute ist dein Glückstag. Liebende zusammenzubringen ist meine ganz besondere Spezialität. Kein Fall ist zu hoffnungslos! Und das könnte doch unser Handel sein! Du gibst mir die MacPherson-Fiedel, und ich sorge dafür, daß du Kerry bekommst!«

Dinnie war mehr als skeptisch und tat Heathers Vorschlag als lächerlich ab.

»Wieso denn lächerlich? Das ist eine Superidee! Die beste, die ich je hatte. Du gibst mir die Fiedel, und ich gebe dir Kerry. Denk doch an all die Vorteile! Wenn du erst einmal Kerrys Freund bist, wird alle Welt sich um dich reißen, denn Kerry ist enorm beliebt. Und jeder Mann, den sie zu ihrem ständigen Begleiter macht, wird sofort so begehrt sein wie sie. Praktisch über Nacht bist du keine einsame und bemitleidenswerte Gestalt mehr, auf die alle heruntersehen, sondern ein Supertyp mit einer coolen Freundin. Statt dich jeden Abend vor den Fernseher zu pflanzen und dir Baseballspiele und Sexfilme anzugucken, wirst du mit Kerry am Arm bei Konzerten und in Nachtclubs auftauchen und alle eifersüchtig machen, denn sie ist eine sehr attraktive, umschwärmte junge Frau. Dein Glück wird grenzenlos sein.

Und was mich betrifft, wenn ich erst die MacPherson-Fiedel habe, werde ich von einer Geächteten sofort zur beliebtesten Fee Schottlands. Wenn ich mit der berühmten, lang verschollenen Fiedel nach Schottland zurückkehre, wird das ganze Feenreich staunen und jubeln. Damit wäre der Zwischenfall mit der Fahne mehr als wieder ausgebügelt. Selbst die Dickschädel der MacLeods werden kapieren, daß ich eine Fee bin, die sie besser feiern und ehren, statt sie mit Messern und Schwertern über den Ben Lomond zu verfolgen.«

Bei der Erinnerung an diesen außerordentlich unerfreulichen Zwischenfall lief es Heather kalt über den Rücken.

»Und selbst wenn es nicht in ihre Dickschädel geht, eine so heroische Tat würde mir den Schutz von Mavis sichern, der schottischen Feenkönigin, und mir könnte nichts passieren.«

Heathers Wangen glühten bei dem Gedanken an ihre triumphale Rückkehr zu den Ländereien ihres Clans in der Gegend vom Tomatin. Wenn sie, eine MacKintosh, die berühmte und verehrte MacPherson-Fiedel nach Schottland zurückbrachte, dann würde das den MacPhersons die Schandmäuler stopfen und sie ein für allemal auf ihren Platz verweisen. Vielleicht konnte sie sogar erreichen, daß die Entscheidung beim Junior-Fiedelwettbewerb neu überdacht wurde und die Juroren zugeben müßten, daß ihre Version von ›Tullochgorum‹ besser war als die von Morag.

Außerdem würde es Morag ganz fürchterlich wurmen, wenn Dinnie mit Kerry ausginge. Die Art, wie Morag mit ihrer menschlichen Freundin angab, die ach so beliebt und amüsant war, und Heathers menschlicher Freund dagegen ein grober Klotz und Nichtsnutz, diese Art war einfach unerträglich. Es würde Morag die Sprache verschlagen, wenn ihre beliebte, attraktive Freundin sich nun hoffnungslos in den majestätischen Dinnie MacKintosh verliebte, den Stolz seines Clans.

Dinnie war einverstanden mit dem Handel, und Heather kicherte vor Vergnügen.

Kerry ging über die Straße zum Kino. Morag knackte das Schloß, und beide schlüpften hinein. Drinnen zerstörte Kerry die komplette Dekoration zum ›Sommernachtstraum‹. Sie zerschlitzte die Kostüme mit einem Messer und zertrümmerte alle Kulissen mit einem Hammer.

»Geht's dir jetzt besser?« fragte Morag, als sie wieder in Kerrys Wohnung waren.

»Ein bißchen«, antwortete Kerry. »Welche Blume soll ich ins Haar stecken? Eine Rose oder eine Nelke?«

Morag dachte angestrengt nach. Die Frage war schwierig.

»Welche Blume brauchst du als nächste für dein Alphabet?«

Beide sammelten eifrig weiter für Kerrys Blumenalphabet und gaben die Hoffnung nicht auf, die verlorengegangene Mohnblume, die allerwichtigste, irgendwann wiederzufinden.

Kerry sah in ihrem Buch nach.

»Eine leuchtendorange Eschscholtzie. Sie wächst in Kalifornien und dürfte leicht zu finden sein.«

Heather flatterte in den kleinen Park an der Houston Street, um in Ruhe nachzudenken. Ihr Plan, Dinnie und Kerry zusammenzubringen, bedurfte sorgfältigster Überlegung.

Auf der Straße schlenderten Gruppen junger Leute zu einem Konzert in einer ehemaligen Pulloverfabrik. Heather betrachtete sie genau und mußte sich eingestehen, daß sie wenig Ähnlichkeit hatten mit den jungen Leuten daheim in ihrem Dorf.

Vielleicht sollte ich Milieustudien betreiben, ehe ich mich entscheide, wie ich die beiden zusammenbringe, sinnierte sie. Ich bin fremd hier und will keine Zeit damit vertun, daß ich Dinnie genau das Falsche rate. Ein geschenkter Kuchen zum Beispiel, der in den Highlands garantiert das Herz einer Fee gewinnt, hatte in New York vielleicht nicht den gleichen durchschlagenden Erfolg. Hier mußte jeder Schritt genau bedacht sein.

Erfreut über ihre scharfsinnigen Gedanken, flatterte Heather in die Luft, um sich auf der Stelle gründlich umzusehen.

Dinnie ging, was ungewöhnlich war, nie zum Essen aus. Er wollte kein Geld in Restaurants verschwenden, sondern kaufte sich die billigsten Sachen, die er zu Hause in der Pfanne braten konnte. Heute verbrachte er einen ruhigen Abend, aß aufgewärmtes Cornedbeef, sah sich Quiz-Shows im Fernsehen an und überlegte, ob es Heather wirklich gelingen würde, ihr Versprechen wahrzumachen. Heather gegenüber würde er es zwar niemals zugeben, aber er hatte noch nie eine Freundin gehabt. Ausgerechnet die heiß umworbene Kerry sollte seine erste sein? Das schien ausgeschlossen.

In der glücklichen Aura, die Heather und Morag durch ihre Gegenwart schufen, begannen die beiden Tramps auf dem Treppenabsatz von herrlichen Orten zu träumen. Orte, so wunderbar, daß sie nicht mehr von dort weg wollten.

»Hi, Dinnie«, rief Heather und vollführte einen übermütigen Purzelbaum auf dem Fenstersims. »Da bin ich wieder. Ich habe über deine Romanze nachgedacht und alles bestens im Griff.«

Dinnie wurde rot.

»Außerdem«, sagte Heather und hüpfte auf Dinnies Schulter, »habe ich einen kompletten Plan ausgearbeitet, der garantiert, daß Kerry sich in dich verliebt.«

Dinnie schniefte.

»Schnief nicht so. Das kriege ich schon hin. Schließlich habe ich es ja auch geschafft, daß du komplizierte Tänze spielen kannst, was bei deiner Begabung schier hoffnungslos war. Und jetzt bringe ich dich mit Kerry zusammen.«

Heather hüpfte Dinnie auf den Kopf, was er besonders haßte, beugte sich über seine Stirn und sah ihm in die Augen.

»Glaub bloß nicht, Dinnie, daß ich die Schwierigkeiten unterschätze. Ich bin mir sehr wohl bewußt, daß, nüchtern betrachtet, deine Chancen, Kerrys Herz zu gewinnen, sehr schlecht stehen. Schließlich ist sie eine mit vielerlei Vorzügen ausgestattete, heißbegehrte junge Dame, während du ein Fettkloß ohne nennenswerten Charme bist.«

»Vielen Dank«, grummelte Dinnie.

»Und glaub ja nicht, daß ich die Sitten hier in New York nicht kennen würde. Ich weiß, daß hier ein Mädchen mit einem geschenkten Kuchen kaum zu beeindrucken ist; bei den Feen daheim in meinem Dorf ist das ganz anders. Dort habe ich nämlich eine der angenehmsten Erfahrungen meines Lebens gemacht, nachdem ich einem Elf vier Kuchen und einen Krug Honig gebracht hatte. Drei Wochen pausenlos Sex und Orgien in einer ruhigen Höhle. Herrlich. Aber hier stehen die Dinge anders. Kerry ist eine junge Rock 'n' Rollerin, und wir müssen dementsprechend vorgehen.«

Heather sprang auf den Tisch, ihr rotgoldenes Haar umhüllte sie wie ein Vorhang; ihr Gesicht glühte.

»Und woher weiß ich das alles?« fuhr sie fort. »Nun: Ich habe den ganzen Nachmittag damit verbracht, Kerry und ihre alberne Freundin Morag zu beobachten. Und abends war ich in den Szene-Cafés in der Avenue A, habe den jungen Leuten zugehört und Rock 'n' Roll-Zeitschriften gelesen. Jetzt weiß ich, worauf Kerry steht und wie ich dich dazu trimmen kann. Du mußt einfach nur tun, was ich dir sage.«

Dinnie schwieg. Er war nicht bereit, das zu glauben. Heather tratschte ein bißchen mit einer Kakerlake, die am Herd entlang huschte und sich Essensreste einverleibte. Der Herd, seit Jahren nicht geputzt und verdreckt und verkrustet, war ein ergiebiger Jagdgrund.

»Also, Dinnie, du kennst unsere Abmachung: Ich

verspreche dir, daß Kerry sich in dich verliebt, und dafür bekomme ich die Fiedel der MacPhersons. Einverstanden?«

Dinnie war einverstanden, sogar noch, als Heather ihm sagte, daß er von nun an alles tun müsse, was sie von ihm verlange. Andernfalls sei ihre Abmachung hinfällig und sie würde sich mit der Fiedel davonmachen.

»Jeder, der gegen eine mit einer Fee getroffene Abmachung verstößt, muß mit den schlimmsten Folgen rechnen.«

Sie sah aus dem Fenster.

»O nein!« rief sie. »Ich fasse es nicht. Schon wieder liegen zwei tote Penner auf der Treppe.«

Dinnie reagierte nicht.

»Tu was, Dinnie.«

»Was denn?«

»Ruf an. Irgendwo muß man doch in New York anrufen können, wenn jemand tot auf der Straße liegt. Ich finde es empörend, wie man die Leichen einfach liegen läßt.«

Dinnie brummte, von ihm aus könnten sie das ganze Jahr da liegenbleiben.

»Dinnie, jetzt hör mal genau zu. Nach allem, was ich über Kerry weiß, ist sie, abgesehen davon, daß sie mit dieser vermaledeiten MacPherson befreundet ist, ein freundlicher, warmherziger Mensch. Und zweifellos wird sie nur Männer mögen, die ebenfalls freundliche, warmherzige Menschen sind. Daraus folgt, daß aus dir auch so einer werden muß. Und wenn dir das nicht gelingt, dann tu zumindest so. Also, geh schon zum Telefon!«

Dinnie tat, wie ihm geheißen.

11

Mit einer Eschscholtzie-Blüte in der Hand und betrübtem Blick flatterte Morag durch Kerrys Fenster.

»Die habe ich an einem Blumenstand in Midtown gefunden«, murmelte sie und erzählte dann eine traurige Geschichte.

»Ich sah ein kleines Mädchen, das weinte, weil ihm sein Lutscher durchs Kanalgitter gefallen war. Wie es sich für eine gute Fee gehört, bin ich hingeflattert und hab mich sichtbar gemacht, um das Kind aufzuheitern. In Schottland hätte das Begeisterungsstürme ausgelöst, das Kind hätte Freudenschreie ausgestoßen und so. Hier in New York passierte leider genau das Gegenteil. Das Kind hat sich zu Tode erschrocken und ist rückwärts auf die Straße gesprungen.«

Morag runzelte die Stirn.

»In dieser Stadt dauert es entsetzlich lange, bis ein Notarztwagen kommt.«

Kerry konnte Morags Kummer nachfühlen und sagte, schließlich habe sie es doch nur gut gemeint. Aber Morag war nicht so leicht zu trösten. Sie hatte einen schweren Unfall verursacht, aber damit nicht genug, sie war überzeugt davon, daß ihr zur Strafe selbst etwas Schreckliches zustoßen würde. Und Morag wußte, wie hartnäckig ein schlechtes Karma einer Fee anhaften konnte.

Trotzdem blieb ihr nichts anderes übrig, als ihr Tagwerk fortzusetzen und die junge Stadtstreicherin aufzuspüren, die den dreiblütigen walisischen Klatschmohn in ihrer Plastiktüte spazierentrug.

Der Nachmittag war drückend heiß. Magenta setzte sich an die Ecke Avenue C und 4. Straße, um wieder zu Atem zu kommen. Bei ihrer heutigen Etappe war sie auf Schritt und Tritt von Tissaphernes schikaniert worden. Dieser Feldherr des Artaxerxes war ein raffinierter Gegner. Im Augenblick hielt er ihre Truppen noch in ständiger Alarmbereitschaft und scheute den Frontalangriff, was beiden Teilen im Grunde nur recht sein konnte. Zwar waren Xenophons griechische Hopliten unendlich disziplinierter als die Soldaten des Persers, die bei einem Angriff schreckliche Verluste würden hinnehmen müssen. Aber die Perser waren schon so tief in feindliches Territorium vorgedrungen, daß am Ende ihre größere Truppenstärke doch den Ausschlag geben würde.

Ein Feuerwehrauto raste mit heulender Sirene vorbei. Magenta ließ sich nicht beirren und suchte die Häuserdächer weiter nach verborgenen Bogenschützen ab. Da sie keine entdeckte, gönnte sie sich einen Schluck von ihrer Spezialmixtur und ein Nickerchen vor einem schmalen Hauseingang mit einer Fahne über der Tür.

Kerry nestelte an dem Beutel an ihrem Bauch. Niemand kennt die Ursache für die Crohnsche Krankheit und niemand eine Heilmethode. Als Morag wissen wollte, ob Kerry eines Tages wieder gesund sein würde, konnte sie nur antworten: vielleicht.

»Vielleicht heile ich innerlich. Dann können die Ärzte den Darmausgang wieder dahin verlegen, wo er hingehört, und ich brauche keinen Kolostomiebeutel mehr. Oder die Krankheit kommt lange Zeit zum Stillstand, aber dann kann ich nicht operiert werden. Oder sie breitet sich noch mehr aus, und ich muß mir noch mehr von meinem Darm herausnehmen lassen.«

Bei solchen Gesprächen stiegen Kerry immer die Tränen in die Augen, und Morag mußte schnell das Thema wechseln.

Kerry kramte in den Bündeln auf dem Fußboden nach ihren buntesten Kleidern – dem langen, ausgefransten gelben Rock, dem rot, blau, rosa und lila gefärbten Sweatshirt, der grünen, bestickten und mit Spiegeln besetzten indischen Weste. Dann fischte sie die Perlen und das Stirnband heraus, die Sonnenbrille mit den kreisrunden, dunkelblauen Gläsern, die bunt bestickte Wildledertasche mit Fransen, ihre mit der ganzen Farbpalette eines Kindermalkastens beklecksten Baseballschuhe und eine Nelke für ihre Haare.

»Oder wäre eine Rose schöner?«

»Ich weiß nicht recht«, sagte Morag. »Wie wär's mit einem Gänseblümchen?«

»Komm, wir gehen.«

Kerry, die keine Straße entlanggehen konnte, ohne daß die Männer ihr nachpfiffen, wurde, als sie jetzt an einer Baustelle vorüberging, von den Arbeitern mit einem Schwall besonders anzüglicher Pfiffe und Obszönitäten bedacht. Sie mochte das nicht, reagierte aber mit Schweigen.

»Dir würd ich ihn gern zwischen deine festen Arschbacken stecken.«

»Wie deprimierend«, sagte Morag, die auf ihrer Schulter saß. »Das ist vielleicht der Anfang von meinem schlechten Karma.«

Kerry meinte, das sei bestimmt nicht der Fall, denn dergleichen passiere ihr, Kerry, dauernd.

Passanten schleppten sich lustlos durch die Hitze, und überall stockte und staute sich der Verkehr. Es versprach kein guter Tag zu werden.

Als Kerry und Morag die Avenue B erreichten, den

Schauplatz von Morags kurzem, nutzlosen Gespräch mit Magenta, preschte ein Taxi aus der Autoschlange heraus auf den Bürgersteig, versuchte ein Wendemanöver, und Kerry mußte, um ihr Leben zu retten, einen Riesensatz machen. Dabei fiel ihr Morag von der Schulter und schlug mit voller Wucht auf die Straße.

»Mein Karma«, jammerte sie.

»Das war reiner Zufall, glaub mir«, sagte Kerry und klopfte der Fee den Staub vom Kilt. Morag war nicht überzeugt, und als an der nächsten Straßenecke zwei wild rasende Skateboard-Fahrer Kerry zwangen, blitzschnell zur Seite zu springen, und Morag wiederum mit dem Kopf aufs Pflaster knallte, verkündete die Fee, sie könne von Glück sagen, wenn sie diesen Tag überlebe.

»Geld, ein bißchen Geld?«

Kerry kramte etwas Kleingeld aus ihrer Tasche, gab es dem Bettler, entschuldigte sich, daß sie heute keine Botticelli-Postkarte dabei habe, und warf einen Blick zum Himmel. Ein Blumentopf segelte aus der Höhe herunter und verfehlte sie um Zentimeter.

Kerry war erschüttert.

»Kannst du denn nichts dagegen tun, Morag?«

»Es gibt nur eine Möglichkeit. Wenn ich das schlechte Karma loswerden will, muß ich eine besonders gute Tat vollbringen.«

Die beiden sahen sich nach einer guten Tat um, aber da war keine in Sicht.

»Dann muß ich auf den richtigen Augenblick warten«, flüsterte Morag. »Hoffentlich kommt der, ehe mich noch schlimmeres Unheil ereilt.«

Dinnie und Heather trafen Cal vor dem Eingang zum Kino. Cal hatte die Arme voller Blumen und nickte Dinnie freundlich zu.

»Kommst du dir den ›Sommernachtstraum‹ ansehen?«

»Verschon mich mit diesem verdammten Feenschrott«, antwortete Dinnie bissig. »Wie wär's, wenn du ein bißchen weniger Krach bei deinen Proben machst?«

»Wer war das?« fragte Heather, die Dinnie auf seinem Gang zum Bierholen begleitete.

»Cal. Der Obermacker vom Stadtteil-Theater, die proben hier im alten Kino. Er hat sich die dämliche Idee in den Kopf gesetzt, ein Stück aufzuführen und die ganze Musik auf seiner Gitarre zu spielen. Das Ganze wird bestimmt ein Riesenfiasko. Der will doch bloß junge Schauspielerinnen kennenlernen und sie ficken.«

Magenta witterte Gefahr und erwachte.

»Da ist sie«, schrie Morag.

Magenta schoß durch die schmale Tür ins Haus.

Kerry und Morag hasteten ihr nach, aber hinter der Tür war eine kleine Galerie, in der sich so viele Leute drängten, daß man sich kaum rühren konnte und sie die Stadtstreicherin aus den Augen verloren.

Maler, die ihre Arbeiten ausstellten, und Dichter, die aus ihren Werken vorlasen, hatten sich hier versammelt, um Geld für New Yorker Künstler aufzutreiben. Das Ganze, eigentlich als vergnügliches Ereignis gedacht, war bei der unerträglichen Hitze eher eine schwere Prüfung für alle.

Da Kerry und Morag nicht vorwärts kamen und Magenta nirgendwo in Sicht war, blieb ihnen nichts anderes übrig, als die Hälse zu recken und die Veranstaltung zu verfolgen.

Eine junge rothaarige Frau stieg auf die Bühne.

»Die kenne ich«, flüsterte Kerry.

Es war Gail, eine Freundin, die sich anschickte, ihre Gedichte vorzulesen.

Leider war zu diesem Zeitpunkt niemand mehr in der Lage, sich auf irgend etwas zu konzentrieren, außer auf den eigenen Schweiß und die Frage, ob man nicht verschwinden sollte.

»O je«, murmelte Kerry. »Alle haben die Nase voll wegen der Hitze und dem Gedränge. Keiner wird Gail zuhören, obwohl sie eine große Dichterin ist.«

Wie Kerry vorausgesagt hatte, lauschte kaum jemand Gails Gedichten. Es war einfach zu anstrengend, sich auf Poesie zu konzentrieren. Morag sah die Chance gekommen, ihr schlechtes Karma loszuwerden. Sie wickelte ihre Fiedel aus und spielte – so leise wie Sphärenmusik, die das menschliche Gehör kaum wahrnimmt. Aber der Erfolg war durchschlagend. Das Publikum war hypnotisiert von Gails Worten und der Feenmusik. Alle wurden still und lauschten wie gebannt.

Als Gail ein melancholisches Gedicht vorlas, begleitete Morag sie mit einem Lamento. Es fehlte nicht viel, und das ganze Publikum wäre in Tränen ausgebrochen. Als nächstes trug Gail ein feuriges Gedicht über Grundstücksspekulanten vor, die die Armen aus ihren Häusern vertrieben, und Morag spielte eine aufpeitschende Tanzmelodie dazu. Am Schluß des Gedichts war das Publikum drauf und dran, die Büros der Grundstücksspekulanten zu stürmen und sie aus der Stadt zu jagen. Gail schloß mit einem Liebesgedicht, und Morag spielte ›My Love is Like a Red, Red Rose‹ und alle hatten das Gefühl, sie seien unsterblich verliebt und alles würde gut.

Als Gail fertig war, wurde sie mit stürmischem Applaus bedacht. Gail lächelte. Sie hatte einen Riesenerfolg gehabt. Und auch Morag lächelte. Mit dieser so guten Tat hatte sie bestimmt ihr schlechtes Karma abgeschüttelt.

»Da ist sie«, schrie Kerry, die Magenta in der Menge gesichtet hatte. Kerry drängelte sich zu ihr durch, und Morag wollte hinterher, aber der Mann neben ihr klatschte so frenetisch, daß er mit einer Hand ihre Fiedel zu Boden warf und im nächsten Moment auf sie trat. Er konnte sie ja nicht sehen.

Kerry erwischte Magenta, als diese gerade fliehen wollte, und brachte mit einem entschlossenen Frontalangriff ihre Blume wieder an sich. Später legte sie den Klatschmohn, den Stolz ihrer Sammlung, wieder an den ihm gebührenden Platz. Kerry war glücklich, Morag aber untröstlich.

Beide sahen die zertrümmerte Violine an.

»Heute ist der schlimmste Tag meines Lebens«, sagte Morag.

12

Spiro, das Eichhörnchen, kaute auf einer Nuß und sah zu Maeve hinüber.

»Warum bist du so traurig?«

»Ich habe Heimweh nach Irland«, antwortete sie, und Padraig nickte bekräftigend. Wie beide den Tag bereuten, an dem sie auf die Fähre nach England gehüpft waren, um zu sehen, wie es dort aussah.

»Und warum seid ihr traurig, Petal und Tulip?«

»Weil wir Angst haben, daß unser Vater, der König, uns sogar hier aufspürt und zurückholt«, sagten sie.

»Weiß er denn, wie man in einen Jumbo-Jet kommt?«

»Magris weiß alles«, sagte Brannoc und hätte den Chefingenieur alias Hofzauberer des Königs am liebsten umgebracht.

In der Ferne absolvierten einige Jogger schnaufend ihre Runde durch den Park.

»Macht doch ein bißchen Musik«, sagte Spiro. »Der ganze Park ist friedlicher, seit ihr hier seid. Spielt uns was vor, und danach zeige ich euch, wo die größten Pilze diesseits des Atlantiks wachsen.«

Die Feen griffen zu ihren Instrumenten, und überall im Central Park hielten die Tiere und Menschen inne, um ihnen zu lauschen. Radios wurden abgestellt, und die Kinder hörten auf, zu schreien. Die Jogger, Radfahrer und Baseballspieler gönnten sich eine Pause. Alle, die zuhörten, gingen danach glücklich nach Hause, und ihr Hochgefühl hielt den ganzen Tag an. Niemand kämpfte oder stritt, und keine Verbrechen wurden begangen, solange die Parkfeen musizierten.

Cornwall war nicht so gut dran.

»Ich kann es nicht hinnehmen, daß meine Kinder aus meinem Reich geflohen sind«, sagte Tala, der König. »Das gibt den Widerstandsgruppen nur noch mehr Auftrieb.«

Magris zuckte die Achseln. Er war mehr daran interessiert, neue Maschinen zu erfinden, die die Warenproduktion steigerten.

»Ich könnte versuchen, einen Mondbogen zu konstruieren, der von hier nach New York reicht. Aber ein ganzes Heer hinüberzuschicken wird viel Energie kosten. Und sie zu produzieren wird eine Weile dauern.«

Tala wurde ungeduldig. Er wollte seine Kinder zurück, und zwar sofort.

»Hast du genug Energie, eine kleinere Streitmacht hinüberzuschicken?«

Magris nickte.

»Na gut, dann stell eine Gruppe von Söldnern zusammen.« Tala hatte eine goldene, kunstvoll ziselierte Krone. Außerdem hatte er zwölf mächtige Barone, die über die Feenvölker Cornwalls herrschten. Seine Krone war deshalb nicht mehr ganz so mächtig wie einst. Da sich sein ganzes Denken jedoch auf die seit Magris' Neuorganisation der Feengesellschaft enorm angestiegene Produktion konzentrierte, war ihm das noch nicht klar.

König Tala hatte ein Treffen mit den Baronen anberaumt. Auf dem Weg dorthin wurde er auf einem schmalen, von niedrigen Bäumen gesäumten Pfad von einem seiner Kundschafter angehalten, der ihm die schockierende Nachricht überbrachte, daß Aelric und seine Gruppe von Widerstandskämpfern den königlichen Kornspeicher in Brand gesteckt und damit die Vorräte des Königs und seines Hofes zerstört hatten. Das Korn würde von einem der Barone ersetzt werden müssen, was dessen Untertanen in Not und Bedrängnis bringen würde.

Magris hielt ein Flugblatt in der Hand, das von Aelric verfaßt war. Es forderte alle Feen von Cornwall dazu auf, ihre Fesseln abzuschütteln und Petal und Tulip, die beliebten Königskinder, als neue Herrscher einzusetzen.

»Die Rebellen wollen die Flugblätter verteilen«, berichtete Magris dem König. »Glücklicherweise konnten unsere Truppen das bisher verhindern.«

»Dieser Aelric muß geschnappt werden«, wütete der König und gab Anweisung, die besten Flieger seiner Armee auszuschicken, damit sie die Produktionsanlagen aus der Luft bewachten und verhinderten, daß die subversiven Flugblätter abgeworfen würden.

»Ich brauche unbedingt einen Whiskey«, sagte Padraig und legte seine Fiedel weg. Keiner widersprach ihm. Die Feen des Central Park konnten sich kaum noch erinnern, wann sie das letzte Mal etwas Alkoholisches genossen hatten. Die Eichhörnchen, ansonsten hilfsbereite Wesen, ließen sich nicht dazu überreden, ihnen Whiskey zu besorgen. Sie behaupteten, das sei ein zu riskantes Unternehmen. Vor allem Maeve war darüber sehr verärgert.

»Daheim in Irland«, sagte sie zu den anderen, »würde ein Eichhörnchen alles mögliche unternehmen, um einer Fee etwas zu trinken zu besorgen. Aber das Problem stellt sich normalerweise nicht, denn die Menschen dort sind ein freundliches Völkchen und lassen überall Whiskey für uns herumstehen.«

Den Feen blieb also nichts anderes übrig, als selbst einen Ausflug in die Straßen jenseits des Parks zu machen.

»Wir gehen in die erste Bar, die wir sehen.«

Der Verlust des dreiblütigen walisischen Klatschmohns so kurz nach seiner dramatischen Rückeroberung, war ein harter Schlag für Kerry. Wütend starrte sie auf den Erpresserbrief der chinesischen Feen.

»Was fällt denen ein, meine Blume als Geisel zu nehmen!«

Kerry sah all ihre Träume zerrinnen. Ohne den walisischen Klatschmohn konnte sie den Wettbewerb der 4. Straße nicht gewinnen, und ohne Morags Fiedel würde sie nie Johnny Thunders Gitarrensoli lernen.

»Ich bin zu einem Entschluß gekommen«, sagte Johnny Thunders. »Selbst hier im Himmel kann ich keinen Frieden finden, solange ich nicht weiß, was aus meiner 1958er Gibson Tiger Top geworden ist. Ich hatte sie nur kurz auf einem Barhocker im CBGB gelegt, und als ich mich umdrehte, war sie verschwunden. So eine gute Gitarre gibt es nicht noch mal.«

Billy Murcia nickte mitfühlend.

»Im Augenblick könnte ich sie auch weiß Gott gut gebrauchen«, fügte Johnny hinzu. »Offenbar herrscht hier oben ein akuter Mangel an guten Rock 'n' Roll-Bands. Von Hippiebands und Gospelchören wimmelt es zwar, aber was Fetziges gibt es nicht. Wenn die chinesischen Feen zu ihrem Fest der Hungrigen Geister losziehen, schließ ich mich ihnen an.«

Vorsichtig wagten sich die Feen aus dem Central Park in die Straßen New Yorks vor.

»Das sieht doch ganz nach einer Bar aus«, flüsterte Brannoc nach einer Weile. Aber sicher waren sie sich alle nicht. Hier sahen die Gebäude völlig anders aus als die ihnen vertrauten kleinen Häuschen in Cornwall und Irland. Wegen dieser Unsicherheit hatten sie sich weiter nach Harlem hineingewagt als geplant. Längst war der Park außer Sicht.

Auf den Straßen wimmelte es von Menschen, und die Abgase der vielen Autos trieben den Feen Tränen in die Augen. Alle fünf waren nervös, obwohl Brannoc und Maeve sich nichts anmerken ließen. Nachdem sie vier kleine Kinder mit einem riesigen Radio vorbeigelassen hatten, machten sie sich bereit, die Bar zu überfallen.

»Füllt eure Schläuche mit Whiskey und eure Beutel mit Tabak, und dann nichts wie weg. Je schneller wir wieder im Park sind, desto besser.«

»Harlems freundlichste Bar« stand in frisch gemalten Lettern über der Tür. Sie flatterten hinein. Drinnen war es ruhig. Ein paar Kunden saßen vor ihrem Bier und sahen zum Fernseher hinauf. Niemand konnte die Feen sehen, und sie machten sich an die Arbeit. Sie preßten ihre Weinschläuche auf die Hälse der Whiskeyflaschen, hüpften hinter die Bar und deckten sich mit Tabak ein.

»Genau wie damals, als wir das »O'Shaugnessy« in Dublin überfallen haben«, flüsterte Maeve, und Padraig grinste nervös.

»Was haben wir uns in der Nacht betrunken!«

Die Operation verlief glatt. Innerhalb von Minuten waren alle fünf wieder an der Tür und bereit, zu ihrem Zufluchtsort zurückzukehren.

»Alle da?« sagte Brannoc. »Okay, los geht's!«

»Korrigiert mich, falls ich mich irre«, sagte eine Stimme hinter ihnen, »aber habt ihr vielleicht gerade diese Bar ausgeraubt?«

Erschrocken wirbelten sie herum und sahen zwei schwarze Elfen vor sich, die keineswegs erfreut wirkten.

Von dem Drama zwischen den unsichtbaren Wesen, das sich vor dem Bareingang abspielte, nichts ahnend, eilten die Passanten vorbei. Drei Männer, die gerade von einer Versammlung kamen, schlenderten in die Bar. Sie wollten besprechen, was bei der Konferenz herausgekommen war, die einem Hilfsfonds für notleidende ehemalige Baseballspieler galt. Hinter ihnen betraten zwei Bauarbeiter die Bar, um sich jeder ein Bier zu gönnen, das für den ganzen Nachmittag reichen mußte, denn in der Baubranche herrschte gerade große Flaute.

»Im letzten Jahr sind die Investitionen im Baugewerbe um 2,6 Prozent gesunken«, hieß es in ihrer Gewerkschaftszeitung. Offenbar hatte niemand das Geld, ihnen Arbeit zu geben.

Der Barmann hatte großes Verständnis für ihre Sorgen. Auch sein Geschäft lief nicht gut.

Draußen flohen die Feen.

Zweiundvierzig Söldner versammelten sich bei Einbruch der Nacht im Bodmin Moor in Cornwall. Magris sah auf sie hinab und dann zum Himmel auf. Er murmelte ein paar Worte in der alten Sprache und zauberte einen leichten Regen herbei. Als Ingenieur hielt er nichts von Zauberei, aber manchmal war sie doch von Nutzen. Er wartete, daß der Mond aufging.

Die Söldner waren heimatlose Elfen aus allen Ecken des britischen Inselreichs – schottische Gnome waren unter ihnen, englische Kobolde, walisische und irische Trolle. Schweigend und finster standen sie da und warteten. Einundzwanzig hatten den Auftrag, eine Vernichtungsaktion zu starten und Aelric außer Gefecht zu setzen; die anderen sollten auf dem Mondbogen nach Amerika übersetzen und die Flüchtlinge gefangennehmen.

Im Central Park starrte Tulip traurig vor sich hin.

»So ein Pech!«

»Ja«, stimmte Petal ihm zu. »Eigentlich hätte die Begegnung mit anderen Feen ein freudiges Ereignis sein sollen. Ich hatte ja keine Ahnung, daß es hier welche gibt.«

»Ich habe mir alle Mühe gegeben, freundlich zu sein.«

»Ich auch.«

»Was habe ich mich erschrocken, als die drohten, uns umzubringen!«

Alle sahen Maeve vorwurfsvoll an.

»Alles wäre wunderbar gelaufen, wärst du nicht so hitzköpfig gewesen«, sagte Brannoc verärgert.

Maeve warf ihr rotes Haar zurück.

»Sie haben uns bedroht. Niemand bedroht ungestraft eine O'Brien-Fee.«

»Na, aber daß du gedroht hast, ihm den Kopf abzureißen, war völlig unnötig. Benehmt ihr euch in Irland alle so?«

»Ja!«

Brannoc wandte sich empört ab. Ihr Ausflug hatte in einem Fiasko geendet. Es war ihnen gelungen, sich mit Whiskey und Tabak zu versorgen, aber dank Maeves Zornesausbruch hatten sie sich einen Clan schwarzer Feen zum Feind gemacht, von dessen Existenz sie bis dahin nichts geahnt hatten.

»Die hätten uns helfen können, weißt du. Und jetzt müssen wir auf der Hut vor ihnen sein.«

Maeve gab nicht nach und sagte, ihr sei völlig schnuppe, wie hilfreich die hätten sein können. Niemand, der eine O'Brien-Fee bedrohte, käme ungeschoren davon. Sie nahm einen Schluck Whiskey und sagte zu Brannoc, er könne ja zurückgehen und Frieden mit ihnen schließen, wenn ihm danach sei.

»Aber hoffentlich bist du besser im Friedenschließen als die Engländer bisher in Irland.«

Sie nahm ihren Dudelsack und stimmte einen flotten Jig an, um zu demonstrieren, wie wenig sie das Ganze scherte. Padraig fiel auf seiner Flöte ein, jedoch mit einer anderen Melodie – der von ›Banish Misfortune‹. Er wollte Maeve nicht kritisieren, fand aber auch, daß sie sich daneben benommen hatte. Die schwarzen Feen waren schließlich nicht grundlos so aufgebracht gewesen. Maeve und er hätten auch etwas dagegen gehabt, wenn irgendwelche Fremdlinge in eine ihrer Stammkneipen in Galway eingedrungen wären.

›Banish Misfortune‹ ist ein besonders schöner Jig. Generationen von Kelten hatten ihn voller Optimismus gespielt, was der Melodie die magische Kraft verlieh, die Dinge zum Guten zu wenden. Seit er in New York gelandet war, spielte Padraig die Melodie immer öfter.

Dem Barmann in Harlem fiel auf, wie leer seine Whiskeyflaschen waren.

»Jesus, haben wir diese Woche viel Whiskey verkauft«, sagte er zu den Bauarbeitern. »Vielleicht geht's ja doch wieder aufwärts mit dem Geschäft.«

Das klang nach einer erfreulichen Nachricht, die auch den Bauarbeitern neuen Mut machte, und durch das angenehme, warme Glühen, das die Feen in der Bar hinterlassen hatten, faßten sie wieder Zuversicht, das bessere Zeiten bevorstünden.

13

»Dinnie, ich habe die Zeitschriften durchgelesen, die draußen im Rinnstein liegen.«

»Na und?«

»Du mußt dich jetzt voll auf unsere Abmachung konzentrieren.«

»Wieso?«

»Weil es höchste Zeit ist, daß du abnimmst.«

Dinnie jaulte auf. Abnehmen war das letzte, wozu er Lust hatte. Heather wußte das, aber der Plan, Dinnie zu verwandeln, mußte zielstrebig in Angriff genommen werden, und sie blieb stur.

»›Cosmopolitan‹ hat gerade eine Umfrage abgedruckt. Übergewicht bei Männern ist der Abturner Nummer 1 für amerikanische Frauen! Kerry ist eine amerikanische Frau. Daraus folgt: Wenn du Kerrys Herz erobern willst, muß du abnehmen. Oder anders ausgedrückt: Sie verliebt sich nicht in einen Fettkloß wie dich. Also setzen wir dich auf Diät.«

Dinnie wurde wütend.

»Du hast gesagt, du sorgst dafür, daß sie sich in mich verliebt. Von irgendwelchen Torturen für mich war nie die Rede.«

Er wehrte sich mit Händen und Füßen, aber Heather machte ihm klar, daß seine Weigerung gegen ihre Abmachung verstoße, und versprach, sie würde auf der Stelle die Geige schrumpfen lassen und mit ihr verschwinden.

Dinnie saß in der Falle. Voller Panik preßte er seine Kekse an sich. Allein bei dem Gedanken an die ihm drohende Diät fühlte er eine Ohnmacht nahen.

Heather, der es keineswegs mißfiel, Dinnie eins auszuwischen, grinste maliziös.

»Nicht gleich verzweifeln, mein dicker Freund«, sagte sie. »In der Zeitschrift stand, daß man nahrhafte und appetitliche Mahlzeiten zu sich nehmen darf, die sättigen und bei denen man trotzdem abnimmt. Ich habe mir die Rezepte gemerkt, und du fängst sofort an.«

Leidenschaftliches Geheul drang von unten durch die Dielenbretter. Lysander, Demetrius, Hermia und Helena kämpften sich durch ihre verwickelten Romanzen. Dinnie schrie den Schauspielern grobe Beschimpfungen hinunter.

»Na, na!« schalt Heather. »Vergiß nicht, daß aus dir nicht nur ein schlanker, sondern auch ein freundlicher und höflicher Mensch werden muß. Und ein solcher Mensch sagt zu keinem völlig Fremden, daß er es mit seiner Mutter treibt.

Heute besteht das Rezept aus Nüssen und Tomaten. Und Chinakohl, denn Gemüse ist sehr wichtig. Du machst einen Spaziergang zum Bioladen in der First Avenue und holst dort die Nüsse. Die Tomaten kaufst du im Gemüseladen an der Ecke. Tomaten sind diese runden roten Dinger. Ich kümmere mich um den Chinakohl, denn ein bißchen frische Luft wird mir gut tun. Und halt unterwegs die Augen auf, ob du nicht einen dreiblütigen walisischen Klatschmohn entdeckst. Ich habe gehört, daß der sehr wichtig ist für Kerry.«

Heather hüpfte auf den Fenstersims.

»Falls du vor mir zurück bist, dann üb den neuen Jig, den ich dir beigebracht habe, ›The Atholl Highlanders‹. Das ist eine wunderschöne Melodie, und wenn du sie nicht mehr auswendig kannst, sieh im Buch nach. Aber paß auf, daß du sie nicht verwechselst mit ›The Atholl Volunteers‹, ›The Atholl Volunteers March‹, ›Atholl Brose‹ oder ›The Braes of Atholl‹. In Liedern ein sehr beliebter Ort, dieses Atholl. Bis später!«

Der Erpresserbrief der chinesischen Feen war für Kerry und Morag ein schrecklicher Schlag:

»GIB UNS UNSEREN SPIEGEL ZURÜCK ODER DU WIRST DEINEN WALISISCHEN KLATSCHMOHN NIE WIEDERSEHN!«

Kerry starrte den Brief an. Unfaßliche magische Kräfte schienen hier am Werk.

»Wie sind sie an meinen walisischen Klatschmohn

gekommen? Woher wußten sie, wo er ist? Wie konnten sie ahnen, daß er so wichtig für mich ist? Und woher wußten sie, daß ich ihren Spiegel gestohlen habe?«

Morag drehte eine kleine Pirouette in der Luft, ehe sie sich auf Kerrys Schulter niederließ.

»Feen wissen viele Dinge durch reine Intuition«, erklärte sie. »Als die chinesischen Feen mich nach dem bedauerlichen Zwischenfall mit den Hummern verfolgt haben, sind sie mir bestimmt in dem Laden, wo du den Spiegel geklaut hast, auf die Spur gekommen. Wahrscheinlich haben sie seither fieberhaft nach mir gesucht, und sowie sie mich entdeckt hatten, sind sie bei erstbester Gelegenheit in deine Wohnung eingebrochen. Weil du heute deine Weste getragen hast, konnten sie den Spiegel nicht finden; also ließen sie etwas anderes mitgehen. Vielleicht wissen sie dank ihrer übersinnlichen Kräfte, wie wichtig der walisische Klatschmohn für dich ist. Es kann aber auch sein, daß der Zettel, auf den du mit roter Tinte geschrieben hast, ›Dies ist mein wertvollster Besitz‹, sie darauf gebracht hat.«

Morag bot an, die Verhandlungen mit den chinesischen Feen zu führen.

»Das wird bestimmt nicht allzu riskant. Wir Feen sind vernünftige Wesen. Ich werde das Ganze als ein Mißverständnis hinstellen. Und wenn das nicht funktioniert, behaupte ich einfach, du seist Kleptomanin und deswegen gerade in Behandlung.«

»Das war der widerlichste Kunde, der mir je begegnet ist«, sagte die Verkäuferin im Bioladen zu ihrer Kollegin. »Der hat rumgezetert, als würde ich ihn zwingen, eine Tüte gemischte Nüsse zu kaufen.«

»Was hat er dir denn vorgeworfen?«

»Was weiß ich! Irgendwas von: Ich stecke mit den

Feen unter einer Decke und will die ganze Stadt vergiften.«

»So ein Quatschkopf. Hast du seinen Mantel gesehen?«

Beide schüttelten sich.

Dinnie stapfte nach Hause. Seine leichte Befriedigung darüber, daß er die Verkäuferinnen ein bißchen beschimpft hatte, ließ ihn die Ereignisse des Tages trotzdem nicht rosiger sehen.

Er schleuderte die Nüsse ins Regal und legte sich zu seinem Nachmittagsnickerchen hin.

Morag schwebte über der Canal Street. Zwar war ihr nicht ganz geheuer bei der Aussicht, einem ganzen chinesischen Feen-Clan gegenüberzutreten, sie hoffte aber, daß alles glattgehen und sie mit Kerrys getrockneter Blume zurückkehren würde. Nichts wünschte Morag sehnlicher, als daß Kerry den Preis gewann, denn dann wäre sie überglücklich. In einer Buchhandlung an der Second Avenue hatte Morag in einem medizinischen Ratgeber gelesen, wie äußerst wichtig Glücklichsein für Menschen war, die unter der Crohnschen Krankheit litten. Eine unglückliche Kerry würde wahrscheinlich noch kränker, und die Chirurgen würden ihr noch mehr herausschneiden.

Heather ließ sich derweil von einem Lieferwagen die kurze Strecke bis nach Chinatown kutschieren, wo sie den Chinakohl besorgen wollte.

»Das ist wirklich sehr edel von mir«, dachte sie und kämmte hingebungsvoll ihr langes Haar, während der Lieferwagen den Broadway hinunter zur Canal Street fuhr. »Ich hätte ihm irgendwelche welken Kohlblätter vorsetzen können; er hätte den Unterschied gar nicht gemerkt. Aber in dem Rezept stand Chinakohl, und für ein Mitglied des MacKintosh-Clans scheue ich keine Mühe.«

Sie blickte zum strahlend blauen Himmel auf und zuckte zusammen. Da oben flog Morag, umzingelt von einem Schwarm merkwürdiger gelber Feen. Heather war für eine Fee nicht besonders übersinnlich, aber die Feindseligkeit der fremden Wesen spürte sie sofort. Heather traute ihren Augen nicht, aber die fremden Dinger schienen es auf Morags glänzende Brosche abgesehen zu haben.

Heather zog ihr Schwert aus der Scheide und ihren Skian dhu, dann flatterte sie ins Getümmel.

»Gebt meine Freundin frei!« gellte sie, stieß ins chinesische Luftgeschwader und schlug wild mit dem Schwert um sich.

Dinnie schlummerte friedlich. Nicht einmal die vier Puertoricaner, die unten auf der Straße ihren Tennisball hin und her kickten, konnten seinen Schlaf stören. »Trommelt die Clans zusammen!« schrie Heather zu Dinnies größtem Verdruß und kam mit Morag im Schlepptau durchs Fenster gedonnert.

»Wir werden von einem Heer gelber Feen angegriffen!«

»Was?«

»Zück dein Schwert! Sie greifen von den Hügeln aus an!«

»Hör auf, so herumzuschreien!«

»Verbarrikadier die Türen!« schrie Heather. »Blas das Schlachthorn!«

»Willst du wohl endlich die Klappe halten, du Schwachkopf!« forderte Dinnie. »Was fällt dir ein, hier ein solches Geschrei und Gezeter zu veranstalten. Du weißt doch, daß ich meinen Nachmittagsschlaf brauche.«

»Vergiß deinen Schlaf! Ein Heer gelber Feen mit sonderbaren Waffen hat auf den Hügelketten Aufstellung genommen.«

»Verdammt, du bist doch hier nicht in Schottland!«

»Ich mußte mir den Weg von der Canal Street hierher mit dem Schwert freikämpfen. Nur einer Meisterfechterin wie mir konnte das gelingen. Dann sind wir auf einem Polizeiwagen geflohen, aber sie haben uns verfolgt. Los, Morag«, wandte sie sich an ihre Freundin, »zück dein Schwert!«

Heather schien es jetzt mit der ganzen Welt aufnehmen zu wollen. Sie sprang auf den Fenstersims und marschierte hin und her.

»Blubben dou wagn, kummeren dou näher tou mier!« schrie sie zum Fenster hinaus. »Faß nicht die Katze an, lieber den Handschuh!«

Letzteres war der Wahlspruch des MacKintosh-Clans und selbst für schottische Verhältnisse ziemlich unverständlich.

Sie lehnte sich vorsichtig hinaus, spähte die Straße hinunter, aber der Feind war nicht in Sicht.

»Na«, sagte sie. »Sieht so aus, als hätte ich sie abgeschüttelt. So ein paar komische bunte Feen können keine kämpfende MacKintosh besiegen!«

Ein letztes Mal drohte sie der Welt im allgemeinen mit ihrem Schwert und sprang dann zurück ins Zimmer.

»Nun, Morag, wir mögen zwar unsere Differenzen haben, aber keiner kann sagen, ich hätte dir in der Stunde der Not nicht beigestanden.«

Morag, die noch wie betäubt war von den jüngsten Ereignissen, schüttelte den Kopf.

»Heather«, sagte sie. »Du bist einfach vollkommen bescheuert.«

Magenta marschierte zufrieden grinsend weiter. Keine Frage, die Götter standen auf ihrer Seite. Das war ja auch das mindeste, was sie verlangen konnte. Schließlich wandte sie sich bei jeder Gelegenheit an Zeus, Apollo und Athena um Rat und befolgte ihn stets gewissenhaft.

Erst gestern hatte sie die Mohnblume an das junge Hippiemädchen verloren. Von dieser Niederlage erschüttert, hatte sich Magenta hingesetzt und ein Orakel, die Eingeweide einer toten Taube, befragt. Ein Aufruhr am Himmel hatte sie aufschauen lassen. Dort oben fand ein Gefecht zwischen diversen geflügelten persischen Dämonen statt.

Kyros mochte tot sein, aber ohne Kriegsbeute würde sie nicht in die Heimat zurückkehren. Im nächsten Moment fielen ihr der dreiblütige walisische Klatschmohn und noch dazu ein funkelnder achteckiger Spiegel aus dem Himmel in den Schoß. Xenophon erkannte sofort die wertvolle Beute, nahm sie an sich und eilte davon.

»Wie sollte ich denn wissen, daß du irgendwelche zweifelhaften Verhandlungen für diese blöde Kerry führst«, protestierte Heather. »Ich dachte, du wirst überfallen.«

Heather war eingeschnappt. Sie hatte ihr Leben riskiert, um eine schottische Landsmännin aus den Händen des Feindes zu befreien, und als Dank erntete sie nichts als Beschimpfungen.

»Jetzt haben wir weder den Spiegel noch die Blume. Du hast alles vermasselt. Warum mußt du dich auch immer blindlings in Dinge einmischen, die dich nichts angehen? Und noch dazu mit deinem Schwert?«

»Wir MacKintoshs stellen uns jedem Kampf«, antwortete Heather steif. »Wie du dich vielleicht erinnerst, mußten wir uns über Generationen hinweg die dreckigen Camerons vom Leib halten.«

»Ich dachte, das wären die MacPhersons gewesen«, sagte Dinnie.

»Auch mit den Camerons lagen wir in Fehde. Eine schreckliche Geschichte steht zwischen unseren Clans, aber unser erbitterter Kampf gegen die entsetzlichen Comyns war noch schlimmer. Na, das war eine Fehde! Blut und Tod allüberall!«

Dinnie schüttelte verzweifelt den Kopf, und Morag flog wütend davon.

»Soll sie doch zum Teufel gehen!« schimpfte Heather ihr nach. »Das war das letzte Mal, daß ich mein Leben für sie riskiert habe. Aber immerhin habe ich etwas Interessantes gehört: Kerry will unbedingt den Wettbewerb der 4. Straße gewinnen. Diese Information wird uns bestimmt noch nützlich sein.«

Dann wandte sie sich Dinnies Diät zu.

»Du wirst heute ohne den Chinakohl auskommen müssen.«

»Was? Soll ich die Nüsse etwa pur essen? Du hast mir frisches Gemüse versprochen.«

»Erwartest *du* etwa, daß ich mit einem Arm voll Chinakohlblätter zurückkomme, wenn es auf dem Markt von gelben Feen wimmelt, die mit ihren Krummsäbeln und Äxten auf mich losgehen! Und jetzt entschuldige mich bitte, ich brauche mein wohlverdientes Schnäpschen!«

14

»Aber die kann man doch bestimmt reparieren?«

»Nein, kann man nicht.«

Morag lag bäuchlings auf einem Kissen, ihr schwerer Kopf auf einer Kassette des neuesten L-7-Albums. Normalerweise mochte sie die Musik dieser Frauen, ihre lauten Stimmen und die Art, wie sie auf ihre Gitarren eindroschen. Aber heute war Morag so tief deprimiert, daß nichts sie aufheitern konnte. Ihre Rettungsaktion war ein katastrophaler Fehlschlag und ihre Fiedel immer noch kaputt.

»Diese Fiedel ist das Werk von Callum MacHardie, dem besten Fiedelbauer Schottlands. Die MacHardies, Feen wie Menschen, stellen seit Generationen die besten Fiedeln her. An meiner hat Callum drei Jahre lang gesessen. Dann ließ er sie ein Jahr liegen, ehe er sie polierte. Sie ist aus Ahorn- und Pinien- und Buchsbaum- und Ebenholz gemacht, und der bernsteinfarbene Firnis, den Callum benutzt hat, ist sein Geheimrezept. Und jetzt ist meine Fiedel hin! Vielleicht könnte noch nicht einmal Callum sie reparieren, wenn ich sie in seine Werkstatt unter dem Heiligen Eschenbaum brächte. Wer soll sie denn hier reparieren können?«

»In New York muß es doch gute Geigenbauer geben.«

»Aber keiner würde sich an eine Fiedel wagen, die fünf Zentimeter lang ist.«

Kerry legte sich neben Morag auf das Kissen. Ihre kostbarste Blume war verschwunden. Nie würde sie sie ersetzen können. Bei dem Fiasko mit den chinesischen Feen war Morag vom Himmel gefallen, und seitdem war der walisische Klatschmohn wieder verschwunden. Kerry hatte sich aufgemacht und noch einmal das Abbruchgelände abgesucht, auf dem sie die Mohnblume damals gefunden hatte. Umsonst.

Lustlos spielte Kerry ›Lonely Planet Boy‹ von den New York Dolls, aber ohne Moragς Begleitung auf der Fiedel fehlte etwas. Sie legte die Gitarre beiseite, legte eine Platte von den Swans auf, und beide lauschten der melancholischen Musik.

Bis zum Abgabeschluß für den Wettbewerb blieben noch drei Wochen. Kerry hatte allen Mut verloren. Selbst ohne die Rückschläge hätte sie alle Mühe gehabt, die noch fehlenden Blumen zusammenzubekommen. Jetzt würde Cal mit seiner Aufführung des ›Sommernachtstraums‹ den Preis gewinnen, egal, wie miserabel die sein mochte. Die einzigen anderen Teilnehmer, von denen Kerry wußte, waren Dichter, und Dichter waren gerade nicht gefragt.

Überraschend kam Heather durchs Fenster geflattert. Sie hatte das Gefühl, eine Entschuldigung sei angebracht, und sich genügend Mut dafür angetrunken. Sie sagte, es tue ihr sehr leid, ein solches Chaos angerichtet zu haben, und versprach, alles zu tun, um den Schaden wiedergutzumachen.

Das meinte Heather ganz ernst, hatte aber gleichzeitig den Hintergedanken, alles über Kerrys Blumenalphabet auszukundschaften und es zu Dinnies Gunsten auszunutzen. Gleichzeitig war sie jedoch sehr darauf bedacht, sich nichts anmerken zu lassen, denn sie wußte, daß allein die Vorstellung, ihre nette Freundin und der schreckliche Dinnie könnten ein Paar werden, Morag in Rage bringen würde.

In Cornwall war herrliches Wetter und der Tag so schön, daß eigentlich alle Feen hätten auf den Wiesen musizieren und den Duft der Blumen schnuppern müssen. Die meisten Feen schufteten jedoch in Arbeitshäusern, und die wenigen, die das nicht taten, versteckten sich in einer Scheune und planten die Revolution.

»Also, Aelric, was ist unser nächster Schritt?«

»Weitere Sabotage der Ökonomie.«

»Aber wir sind doch viel zu wenige, um die Wirtschaft des Königreichs zu ruinieren.«

Aelric gab ihnen recht und verkündete, die nächste Etappe der Revolution bestehe darin, einen Aufstand der Massen zu organisieren.

»Wir brauchen einen Bauernaufstand! Wie wir ihn allerdings anzetteln sollen, weiß ich nicht. Dem Schlagwortregister der Bibliothek zufolge ist der Vorsitzende Mao die führende Kapazität auf diesem Gebiet, aber er hat so entsetzlich viele Bücher geschrieben, daß ich seine Taktik noch nicht genau verstanden habe.«

Sie baten Dianna, die Feengöttin, um Hilfe, denn nicht zu ihr zu beten wäre ihnen allen wie ein Frevel vorgekommen, obwohl Aelric herausgefunden hatte, daß der Vorsitzende Mao derlei entschieden ablehnte.

Morag saß mit Heather auf der Feuerleiter vor Dinnies Fenster.

»Mach dir keine Sorgen«, tröstete Heather. »Dein Haar sieht wirklich gut aus mit den vielen Farben, und die Perlen, die Kerry dir geschenkt hat, stehen dir sehr gut. Wenn wir wieder in Schottland sind, besorgst du dir eben eine neue Fiedel. Du bist eine so hervorragende Fiedlerin, daß Callum MacHardie dir mit Freuden eine wunderschöne neue macht, auch wenn es ihm mißfällt, daß du so gern die Songs der Ramones spielst. Und bis dahin können wir beide auf meiner spielen.«

Morags Gemüt hellte sich ein wenig auf. Sie hatte sich mit Heather ausgesöhnt, und das war immerhin ein kleiner Lichtblick.

»Na, macht ihr es euch hübsch gemütlich?« drang Dinnies Stimme aus dem Hintergrund.

Dinnie schmollte. Er war eifersüchtig auf die Freundschaft zwischen Heather und Morag, was er natürlich nie, nicht einmal sich selbst, eingestehen würde. Er mochte es nicht, daß sie wieder Freundinnen waren, weil er fürchtete, Heather könnte ihn verlassen.

»Eigentlich müßtest du mir jetzt Geigenstunden geben.«

»Halt dein Schnoot ...«, sagte Heather barsch.

»Was?«

»Sei still!«

»Na gut«, sagte Dinnie. »Beschimpf mich nur. Ich glaube allerdings nicht, daß das Teil unserer Abmachung ist.«

»Was für eine Abmachung?« fragte Morag.

»Nichts, nichts«, säuselte Heather.

Die beiden begannen, sich auf gälisch zu unterhalten, was Dinnie noch mehr gegen den Strich ging. Plötzlich kam ihm ein wunderbar gemeiner Gedanke. Jetzt wußte er, wie er mit einem Schlag Morag loswerden und Heather eins auswischen konnte, auf die er immer noch schlecht zu sprechen war, weil sie ihn auf Diät gesetzt hatte.

»Wenn ihr euer Plauderstündchen beendet habt, Heather, kannst du dann vielleicht mit deiner Unterrichtsstunde anfangen? Du wolltest mir doch beibringen, meine wunderbare MacPherson-Fiedel zu spielen.«

Kurzes Schweigen.

»Deine wunderbare was?« fragte Morag.

Heather wurde blaß.

»Nichts. Nichts.«

»Er sagte wunderbare MacPherson-Fiedel«, beharrte Morag. »Ich spüre, wie meine übersinnlichen Kräfte mir sagen ...«

Sie schoß durchs Zimmer und kletterte auf das Instrument, um es genau anzusehen. Heather fuhr sich mit der winzigen Hand an die Stirn und lehnte den Kopf gegen den dreckigen Herd. Sie wußte, was kommen würde.

Morag stieß einen Entzückensschrei aus.

»Das ist ja die MacPherson-Fiedel! Die echte MacPherson-Fiedel! Du hast sie wiedergefunden!«

Sie tanzte glücklich durchs Zimmer.

»Was für eine glückliche Fügung! Der wertvollste Schatz meines Clans! Hier in der 4. Straße! Und die einzige Fiedel, die ich noch lieber spielen würde als meine eigene. Jetzt wird alles gut. Heather, hilf mir, sie zu schrumpfen, damit ich auf ihr spielen kann.«

»Heather wird nichts dergleichen tun«, verkündete Dinnie selbstzufrieden. »Die Geige gehört mir, bis ich sie Heather übergebe. Das ist Teil unserer Abmachung. Also, laß die Finger davon!«

»Wie meint er das?« fragte Morag. »Es liegt doch auf der Hand, daß sie mir gehört. Ich bin eine MacPherson.«

»Sie hat mir ein Versprechen gegeben«, wiederholte Dinnie, »das sie nicht brechen darf.«

»Stimmt das?«

»Nun ...«, stammelte Heather, die weder leugnen noch die Abmachung brechen konnte.

»Aber meine Geige ist kaputt. Ich brauche diese hier unbedingt.«

»Dein Pech«, rief Dinnie und amüsierte sich köstlich.

Morag geriet in Rage. Heather hatte sie noch nie so wütend erlebt. Die Fiedel war Morags Eigentum und überhaupt: Sie sei eine MacPherson, die Fiedel ein Heiligtum ihres Clans und Heather eine Diebin, Betrügerin und Lügnerin.

Dinnie lachte sich ins Fäustchen. Er hatte genau gewußt, was passieren würde, wenn Morag von der Abmachung erfuhr.

»Ich kann nichts mehr machen«, protestierte Heather. »Ich habe eine Abmachung mit einem menschlichen Wesen, und eine gute Distelfee darf gegen eine solche Abmachung nicht verstoßen.«

Morags blasses Gesicht war dunkelrot angelaufen.

»Die Violine gehört meinem Clan, du falsche Schlange.«

»Bitte, Morag.«

»Du widerliche Koboldfickerin, du Schande für Schottland!«

Das war zuviel, selbst für eine zerknirschte Heather.

»Ihr ignoranten MacPhersons! Wenn ihr besser aufgepaßt hättet, wäre sie gar nicht erst verlorengegangen!«

»Ihr MacKintoshs seid der größte Abschaum!« gellte Morag. »Ich spucke in die Milch deiner Mutter!«

Mit diesem Fluch, den sie in einem mexikanischen Restaurant aufgeschnappt hatte, stürmte Morag zum Fenster hinaus.

Heather ließ den Kopf hängen. Was für ein Schlamassel! Der Göttin sei Dank, daß Morag nicht auch noch nach der anderen Hälfte der Abmachung gefragt hatte. Wäre sie dahinter gekommen, daß Heather Dinnie und Kerry zusammenbringen wollte, hätten die Dinge wahrscheinlich eine gewaltsame Wendung genommen.

»O je, o je«, sagte Dinnie. »Was für ein Streit. War vielleicht ein bißchen taktlos von mir.«

Heather warf ihm einen finsteren Blick zu, entgegnete aber nichts.

»Nächste Lektion! Wie man den Bogen hält. Und führ ihn diesmal bitte nicht so, als wolltest du das verdammte Ding zersägen.«

15

Überall gab es unzufriedene Feen. Heather und Morag hatten ihre eigenen zahlreichen Probleme, gleichzeitig aber auch für andere Ärger geschaffen.

»Wo kommt das her?« fragten sowohl Dinnie wie auch Kerry, als sie feststellten, daß sowohl Heather als auch Morag immer für reichlich Geld im Haus sorgten.

»Ganz normaler Feenzauber«, logen Heather und Morag.

Die italienischen Feen in der Grand Street waren jedoch tief unglücklich. Unbekannte Fremde beraubten immer wieder die Banken ihrer menschlichen Verbündeten.

»Viermal in diesem Monat!« schimpften sie. »Wir können nicht zulassen, daß diese Diebe das Geschäft unserer italienischen Freunde ruinieren.«

Die chinesischen Feen in der Canal Street waren immer noch außer sich vor Zorn über den Diebstahl ihres Bhat Gwa-Spiegels. Dieses wichtige Heiligtum war den chinesischen Feen vor zweitausend Jahren vom heiligen Laotse übergeben worden, ehe sein Geist die Erde verließ. Der Spiegel war ihr wertvollster Schatz und zum Zeichen der Freundschaft zwischen Feen und Menschen im Laden von Hwui-Yin aufbewahrt.

Und dann, als sie den Spiegel schon fast wieder zurückerobert hatten, war eine fremde Fee dazwischengefunkt, hatte das Schwert gegen sie geschwungen und in einer fürchterlich barbarischen Sprache geflucht …

»Wir sind ein friedfertiger Stamm. Aber das können wir uns nicht bieten lassen.«

Sie rätselten, wer dahinter stecken mochte. Möglich, daß es die italienischen Feen waren; mit denen hatten sie früher des öfteren Ärger gehabt.

In Harlem herrschte große Aufregung wegen des Zwischenfalls in der Bar. Die schwarzen Feen waren empört. Da kamen irgendwelche Fremde daher und raubten eine Bar in ihrem Territorium aus. Wie unhöflich! Und die rabiaten Drohungen dieser rothaarigen Fee beschäftigten alle sehr.

»Seit Generationen haben wir hier keine fremden Feen mehr gesehen«, sagten sie. »Und jetzt kommen sie und stehlen. Wir müssen uns auf das Schlimmste gefaßt machen.«

Im Central Park war Brannoc tief unglücklich. Gerade hatte er Petal und Tulip dabei ertappt, wie sie leidenschaftlich unter einem Rosenbusch miteinander schliefen. Bei den Feen war Sex zwischen Bruder und Schwester kein Tabu, aber Brannoc ärgerte sich schrecklich. Er brannte vor Eifersucht.

Maeve und Padraig waren betrunken und rührselig. Sie saßen in einem Baum und spielten auf ihren Flöten. Brannoc mußte zugeben, daß diese irischen Musiker auch noch nach soviel Alkohol außerordentlich gut spielten. Aber er war nicht in der Stimmung, irgendwen zu loben.

Petal und Tulip waren nirgends zu sehen. Wahrscheinlich praktizierten sie immer noch ihre pubertären Sexualtechniken, obwohl sie nach allem, was Brannoc gesehen hatte, alles andere als Anfänger waren.

Brannoc fühlte sich verloren. Ihm fiel ein, daß es nur ein kleines Stück nördlich vom Park einen ganzen Feenstamm gab, mit dem er sich anfreunden könnte. Wenn er noch einmal zu ihnen ginge, würde es ihm bestimmt gelingen, sie versöhnlich zu stimmen. Er war ein vernünftiger Elf und sah keinen Grund, warum die schwarzen Feen vernünftigen Argumenten gegenüber unzugänglich sein sollten. Es war nicht ratsam, sich in der Fremde Feinde zu machen.

»Wohin gehst du?« rief Padraig.

»Mit den schwarzen Feen Frieden schließen«, antwortete er.

»Viel Glück. Bring uns ein bißchen Whiskey mit.«

Auch in Cornwall herrschte große Unzufriedenheit. Die Feen des Landes durften ihre Göttin Dianna nicht mehr anbeten. Die Feste zu ihren Ehren waren durch Zeremonien für einen neuen starken Gott ersetzt worden, der die Feinde des Feenreichs besiegen sollte.

Der Mond arbeitete sich durch die Wolken. Magris murmelte ein paar Worte in der alten Sprache, und ein Mondbogen aus sieben Grautönen glitt vom Himmel herunter.

Die Hälfte der Söldner erklomm den Mondbogen, stieg lautlos in den Nachthimmel hinauf und verschwand. Magris wandte sich um und murmelte den restlichen Söldnern seine Befehle zu. Sie marschierten in die Nacht und suchten den Rebellen Aelric.

Der leichte Wind, der immer aufkommt, wenn ein Mondbogen herbeigezaubert wird, blähte Magris' Mantel, als auch er in die Nacht verschwand.

Magenta war angespannt, aber nicht unzufrieden. Sie spähte die Wolkenkratzer entlang, die die First Avenue säumten. Idealer Hinterhalt hier, sagte ihr soldatischer Instinkt. Wahrscheinlich lauerte Joshua, der für sie inzwischen zu Tissaphernes geworden war, hinter der nächsten Ecke. Magenta nahm einen Schluck von ihrem Cocktail, beschloß, bald mehr vergällten Spiritus und Stiefelwichse zu kaufen, und blätterte in ihrem Xenophon.

Besonders beeindruckend an diesem Buch war das Vertrauen der Griechen in die Götter. Selbst in den prekärsten Situationen, wo schnelles Handeln vonnöten war, unternahmen sie nichts, ohne vorher die entsprechenden Opfer gebracht und die Omen gedeutet zu haben.

Magenta sah sich nach einem geeigneten Opfer um. Eine plattgefahrene Taube lag im Rinnstein. Magenta stürzte drauf zu, um ihre Eingeweide zu inspizieren. Sie waren nicht leicht zu deuten, nachdem so viele Autos über das Tier hinweggerollt waren, aber im ganzen, fand Magenta, standen die Zeichen günstig.

»Los, Männer!« rief sie. »Vorwärts!«

In Cornwall gab es noch mehr unzufriedene Feen. Am Rande von Bodmin Moor, einem Winkel, der so kalt und grau wie der Atlantik war, über den die Söldner schwebten, begann sich der Mondbogen in der Dämmerung aufzulösen. Aus dem dunklen Gebüsch krochen vier stumme Gestalten und schauten sich um.

»Wohin führt der?« flüsterte eine der Gestalten und sah zu den sieben Schattierungen von Grau hoch.

»Wer weiß«, sagte eine andere. »Aber am anderen Ende sind bestimmt Heather MacKintosh und Morag MacPherson. Los, hinterher, ehe er ganz verblaßt.«

Ohne ein weiteres Wort bestiegen sie den Mondbogen. Sie waren vier Kriegerinnen des MacLeod-Clans. Alle vier waren groß, stark, geschmeidig und schwer bewaffnet. Sie hatten sich aufgemacht, um die gestohlenen Stücke ihrer Fahne zurückzuerobern, und sahen nicht so aus, als sei mit ihnen gut Kirschen essen.

Einem kleinen Kind fiel ein Geldstück auf den Bürgersteig. Brannoc blieb stehen, um es aufzuheben und dem Kind zurückzugeben.

»Nicht zu fassen«, sagte eine Stimme hinter ihm. »Ihr beraubt nicht nur unsere Bars. Jetzt bestiehlt ihr auch noch kleine Kinder.«

Brannoc sah sich einer wütenden Gruppe schwarzer Feen gegenüber.

»Diese Weißen sind heute noch niederträchtiger als früher.«

»Ihr habt das falsch verstanden«, protestierte Brannoc.

»Jemand hat mir mein Geld geklaut«, jammerte das Kind.

Brannoc machte einen schnellen Abgang, wobei er die Heather und Morag längst vertraute schnellste Fortbewegungsart in New York blitzschnell begriff und auf das Schutzblech eines vorbeirasenden Taxis hüpfte.

»Was ist passiert?« riefen Tulip und Petal, als er in ihren Unterschlupf im Gebüsch stolperte. Brannoc wollte sich nicht weiter auslassen, erwähnte allerdings, daß New Yorks Taxichauffeure zum Glück die rücksichtslosesten Fahrer der Welt seien.

16

»Draußen wimmelt es von Polizisten«, rief Morag, während Kerry ihre Mittagsdosis Tabletten einnahm.

Kerry meinte, die seien wahrscheinlich auf dem Weg zum Tomkins Square, wo heute ein Konzert stattfinde.

»Ich hasse den Anblick von so viel Polizei«, fuhr sie fort.

»Warum?« fragte Morag. »Polizisten sind doch nette Menschen. Wachmann MacBain, unser Dorfpolizist daheim in Cruickshank, ist ein netter Mann. Jeden Tag, nach dem Mittagessen und ein paar Bier im Pub, hält er sein Nickerchen im Gebüsch ganz in unserer Nähe, und meistens läßt er uns Feen etwas Tabak da. Alle Kinder mögen ihn, weil er sie oft auf seinem Fahrrad mitnimmt. Außerdem ist er kein schlechter Dudelsackspieler. Und mir fällt gerade ein, daß er mal was von einem irischen Cousin erzählt hat, der in Amerika Polizist ist. Und der ist bestimmt auch so ein netter Mann.«

Darauf murmelte Kerry, daß sie über die Polizisten, mit denen sie es zu tun gehabt hätte, ganz andere Geschichten erzählen könnte und daß New Yorker Polizisten wohl kaum Tabak für Feen liegen lassen würden, aber Morag verstand nicht genau, was sie meinte.

»Und was unternehmen wir heute?«

»Wir gehen zu dem Konzert am Tomkins Square.

Cal spielt in der Band eines Freundes Gitarre, und wir werden sie niederschreien.«

»Klingt gut.«

Kerry schlüpfte in ihre grün und rosa gemusterten Latzhosen, denn heute brauchte sie viele Taschen für die Bierflaschen. Nachdem sie lang und breit mit Morag beraten hatte, welche Blumen sie sich ins Haar stecken sollte – eine Frage, bei der Botticellis ›Primavera‹ und ähnliche Werke mehrmals zu Rate gezogen wurden –, brachen sie auf.

In Chinatown trafen die chinesischen Feen die letzten Vorbereitungen für das Fest der Hungrigen Geister, besorgten genug zu essen und zu trinken für die Feiern und die Opfergaben, achteten darauf, daß auch die richtigen Räucherstäbchen und genügend Papiergeld zum Verbrennen bereitlagen. Sonst hatten ihnen die Vorbereitungen immer viel Spaß gemacht, aber jetzt, ohne ihren geheiligten Bhat Gwa-Spiegel, machten sie sich große Sorgen wegen des Festes. Wie sollten sie ohne den Spiegel, der die schlechten Fung Shui-Strahlen abhielt, all den unzufriedenen Geistern entgegentreten, die die Erde heimsuchen würden?

Lu-Tang, die weise Oberfee, schickte Kundschafter in alle Richtungen aus, um nach ihm zu suchen. Aber nachdem er vom Himmel hinunter in die Canal Street gefallen war, blieb er unauffindbar.

Eine nochmalige Durchsuchung von Kerrys Wohnung ergab, daß er auch dort nicht war. Aber die chinesischen Feen, die in der 4. Straße Wache hielten, beobachteten mit Interesse, wie Heather sich in die Wohnung stahl und sich gründlich umsah.

Heather war in Kerrys Wohnung eingebrochen, um mehr über sie herauszufinden. Je mehr sie über Kerry wußte, desto leichter würde es sein, Dinnie so umzumodeln, daß Kerry sich in ihn verlieben würde.

Wo Kerry und Morag wohl steckten, fragte sie sich.

»Die machen sich bestimmt irgendwo einen schönen Tag«, murmelte sie neidisch, während sie Kerrys Kassettensammlung durchkramte und sich mal wieder wünschte, sich mit einem Menschen angefreundet zu haben, der sich gern amüsierte, statt mit einem, der den ganzen Tag vor der Glotze hockte und sich miese Sendungen reinzog.

Es dauerte eine Weile, bis Kerry Morag davon überzeugen konnte, daß sie beide keine Schuld an dem Aufruhr am Tomkins Square hatten. Purer Zufall, daß der Tumult just in dem Moment ausbrach, als sie Cal und seine Band mit Bierflaschen bombardierten.

»Ärger hätte es sowieso gegeben«, verkündete Kerry, als sie dem Chaos entflohen. »Mit uns und unserem kleinen Besäufnis hatte das nichts zu tun – oder jedenfalls nicht viel. Die Polypen warteten doch bloß darauf, mit ihren Gummiknüppeln loszuschlagen.«

Blutüberströmte Opfer des Tumults wankten an ihnen vorbei, sehr zu Morags Kummer.

»Die Polizisten hier sind reichlich grob«, sagte sie und zuckte beim Anblick der Verletzten zusammen. »Wenn ich wieder daheim bin, werde ich ein ernstes Wörtchen mit Wachmann MacBain reden müssen.«

Sobald sie aus der unmittelbaren Gefahrenzone raus waren, gingen sie in den nächsten Laden und kauften Bier.

»Warum verkaufen sie das Bier hier in braunen Tüten?« fragte Morag.

»Ach, irgendwelche gesetzlichen Vorschriften.«

»Wirklich? Ich dachte, weil es dann besser

schmeckt. Na, egal, wir gehorchen besser dem Gesetz, sonst kriegen wir am Ende noch einen Gummiknüppel auf den Kopf.«

Auf der anderen Straßenseite huschte Magenta an den Häusern entlang. Seit dem fatalen Handgemenge mit den Persern war sie auf der Flucht. Morag sichtete sie und setzte ihr hinterher.

»Holla!« Johnny Thunders, der sanft zur Niederwelt hinunterglitt, spitzte die Ohren. »Höre ich da nicht dröhnende Gitarren und Tumultgeschrei? Das muß New York sein.«

Er hatte recht. Es war New York.

»Aber wie um alles in der Welt soll ich meine 1958er Gibson Tiger Top finden?«

Bei ihrem waghalsigen Vorstoß bis in die Gebirgszonen war Magenta, gehetzt von berittenen Bogenschützen der Perser, Motorrädern der New Yorker Polizei und einer schottischen Fee, gezwungen, sich von einem Teil der bisher auf diesem Feldzug ergatterten Kriegsbeute zu trennen.

Was bedauerlich war, weil Kriegsbeute zu machen eins der Hauptmotive aller Feldzüge ist. Der Söldnerlohn war so jämmerlich, daß er die Gefahren und Unbilden, die ein Feldzug mit sich brachte, bei weitem nicht wettmachte. Aber egal, die Last war zu schwer, und etwas mußte auf der Strecke bleiben. Magenta ließ die dreiblütige walisische Mohnblume fallen und setzte ihre Flucht fort.

Sie schützte die hinteren Reihen. In der vordersten stand Chirisophus, der Spartaner. Xenophon traute Chirisophus nicht die Bohne.

»Diese Stadtstreicherin ist total plemplem«, schnaufte Morag erschöpft. »Aber jünger und fitter als die anderen. Erst nach vierzehn Blocks konnte ich sie einholen.«

»Und dann?«

»Als ich sie um die Blume bat, schrie sie irgendwelchen imaginären Kriegern zu, Aufstellung zu nehmen, das sei ein Angriff. Dann warf sie die Mohnblume zu Boden.«

»Hast du sie?«

Morag schüttelte den Kopf.

»Genau in dem Moment hielten neben mir drei Feuerwehrautos. Bis ich um die rumgelaufen war, war die Mohnblume weg.«

Sie sah auf ihr aufgeschürftes Knie.

»Beim Rennen um die Feuerwehrautos bin ich gestolpert und hab mir das Knie aufgeschlagen. Lag wohl am Bier.«

Kerry stapfte heim, die erschöpfte Morag in der Hosentasche. Sie brauchte diese Blume, und es war höchste Zeit, daß ihr Klatschmohn aufhörte, sich in der Stadt rumzutreiben, aber nur Gott allein wußte, wo er jetzt war.

17

»Dein Bauch ist viel flacher geworden«, verkündete Heather. »Hast du heute schon deine Übungen gemacht?«

Dinnie nickte. Sport hatte er immer tunlichst vermieden, und nun tat ihm alles weh.

»Gut. Bald bist du ein fitter, strammer MacKintosh, der sich sehen lassen kann. Und jetzt, wer gefällt dir besser, Velvet Underground oder Sonic Youth?«

Dinnie schüttelte nur dümmlich den Kopf, eine seiner vielen schlechten Angewohnheiten, die der Fee auf den Geist gingen.

»Velvet Underground? Sonic Youth? Wovon faselst du überhaupt?«

»Ich habe eine wichtige Entdeckung gemacht.«

»Mußt du weg?«

»Nein, muß ich nicht. Ich bleibe so lange hier, bis ich unseren Vertrag eingelöst habe, und wenn es ewig dauert. Die wichtige Entdeckung betrifft Kerry, du Döskopp. Bei einem gewagten Einbruchsunternehmen in ihre Wohnung habe ich rausgefunden, daß sie total auf Musik abfährt. Sie hat solche Dinger – wie heißen die noch? – Kassetten? Ja? Die ganze Wohnung ist voll davon. Kerry ist fast so schlampig wie du, aber nicht ganz so schmutzig. Von den Bands auf den Kassetten hatte ich natürlich keine Ahnung, aber ich habe die genommen, die sie am meisten hört ...«

»Und woher weißt du, welche das ist?« fragte Dinnie sarkastisch. »Hast du eine Kakerlake gefragt?«

»Nein, keine Kakerlaken, sondern die Kassetten.«

Heather kramte in ihrem Lederbeutel.

»Hier ist sie.«

Dinnie starrte mißmutig auf die Kassette. »New York Collection« stand darauf: Sonic Youth, Ramones, New York Dolls, Lydia Lunch, Richard Hell, Swans, Nine Inch Nails, Television und viele andere.

»Na und?«

Verzweifelt verzog Heather das Gesicht.

»Sei doch nicht so begriffsstutzig, Dinnie! Wenn du was mit Kerry anfangen willst, mußt du zumindest so tun, als stündest du auf dieselbe Musik wie sie. Hast du nicht mitgekriegt, daß sie dauernd auf Achse ist, um sich irgendwelche Bands anzuhören? Das ist ihr offenbar wichtig.«

Dinnie war entsetzt.

»Nehmen diese Schikanen denn überhaupt kein Ende?« schrie er. Erst gestern hatte Heather ihn gezwungen, einem Bettler Geld zu geben, und als nächstes hatte sie Dinnie verboten, die Verkäuferin im Laden als mexikanische Hure zu beschimpfen, nicht mal im stillen.

»Sowas würde Kerry nicht gefallen. Außerdem gewöhne dir bitte ab, abfällige Bemerkungen zu brummeln, wenn du Schwarze in der Glotze siehst.«

Heather kümmerte sich nicht um Dinnies Protest und schob die Kassette in den Recorder. »So, das hörst du dir jetzt an und merkst dir die Songs. Ich geh mir ein Gläschen genehmigen, und wenn ich wiederkomme, frage ich dich ab.«

Aber Dinnie quengelte immer noch.

»Was soll das denn, die gleiche Musik zu mögen wie sie, wenn ich eh keine Chance habe, überhaupt mit ihr zu reden?«

Heather schlug sich triumphierend auf die Schenkel.

»Auf die Frage hatte ich gehofft. Das hab ich alles schon geregelt. Wer einen Handel mit einer MacKintosh-Fee abschließt, kriegt den kompletten Service.

Wie schon gesagt, liebt Kerry Blumen. Sie scheint sie zu sammeln, jedenfalls in getrocknetem Zustand. Und als ich heute nachmittag über die Dächer flog, erspähte ich unten auf dem Bürgersteig eine sehr ungewöhnliche Blume.«

Schwungvoll überreichte sie Dinnie den dreiblütigen Klatschmohn.

»Ich habe so das Gefühl, sobald du ihr diese Blume gibst, wird sie dich in ganz anderem Licht sehen.«

Heather sprang auf den Einschaltknopf von Dinnies Kassettendeck.

Dinnie zuckte zusammen, als Lydia Lunch durch seine Räume zu röhren begann.

»Aber ich hasse diese Musik.«

»Na und? Du kannst ja Begeisterung heucheln. Du glaubst doch wohl nicht im Ernst, daß du Kerry durch Ehrlichkeit gewinnst?«

In Cornwall erlitt Aelrics Guerillakrieg einen empfindlichen Rückschlag, weil er sich in die Stieftochter des Königs verliebt hatte. Er saß in einer Scheune und grübelte über sein Unglück nach.

»Bist du dir sicher, daß du sie liebst?« fragte Aelis, seine engste Vertraute.

»Ja. Als ich sah, wie sie ihr Schwert zückte und uns nachsetzte, weil wir die Werkstätten des Königs angezündet hatten, war es mir schlagartig klar.«

Aelis schüttelte mitfühlend den Kopf. Wenn ein Elf sich auf den ersten Blick verliebt, gibt es dagegen kein Heilmittel, das wußte sie. Aber sie wußte auch, daß diese Romanze von Anfang an unter einem schlechten Stern stand. Da Marion König Talas Stieftochter war, bestand wenig Hoffnung, daß sie sich ausgerechnet in den Rebellen Aelric verliebte, der ständig die wichtigsten Gebäude des Königs ansteckte.

Eulen rührten sich in den dunklen Schatten der Scheune. Aelric sah gedankenvoll zum Dach hinauf.

»Wer weiß«, überlegte er. »Als Talas Stieftochter haßt sie ihren Vater ja vielleicht. Schließlich weiß doch jeder, wie mies es Stieftöchtern in den königlichen Feen-Familien geht.«

Aelis meinte, das sei schon möglich, und versprach, mittels einer ihrer Kontaktpersonen, einer Magd im Königspalast, die genauen Verhältnisse auszukundschaften.

Der Rest der Guerillaeinheit stahl sich stumm in den hintersten Winkel der Scheune, um Vorbereitungen für ihre nächtliche Aktion zu treffen.

Kerry hatte eine blendende Idee, wie Morag Dinnie rumkriegen könnte, ihr die MacPherson-Fiedel zu geben.

»Biete ihm einfach etwas Besseres an als Heather. Dann rückt er die Fiedel bestimmt heraus.«

Morag dachte darüber nach. Klang gar nicht übel.

»Der Haken ist nur, daß ich nicht weiß, was diese niederträchtige MacKintosh ihm angeboten hat«, jammerte sie und spuckte auf den Boden.

»Dann mußt du ihn eben mit dem ködern, was ihm das Wichtigste auf der Welt ist. Und das ist bestimmt eine nette Freundin, so einsam, wie der ist. Außer, er ist schwul, dann müßte es ein netter Freund sein.«

Morag flatterte über die Straße.

»Dinnie«, rief sie durchs Fenster. »Bist du homo oder hetero?«

»Was fällt dir ein!« brüllte Dinnie und warf eine Tasse nach ihr.

Sie flatterte zurück.

»Das heißt wohl, daß er hetero ist, wenn auch nicht gerade vorurteilslos«, erklärte Kerry.

»Gut, dann ködere ich ihn mit einer Freundin«, sagte Morag entschlossen. »Obwohl es verteufelt schwer sein wird, ein Mädchen zu finden, das sich mit diesem ungehobelten Klotz abgeben will.«

Heather sah traurig auf die Leiche vor dem Hauseingang hinab. Zwei Polizisten beugten sich über den toten Mann.

»Ich verstehe das nicht. Dauernd sterben Penner in der 4. Straße«, sagte der eine, und der andere schüttelte den Kopf. Jetzt waren es schon acht in nur wenigen Wochen.

»Ruf Linda unter 970 F-U-C-K an. Bei mir und meiner Freundin kriegst du den heißesten Dreier der Stadt.«

»Ich nehme an, du bist inzwischen Experte für die New Yorker Musikszene?« fragte Heather, die plötzlich vor Dinnie stand, eine Angewohnheit, die er besonders haßte. Sie stellte den Fernseher ab und den Recorder an.

»Welche Band ist das?«

»Velvet Underground.«

»Falsch. Die Ramones. Und die hier?«

»Band of Susans.«

»Wieder falsch. Das ist Suicide. Durchgefallen! Hör dir die Kassette noch mal an. Ich leg mich jetzt hin. Keine Bange, du störst mich nicht. Dieser süße amerikanische Whiskey schmeckt mir immer besser, und ich vertrage von Tag zu Tag mehr davon.«

»Mit anderen Worten, du bist betrunken.«

»Betrunken? Ich? Eine MacKintosh-Fee?« Heather lachte und ließ sich aufs Bett plumpsen.

Kerry war tief deprimiert. Nichts als Schlappen und Niederlagen. Ihr Blumenalphabet wuchs zwar beständig, aber was nützte das, solange das wichtigste Exemplar fehlte. Ihre Krankheit schien keinen Deut besser zu werden, weswegen sie mehr trank und danach noch deprimierter war. Und Cal mit seiner Band auf der

Bühne spielen zu sehen, hatte sie ganz schön mitgenommen. Wäre er doch nur bei ihr geblieben und hätte sein Versprechen gehalten, ihr alle Gitarrensoli der New York Dolls beizubringen!

»Cal fehlt mir«, sagte sie zu Morag. »Ihn mit Bierflaschen zu bewerfen und ihm seinen Auftritt zu vermasseln hat gar nichts genutzt. Er geht mir nicht aus dem Kopf.«

»Such dir einen neuen Freund«, schlug Morag vor, »während ich eine Freundin für Dinnie suche.«

Kerry meinte, das sei nicht so einfach.

Morag überflog die Anzeigen auf der Rückseite der ›Village Voice‹.

»Transvestiten, Singles, Bi's, Homos, alle sind willkommen im Edelweiß-Club, West 29. Straße.«

»Junger Mann aus dem B-Zug in Richtung Brooklyn, Donnerstag, 21.6., mit den hellen Jeans. Du stiegst in der Dekalb Avenue aus, und ich war zu schüchtern, dich anzusprechen. Würde gern von dir hören.«

»Ich sehe schon«, sagte Morag. »Scheint gar nicht so leicht zu sein, in dieser Stadt jemand kennenzulernen.«

Als Dinnie auch beim x-ten Versuch keine einzige Band richtig zuordnen konnte, war er genauso frustriert wie Heather. Wie nützlich es sein würde, sich auf Kerrys Musikgeschmack einzustellen, hatte er inzwischen eingesehen. Aber er konnte die Gruppen einfach nicht auseinanderhalten.

»Die hören sich für mich alle gleich an. Ich werde es nie schaffen, zwischen Cop Shoot Cop und den Swans einen Unterschied festzustellen, und deshalb wird sich Kerry auch nie in mich verlieben.«

Heather kniff die Lippen zusammen. Die ganze Sache erwies sich als weit schwieriger, als sie geglaubt hatte.

Sie zupfte an ihrem Kilt herum. In Schottland hatte Heather ihn absichtlich zerrissen, um ihre Mutter zu ärgern, aber jetzt, nach der weiten Reise, war er kurz davor, völlig zu zerfleddern. Sie griff sich ihren Dolch und schnitt ein kleines Stück aus einem von Dinnies Kissenbezügen, um damit den Kilt zu flicken. Beim Nähen würde ihr vielleicht eine Idee kommen. Hätte sie Moragս letzte Bemerkung gehört, hätte sie ihr prompt zugestimmt. »Scheint gar nicht so einfach zu sein, in dieser Stadt jemand kennenzulernen«, dachte auch Heather. Vielleicht war es wirklich das Gescheiteste, Dinnie rief 970 C-U-N-T an und vergaß Kerry.

Aber, dachte sie, wir haben ja schließlich noch die Blume. Dieser Klatschmohn mit seinen drei Blüten sah nach was ganz Besonderem aus. Und Heather war überzeugt: Hatte Dinnie die Blume erst einmal Kerry geschenkt, würde sie ihn mit völlig anderen Augen betrachten.

18

Es regnete. Einen so seltsamen, warmen Regen hatte Morag noch nie erlebt. In Schottland war der Regen kalt, freudlos und grau. Sie wußte nicht, warum, aber dieser warme Sommerregen beunruhigte sie.

»Kerry, mir ist gerade eine tolle Idee gekommen.«

»Ja?«

»Wegen Dinnie und der Fiedel. Ich bin mir zwar sicher, daß er sie sofort für ein Mädchen eintauscht, aber daß sich ein Mädchen in ihn verliebt, halte ich für äußerst unwahrscheinlich.«

Kerry stimmte ihr zu.

»Daher«, fuhr Morag fort, »kann ich keinen ehrenhaften Handel mit ihm abschließen. Uns bleibt also nur ein Ausweg.«

»Und der wäre?«

»Ihn täuschen.«

»Du meinst, ihn belügen?«

»Nicht direkt belügen. Wenn ich einen Menschen belügen dürfte, könnte ich ihm die Fiedel ja auch einfach klauen, aber das hätte schreckliche Folgen. Das Karma von Feen hat es in sich, wie dir ja nicht entgangen sein dürfte. Ich selbst, und mein ganzer Clan dazu, würde vielleicht über Generationen hinweg verflucht.

Deshalb werde ich die Wahrheit verbiegen, bloß ein kleines bißchen. Das ist uns Feen erlaubt und hat eine uralte Tradition.

Wenn ich die Fiedel erstmal habe, kann ich im Triumph nach Schottland zurückkehren, und alles wird mir verziehen sein. Mein Clan wird mich nicht mehr ächten, weil ich Ramones-Riffs auf meiner Fiedel gespielt habe. Und die MacLeods werden mich in Frieden lassen, weil ich eine in ganz Schottland gefeierte Fee sein werde. Wahrscheinlich erklären sie mich sogar zur alleinigen Siegerin des Junioren-Fiedelwettbewerbs. Diese hinterhältigen MacKintoshs können nur noch verstummen angesichts meiner großartigen Tat. Ja, ich bin sicher, Täuschung ist die beste Strategie.«

»Und was genau hast du vor?«

»Ich mache Dinnie weis, ich könnte dich überreden, seine Freundin zu werden. Darauf beißt der garantiert sofort an, denn auf eine Freundin wie dich wagt er doch in seinen kühnsten Träumen nicht zu hoffen. Egal, was diese Idiotin Heather ihm auch versprochen hat, im Vergleich mit dir kann das nur kalter Kaffee sein. Du brauchst dabei nichts weiter zu machen, als ihm ein bißchen schönzutun. Sobald ich die Fiedel habe, kannst du ihm sagen, er soll sich zum Teufel scheren.«

Nicht genug, daß Dinnie Rockmusik hören mußte. Er mußte auch den ganzen Tag die Straße beobachten, falls Kerry auftauchen sollte. Er hatte von Heather den Befehl, dann sofort hinunterzurennen und ihr den walisischen Klatschmohn zu überreichen.

»Damit führst du dich bestens bei ihr ein«, versicherte sie ihm.

Als Kerry schließlich auftauchte, eilig hinüber zum Laden ging, um Bier zu holen, versagten Dinnie die Nerven, und als er endlich so weit war, sie anzusprechen, war sie schon wieder in ihrem Haus verschwunden.

»Du schlapper Fettkloß«, schimpfte Heather und bezeichnete ihn glattweg als Blamage für alle MacKintoshs und deren berühmten Kampfgeist.

»Gib mir die Blume«, befahl sie. Sie sah ein, daß sie die Sache selbst in die Hand nehmen mußte. »Ich bringe sie ihr und sage, es sei ein Geschenk von dir. Wo ich jetzt darüber nachdenke, finde ich das sowieso viel besser. Welche Frau wäre nicht tiefbeeindruckt, wenn sie von einer Fee ein Blumengeschenk überbracht bekommt. Kerry wird dir glatt in die Arme sinken!«

Flugs verstaute Heather die Blume in ihrer Tasche, schlang sich den Riemen über die Schulter und flatterte mit dem Versprechen, genug Geld für die Miete heimzubringen, zum Fenster hinaus.

In Cornwall hatte Aelis schlechte Nachrichten für Aelric.

Offenbar kam Marion, die Stieftochter des Königs, außergewöhnlich gut mit Tala aus, und auch mit ihrer Mutter. Sie waren eine bemerkenswert glückliche Familie.

»Wie deprimierend«, sagte Aelric. »Und das, wo Tala doch so ein Monster ist. Na ja, Hitler hatte ja auch einen ausgeprägten Familiensinn. Das habe ich in der Bücherei gelesen. So erstaunlich ist es also auch wieder nicht. Da sieht man mal wieder, was Stiefeltern für eine schlechte Presse kriegen. Aber was soll ich denn jetzt machen? Ich habe nur zwölf Gefolgsleute, viel zu wenig, um die Ökonomie des Feenreichs von Cornwall lahmzulegen, und dazu bin ich auch noch hoffnungslos in die Stieftochter des Königs verliebt.«

Aelis nahm einen kräftigen Schluck aus ihrer Metflasche und überdachte die Sache.

»Du mußt eben einen Weg finden, ihr Herz zu erobern, Aelric. Wenn du weiterhin die Besitzungen ihres Vaters abfackelst, könnte das eure Beziehungen natürlich ein wenig belasten, aber vielleicht tut sich ja was anderes auf. Laut meiner Kontaktperson am Hof liebt Marion Blumen über alles. Vielleicht könntest du dir in der Richtung etwas einfallen lassen. Und was dein Problem mit zu wenig Gefolgsleuten betrifft, da könnte uns der Abwurf unserer Flugblätter erheblich weiterbringen.«

Diese an sich gute Idee erwies sich allerdings als problematisch. Da die stärksten Flieger aus Talas Armee den Luftraum über allen wichtigen Anlagen und Ballungszentren bewachten, gelang es den Rebellen nicht, auch nur ein einziges Flugblatt abzuwerfen.

Heathers Tag hatte gut angefangen. Sie hatte sich ein paar Gläschen genehmigt und war dann ins West Village geflattert, um sich in den exklusiven Kunstgalerien und Geschäften umzusehen. Danach war es jedoch nur noch abwärts gegangen. Im Augenblick klammerte sie sich an das Schutzblech eines Motorrads, das um die Ecke Delancy und Allen donnerte. Hinter ihr hielten sich zwanzig italienische Feen an der heulenden Sirene eines Krankenwagens fest; sie waren ihr dicht auf den Fersen.

»Du willst ein Eilkurier sein! Daß ich nicht lache!« schrie Heather den Motorradfahrer wütend an, als er bei Rot an einer Ampel stoppte. »Los, überfahr die Ampel!«

Auch der Krankenwagen mußte anhalten, aber die italienischen Feen, die sich ihr besonderes Geschick im Ausnutzen von Luftströmungen zunutze machten, ließen sich in Windeseile von einem Fahrzeug zum nächsten treiben. Als die Ampel umschaltete und Heathers Motorradfahrer Gas gab, waren sie nur noch vier Autos hinter ihr.

Wieder einmal hatte sich Heather in der Bank d'Italia bedient, und das war einmal zuviel gewesen. Draußen vor der Bank hatten ihr die italienischen Feen aufgelauert und sie mit ihrer Felltasche voll Geld sozusagen in flagranti ertappt.

Während das Motorrad die Allen Street hinauf und dann die Houston entlang raste, sank Heather das Herz. Die italienischen Feen waren auf ein Feuerwehrauto umgestiegen und holten schnell auf.

Im letzten Moment, als das Feuerwehrauto auf gleicher Höhe war und ihre Verfolger sich schon bereitmachten überzuspringen, hüpfte Heather in heller Verzweiflung blind auf die 2. Straße. Dabei hatte sie ausgesprochenes Glück. Ein kleiner, schneller ausländischer Sportwagen, der von der Polizei verfolgt wurde, preschte vorbei, und Heather bekam gerade noch seine Antenne zu fassen. Der Wagen raste die 2. Straße entlang und bog dann mit halsbrecherischer Geschwindigkeit in die Avenue A ein. Durch diese überraschende Wendung verloren die italienischen Feen auf dem Feuerwehrauto sie vorübergehend aus dem Blick.

Am Ende der 4. Straße wurde Heathers Chauffeur durch Schüsse der Polizei zum Halten gezwungen. Heather hüpfte von der Antenne und machte sich schleunigst auf den Heimweg.

Morag saß auf dem Bürgersteig, um frische Luft zu schnappen.

»Was zum Teufel hast du denn wieder angestellt, daß die Polizei auf dich schießt?« fragte sie, als sie sah, wie Heather atemlos angerannt kam.

»Sie schießt nicht auf mich, du Idiotin. Vor der Polizei laufe ich nicht weg«, keuchte Heather.

Denn sie war immer noch auf der Flucht vor den italienischen Feen, die auf dem Dach eines Fords angebraust kamen, aus dessen riesigen, im Heck eingebauten Lautsprechern Musik dröhnte.

»Schnappt sie!« schrien die italienischen Feen.

Die beiden schottischen Feen sprangen auf ein Taxi und flohen.

Der Mondbogen erstreckte sich von Cornwall nach Manhattan, und auf ihm marschierten die Söldner mit Werferth, einem finsteren Kobold aus dem nördlichen England, an der Spitze. Hinter ihm kamen drei rothaarige Söldner aus Schottland, begleitet von drei Cu Sidth-Hunden mit grünem Fell und bösen Augen.

Außer Werferth waren noch weitere furchteinflößende Kobolde aus den nördlichen Regionen dabei, dazu Gnome aus Wales, Trolle aus Cornwall und diverse andere wilde Gestalten. Sie hatten Gold in den Taschen, die Hälfte ihres Lohns von Magris, und keiner zweifelte daran, daß sie sich auch noch den Rest verdienen würden. Ein Mondbogen vermag Zeit und Raum zu schrumpfen, und so lag zwischen Britannien und Amerika nur ein Tagesmarsch. Amerika war jetzt in Sicht, und die Söldner beschleunigten ihren Schritt.

»Na, wenn du pausenlos italienische Banken ausraubst, darfst du dich nicht wundern, wenn diese südlichen Feen hinter dir her sind!« flüsterte Morag.

Sie und Heather versteckten sich auf einer Feuerleiter am Fuße der Orchard Street.

»Mag ja sein«, flüsterte Heather zurück. »Aber ich könnte schwören, daß sie mir von dem Feuerwehrauto aus zuschrien, sie würden pausenlos von zwei Feen in Schottenröcken beraubt.«

»War das ein Feuerwerkskörper?« murmelte Morag. »Ich habe nicht mitgekriegt, in welche Richtung das Taxi gefahren ist. Sind wir irgendwo in der Nähe von Chinatown?«

Ein plötzlicher Schrei von oben.

»Da sind sie!«

Morag und Heather blickten hoch und stöhnten auf. Eine Armee chinesischer Feen kam mit Triumphgeschrei die Feuerleiter heruntergestürmt.

Ein Stück hinter den Söldnern schritten die Kriegerinnen des MacLeod-Clans leichtfüßig über den Mondbogen. Sie trugen dunkle Ledertuniken und grüne Kilts mit gelben und roten Streifen.

Die vier waren Schwestern und hießen Ailsa, Seonaid, Mairi und Rhona. Sie waren an den Ufern des Loch Dunvegan im Westen der Insel Skye zu Hause, nahe dem Schloß Dunvegan, der Stammburg der MacLeods von MacLeod, den Führern des menschlichen Zweigs des Clans.

In früheren Zeiten hatten die MacLeods viele wilde Kämpfe ausgefochten. Über Generationen hinweg lagen die menschlichen MacLeods in erbitterter Fehde mit ihrem Erbfeind, den MacDonalds von Eigg, und die wilden Kämpfe der MacLeod-Feen mit den MacDonald-Feen hatten ihren menschlichen Pendants in nichts nachgestanden.

Menschen und Feen des MacLeod-Clans waren enge Verbündete, und das schon seit jener fernen Zeit, als Malcolm MacLeod, das Oberhaupt des menschlichen Clans, eine Fee heiratete, die ihre Gestalt verändern konnte. Später kehrte sie zu ihren eigenen Leuten zurück, aber vorher gebar sie Malcolm noch einen Sohn, und die legendäre MacLeod-Fahne war das Wiegengeschenk für diesen Sohn. Die Fahne besaß außergewöhnliche Kräfte und durfte nur in äußerster Not aufgerollt werden.

Im Krieg gegen die MacDonalds standen die MacLeods einst kurz vor der Niederlage. Das Oberhaupt entfaltete die Fahne. Augenblicklich kamen die Feen ihm zu Hilfe, und die MacLeods gewannen die Schlacht. Daß Heather und Morag zwei Stücke aus der Fahne herausgeschnitten hatten, war das größte Sakrileg, das man sich denken konnte. Und so war es nicht verwunderlich, daß die MacLeods ihre gefürchtetsten Kämpferinnen ausschickten, die Stücke zurückzuholen.

»Mein Gott, das hier ist ja genauso schlimm wie damals, als die MacLeods uns vom Loch Morar zum Loch Ness hetzten«, stöhnte Morag.

»Das kannst du wohl sagen.« Noch jetzt schüttelte es Heather bei der Erinnerung daran. Einen ganzen Tag lang hatten die MacLeods Heather und Morag verfolgt und sie um ein Haar geschnappt. Aber glücklicherweise trafen sie eine Schar MacAndrew-Feen, und da die MacAndrews Verbündete der MacKintoshs sind, waren sie bereit, Heather und ihrer Freundin Schutz zu gewähren und beiden zur Flucht zu verhelfen.

Später hatte es jedoch weit und breit keinen Schutz mehr vor den mächtigen MacLeods und ihren Verbündeten gegeben. Denn auch Heathers und Morags Clans weigerten sich, die beiden mit dem Schwert zu verteidigen, da sie doch so offensichtlich im Unrecht waren.

Wieder saßen sie auf einem Feuerwehrauto mit heulender Sirene. Diesmal ging es in nördliche Richtung.

Hinter ihnen hatten die chinesischen Feen auf verschiedenen Autos die Verfolgung aufgenommen.

»Was für ein Glück, daß es in New York so oft brennt.«

Heather maulte, am Ärger mit den chinesischen Feen hätte sie beim besten Willen keine Schuld, und wollte von Morag wissen, was sie ihnen angetan hätte.

»Nichts. Bloß ein paar Hummer befreit. Ich habe ihnen auch nicht ihre Brosche geklaut. Ich war bloß eine unbeteiligte Zeugin. Diese New Yorker Feen haben überhaupt keine Manieren.«

Heather nickte.

»Stimmt. Ich meine, was ist denn dabei, ein paar Dollar aus einer Bank zu holen, um sich was zu essen zu kaufen. Doch kein Grund, sich aufzuregen! Millionen von überflüssigen Dollar liegen in den Banken herum, da werden sie die paar wohl kaum vermissen. Wenn sich jeder was holte, gäbe es nicht die vielen armen Leute, die auf der Straße betteln.«

Offenbar hatten sie ihre Verfolger abgehängt.

»Die sind wir los!«

Das Feuerwehrauto hielt vor einem brennenden Wohnblock. Die beiden Schottinnen hopsten runter. Ein weiteres Feuerwehrauto kam angerast und hielt neben dem ersten. An jeden verfügbaren Halt und Griff klammerten sich weißgewandete italienische Feen.

Heather und Morag machten, daß sie wegkamen.

Ailsa war die älteste der MacLeod-Schwestern und deren Anführerin. Sie stammten von Gara ab, jener Ahnfee, die das menschliche Oberhaupt des Clans geheiratet hatte. Alle vier waren kampferprobte Kriegerinnen. Sie hatten hohe Wangenknochen, große dunkle Augen und schwarzes Haar, das sie im Pagenschnitt trugen, mit dreieckigem Pony. Ihre Langschwerter waren geschliffen und hingen ihnen über dem Rücken; die frisch geschärften, an den Beinen festgeschnallten Dolche waren von einer Kriegergeneration an die nächste weitergegeben worden.

»Wenn wir die MacPherson und die MacKintosh finden, sollen wir sie töten?« fragte Mairi.

»Wenn es sein muß«, antwortete Ailsa. »Aber ich habe einen Schlafzauber bei mir, vielleicht versuchen wir es zuerst damit. Wie weit ist es noch, Mairi?«

Mairi hatte das zweite Gesicht.

»Nicht mehr weit. Ganz in der Nähe wittere ich ein sehr seltsames Land.«

»Wo sind wir?«

Heather zuckte die Schultern. Weder Morag noch sie waren in New York je soweit nördlich gewesen.

»Haben wir sie abgeschüttelt?«

»Ich glaube ja.«

»Und wie sollen wir jetzt zur 4. Straße zurückfinden?«

Das Taxi fuhr bis zum Ende der 106. Straße, dann bog es nach links. In der Fifth Avenue sprangen Heather und Morag ab und blickten sich um.

»Das war eine lange Fahrt. Und wir sind immer noch in New York. Was für eine Riesenstadt!«

»Guck mal. Da sieht's fast aus wie auf dem Land!«

Der Central Park lag grün und verlockend vor ihnen.

»Hier können wir uns ein bißchen ausruhen.«

Sie gingen in Richtung Park.

»Da sind die Diebe«, schrie der Anführer einer Schar schwarzer Elfen. »Haltet sie fest!«

Die Söldner marschierten hoch über Manhattan. Werferth befahl seiner Kompanie stillzustehen, und die Krieger blickten hinunter auf das fremde Land. Es wurde schon dämmerig, doch so viele helle Lichter hatten sie noch nie zuvor gesehen. Die ungeheure Menge riesiger Gebäude wirkte furchteinflößend. Das Ende des Mondbogens berührte jedoch ein Gebiet, das wie eine große, bewaldete Wiese aussah.

»Auf, ihr Mannen!« rief Werferth. »Runter geht's!«

»Ich habe absolut nichts getan, was die schwarzen Feen so verärgern könnte«, sagte Morag, die auf dem Hinterrad eines Mountainbikes kauerte. »Bisher bin ich überhaupt noch keiner schwarzen Fee begegnet.«

»Ich auch nicht«, sagte Heather. »Die haben offenbar eine Fremdenphobie.«

Das Fahrrad raste um die nördliche Ecke des Parks.

»Ein Glück, daß unser Radler so kräftige Beine hat.«

Heather und Morag hüpften von dem Fahrrad auf eine vorbeifahrende Pferdekutsche mit Touristen; von dort gelangten sie via eines Straßenjongleurs, der ein Einrad fuhr, bis zum Broadway.

»Hierher«, rief Morag Heather zu und sprang auf ein in südliche Richtung fahrendes Auto.

Das Auto rollte gemächlich den Broadway entlang.

»Ich glaube, jetzt haben wir sie endlich alle abgeschüttelt.«

Sie atmeten auf. Inzwischen waren sie in der Nähe des Union Square, weit entfernt von den schwarzen Feen.

Eine lange Limousine glitt von hinten heran und fuhr im nächsten Moment neben ihnen her. Oben auf dem Dach standen zu Heathers und Morags unsäglichem Entsetzen vier Gestalten aus ihren schlimmsten Alpträumen: die gefürchteten MacLeod-Schwestern, die ihre Schwerter schwangen und zum Sprung auf Heathers und Morags Auto ansetzten!

19

Kerry lag auf dem Boden und arbeitete an einem Comic. Wie all ihr sonstiges künstlerisches Schaffen, zeichnete sie Comics vor allem zum eigenen Vergnügen. Aber mit diesem hier hatte sie Probleme. Inspiriert von Morag und Heather, sollte er von Feen handeln; da sich Kerry jedoch am liebsten über Feen – und Menschen – ausließ, die freundlich miteinander umgingen, fehlte es an Action. Morag humpelte mit schmerzverzerrtem Gesicht ins Zimmer.

»Morag! Was ist denn passiert?«

Die Fee ließ sich auf ein gelbes Kissen fallen. Sie war so steif und lädiert, daß sie sich kaum rühren konnte.

Kerry gab sich alle Mühe, ihr eine gute Tasse Tee aufzubrühen. Morag liebte Tee, aber, wie fast alle New Yorker, braute Kerry einen miserablen.

Morag erzählte Kerry von den schrecklichen Ereignissen des Tages: Wie sie von den italienischen, chinesischen und den schwarzen Feen vom Central Park verfolgt wurden und zum Schluß noch von den MacLeods.

»Und wie bist du entkommen?«

»Wir sprangen vom Auto und rannten um unser Leben, als plötzlich eine Frau nach uns griff und uns in ihrer Plastiktüte versteckte. Als wir eine Weile später aus der Tüte lugten, war von den MacLeods nichts mehr zu sehen. Und ob du's glaubst oder nicht, unsere Retterin war niemand anderes als die komische Tussi, die unseren walisischen Klatschmohn hatte.

Sie sagte, wir bräuchten uns keine Sorgen mehr zu machen, sie hätte uns aus den Händen der wilden Kardutschen befreit – wer das sein soll, ist mir schleierhaft –, und wir sollten nicht vergessen, daß Xenophon der beste Feldherr wäre, für den Fall, daß es je zu einer Abstimmung zwischen ihr und Chirisophus, dem Spartaner, käme. Keine Ahnung, was sie damit meinte.«

Morag ließ den Kopf hängen.

»Unglücklicherweise hat sie sich dann den Klatschmohn wieder geschnappt.«

»Was? Von wem?«

»Von Heather. Sie wollte ihn dir bringen mit Grüßen von Dinnie.«

»Und wo hatte Dinnie den her?«

Morag zuckte die Schultern.

»Jedenfalls holte Heather, die dumme Ziege, die Mohnblume aus ihrer Felltasche und wedelte damit rum. Die Pennerin sagte, dem niederen Fußvolk würde es nicht zustehen, die Verantwortung für so eine wertvolle Kriegsbeute zu tragen, und behauptete, die Blume würde ihr gehören, sie hätte sie rechtmäßig erobert.«

Kerry war fassungslos.

»Kommt wirklich ganz schön rum, diese Blume.«

»Na ja«, meinte Kerry. »Wenigstens bist du entkommen.«

»Das schon. Aber als Heather und ich in die 4. Straße einbogen und ich gerade sagte, wenn auch nur eine dieser italienischen Feen so was hätte wie ich, nämlich übersinnliche Kräfte, dann würden sie uns bestimmt auflauern. Und was glaubst du? Im nächsten Moment hatten sie uns umzingelt und nahmen uns das Geld wieder ab. Es war ein schrecklicher Tag. Mir tut alles weh. Außerdem ist mein indianisches Stirnband hin. Hast du Whiskey im Haus?«

Morag nahm einen tiefen Schluck.

»Aber es war schön, Heather wiederzusehen. Bis wir uns gestritten haben.«

»Wieder mal über ›Tullochgorum‹?«

Morag schüttelte den Kopf.

»Zuerst nicht. In Magentas Plastiktüte maulte sie mich an, ich würde ihr absichtlich ins Gesicht treten. Blöde Schnalle! Ich habe doch nur versucht, es mir ein bißchen bequemer zu machen. Dann keifte sie, es sei kein Wunder, daß die MacPhersons keinen ordentlichen Tanz zustande brächten, wenn sie alle solche Quadratlatschen hätten, was völlig daneben war. Dann ging's wieder los wegen ›Tullochgorum‹. Und dann passierte die Sache mit der Mohnblume, und ich drohte ihr, sie umzubringen, weil sie deine Blume verloren hat. Wirklich, ein absolut scheußlicher Tag.«

Magenta taperte weiter. Sie war sehr zufrieden mit dem Verlauf ihres Tages. Sie hatte ihre Mannen vor einer schlimmen Attacke bewahrt und genug Geld zusammengebettelt, um ihren Cocktail aufzufüllen. Am erfreulichsten aber war, daß sie ihre Kriegsbeute zurückerobert hatte. Der walisische Klatschmohn war ihr ans Herz gewachsen und inzwischen genauso lieb wie die Gitarrenstücke in ihrer Einkaufstasche. Von nun an würde sie ihre Beute mit ihrem Leben verteidigen!

Kerry lief zum Laden hinunter, um mehr Whiskey für Morag zu besorgen. Drinnen traf sie Dinnie.

»Tag, Kerry«, sagte Dinnie, der all seinen Mut zusammennahm. »Ich hatte eine wirklich schöne Blume für dich, aber diese dumme Fee Heather hat sie irgendwo verloren.«

»Was fällt dir ein, dich in mein Blumenalphabet einzumischen!« schrie Kerry und versetzte ihm eine schallende Ohrfeige.

20

Auf einem mickrigen Rasenstück an der Houston Street pflückten Kerry und Morag einen dicken Strauß Gänseblümchen.

Sie brauchten die Gänseblümchen für Kerrys Sammlung, hatten aber so viele, daß sie sich noch Kränze fürs Haar winden konnten. Außerdem legte Kerry einen kleinen Strauß auf die Leiche eines Penners, der auf der 4. Straße lag.

»Der wievielte ist das jetzt? Der neunte?«

Zu Hause studierte Kerry ihr Blumenbuch.

»Bellis perennis«, sagte sie. »Wenn nur alle Blumen für das Alphabet so leicht zu finden wären.«

»Mmmmh.« Morag betrachtete sich im Spiegel. »Ich glaube, Gänseblümchen sind *der* ideale Haarschmuck.«

»Kann schon sein«, meinte Kerry. »Aber so geht es einem mit allen Blumen, die man ausprobiert. Als ich es zum ersten Mal mit Tulpen versucht habe, war ich überzeugt, ich würde nie wieder unglücklich sein, aber ich hatte die Tulpen schnell satt. Sie haben keine Tiefe.«

Plötzlich wurde Kerry mißmutig. Sie griff sich ihre Gitarre und schloß sie an den kleinen Übungsverstärker an.

»Wo kriege ich nur eine neue Mohnblume her? Jetzt bleiben nur noch zwei Wochen Zeit!«

Kerrys Version von ›Babylon‹ klang ziemlich schaurig. Morag warf einen finsteren Blick auf ihre zerbrochene Fiedel. Wenn sie Kerry doch nur helfen könnte!

Während Johnny Thunders in Engelsgestalt über Queens schwebte, wo er geboren war, und danach einige seiner alten Stammkneipen auf der Eastside aufsuchte, grübelte er über seine verschwundene Gitarre nach. Eins wußte er genau: Wenn er die Gitarre nicht wiederfand, würde er nie seinen Frieden finden, auch im Himmel nicht. Außerdem hoffte er, falls ihm einer der vielen Heiligen im Himmel unangenehme Fragen über sein Verhalten auf Erden stellen sollte, sich mit seiner Gibson Tiger Top aus allen Schwierigkeiten herausspielen zu können. Das hatte er schon immer gemacht.

Als er die 4. Straße entlang schwebte, drang ihm eine halbwegs vertraute Melodie ans Ohr.

»O je, o je«, dachte Johnny. »Ist ja schön, zu wissen, daß meine Songs immer noch gespielt werden, aber mein ›Babylon‹ so zu verhunzen ist einfach grauenvoll.«

Dinnie sah aus dem Fenster. Die vier jungen Puertoricaner kickten immer noch ihren Ball durch die Gegend, was Dinnie selbstverständlich mißfiel. Er hielt jeden Sport für bekloppt, und Fußball fand er am allerbeklopptesten, denn das war ja nicht mal ein amerikanischer Sport.

Schon in der Schule war Sport für den ungelenken Dinnie ein Alptraum gewesen. Sein Vater hatte ihn ständig gedrängt, Basketball zu spielen. Wäre es nach Dinnie gegangen, hätte er der Regierung dringend geraten, Basketball für illegal zu erklären und seinen Vater gleich mit.

Er trabte unruhig im Zimmer auf und ab. Eigentlich wäre Heather jetzt mit seinem Musikunterricht dran gewesen, aber die berühmte MacPherson-Fiedel lag unberührt auf dem Bett. Heather war von ihrem Vormittagsausflug in die Bar noch nicht zurückgekehrt. Bestimmt lag sie irgendwo besoffen im Rinnstein.

Von unten war den ganzen Vormittag lang Shakespeare zu ihm hochgeschallt. Heute sprachen wieder neue Schauspieler vor – ein ständiges Kommen und Gehen und endloses Rezitieren der immer gleichen, unverständlichen Zeilen. Dinnies Zorn auf das Stadtteiltheater war auf dem Siedepunkt.

Er wußte nichts mit sich anzufangen und überlegte, ob er den Herd putzen sollte, widerstand aber dem Drang und stellte lieber die Glotze an.

»Für nur dreiundsechzig Dollar können Sie diese schöne vierzehnkarätige Goldkette Ihr eigen nennen.«

Das angepriesene Schmuckstück rotierte auf einem kleinen Drehtisch.

Dinnie fand das Programm mit den Kaufangeboten besonders widerwärtig. Er haßte es, wenn die Leute anriefen und davon schwärmten, wie glücklich ihre neue Goldkette sie gemacht hätte.

»Und so billig! Nur Ihnen habe ich es zu verdanken, daß ich das ganze Jahr lang in Hochstimmung war!«

»Na, träumt ihr Jungs nicht auch davon, euch wie eine dreckige kleine Nutte anzuziehen? Dann ruft 970 T-R-A-N-S-I an, und all eure Träume werden Wirklichkeit!«

Der Mann in dem Spot trug eine weiße Korsage. Eine hübsche Korsage, und sie stand ihm ausgesprochen gut. Dinnie fand es abartig.

Im Zimmer wurde es immer heißer. Die Schwüle war heute schier unerträglich. Dinnie wünschte, er könnte sich einen Ventilator leisten. Er wünschte, er könnte sich noch viel mehr leisten. Außerdem wünschte er sich, Kerry hätte ihm nicht ins Gesicht geschlagen. Denn trotz seiner mangelnden Erfahrungen mit Frauen war ihm klar, daß dies nicht eben der tollste Beginn einer Beziehung war. Allerdings hatte die Ohrfeige seiner Begeisterung für Kerry keinen Abbruch getan.

Morag flatterte zum Fenster herein. Lustig sah sie aus, in ihren wallenden Hippiegewändern in Puppengröße und dem buntgescheckten, über und über mit Gänseblümchen besteckten Haar.

»Kerry, ich muß dir was Tolles erzählen.«

»Was denn?«

»Stell dir vor, ich bin dem Geist von Johnny Thunders begegnet, dem Leadgitarristen der New York Dolls. Er hat zufällig mitgekriegt, wie du ›Babylon‹ gespielt hast, und vollstes Verständnis für deine Schwierigkeiten, das richtig hinzukriegen. Daß dein Ex-Freund dir versprochen hat, dir die Songs beizubringen, und dann abgehauen ist, findet er empörend. Deshalb hat er angeboten, dir selbst Unterricht zu geben!

Außerdem will er überlegen, wer meine Fiedel reparieren könnte. Mit sowas kennt er sich nämlich gut aus, weil er auch mal arm war und immer nur kaputte Instrumente hatte.

Dieser Johnny Thunders ist ein toller Typ, oder vielmehr Geist. Er hat mir ein paar irre Geschichten über einen Stadtteil namens Queens erzählt, wo er geboren ist, und mir seine Tätowierungen gezeigt. Und er hat versprochen, sich nach deinem Klatschmohn umzusehen. Dafür will ich ihm helfen, seine 1958 Gibson Tiger Top wiederzufinden. Das muß eine Super-Gitarre sein, mit Streifen, darum heißt sie Tiger Top.«

Kerry prustete los.

»Es stimmt«, protestierte die Fee. »Du kannst ihn nicht sehen, weil er ein Geist ist, aber für mich ist er sichtbar. Er sieht Spitze aus. Kein Wunder, daß die Frauen so auf ihn abgefahren sind.«

Kerry bog sich vor Lachen. Sie glaubte Morag immer noch nicht, aber es war eine hübsche Geschichte.

Sie flocht sich noch mehr Gänseblümchen ins Haar und verglich das Ergebnis mit ihrem ›Primavera‹-Poster. Das Gelb und Weiß der Gänseblümchen bildete einen reizvollen Kontrast zu ihrem blauen Haar. Da sie Morag ja zu der berühmten MacPherson-Fiedel verhelfen wollte, hatte sie vor, zu Dinnie zu gehen und sich bei ihm für die Ohrfeige zu entschuldigen.

Dinnie zupfte an seinem Haar. Heather wollte, daß er sich einen Pferdeschwanz wachsen ließ.

»Ein Pferdeschwanz! Du bist wohl völlig übergeschnappt! Warum zum Teufel sollte ich mir einen Pferdeschwanz wachsen lassen?«

»Weil Kerry auf Männer mit so Haaren steht«, erklärte die Fee. »Der letzte Mann, der ihr was bedeutete, war Cal. Und Cal hat einen Pferdeschwanz. Aber du mit deinem dicken Haar kannst dir einen viel prächtigeren wachsen lassen. Ich färbe ihn dir dann blau.«

Dinnie blieb die Luft weg. Die Vorstellung, daß er, Dinnie MacKintosh, mit einem blauen Pferdeschwanz auf die Straße sollte, war so bizarr, daß es ihn fast umwarf.

»Du blödsinnige Fee! Nur weil es ihr irgendein Idiot mit Pferdeschwanz angetan hatte, muß das noch lange nicht heißen, daß sie sich auch in jeden anderen verguckt, der einen hat, oder?«

»Nein, nicht unbedingt. Trotzdem, ein Pferdeschwanz kann nichts schaden. Glaub mir, eine ausgefallene Frisur ist einfach ein Muß! Solche Jungs gefallen ihr. Und Morag und mir übrigens auch.«

Dinnie, der merkte, daß es Heather völlig ernst war, verzweifelte langsam.

»Es dauert Jahre, bis der wächst.«

»Nein, tut es nicht«, sagte Heather selbstzufrieden. »Denn Haare schneller wachsen zu lassen, gehört zufällig zu den Zauberkräften, über die eine Distelfee verfügt. Du wirst schon sehen, im Nullkommanichts hast du einen herrlichen Pferdeschwanz.«

Sie flog auf seinen Nacken und berührte seinen Hinterkopf. Dinnie wedelte zornig mit den Händen herum.

»Du scheinst zu vergessen, daß diese Frau mir erst gestern eine gescheuert hat.«

»Das war doch nur ein Geplänkel zwischen Verliebten«, erklärte Heather und flatterte zu ihrem Vormittagsschnäpschen.

Im Bodmin Moor führten Aelric und seine Bande einen gewagten Terroranschlag durch. Sie steckten Talas wichtigste Bekleidungsfabrik in Brand, in der Kleider für den Export an die Feen vom europäischen Festland produziert wurden.

»Das wird ihm seine Handelsbilanz gründlich versauen«, jubelte Aelric, während er seine brennende Fackel in das Gebäude schleuderte.

Aelis, die zur gleichen Zeit Flugblätter abwerfen wollte, wurde jedoch von der starken Flugabwehr, die den Luftraum über der Fabrik bewachte, verjagt. Als Magris' Tochter war sie sehr geschickt mit den Händen und hatte eine Druckerpresse gebaut, die erste im britischen Feenreich. Die Flugblätter waren ein wahres Meisterwerk der Druckkunst, und es war deshalb um so frustrierender, sie nicht verteilen zu können.

Kurz darauf wären sie alle um ein Haar von der Söldnertruppe geschnappt worden, die Magris auf sie angesetzt hatte. Nur der Gewittersturm, den Aelis schnellstens herbeizauberte, verhalf ihnen zur Flucht.

Später gab es heftige Kritik an Aelric. Seine Gefolgsleute waren unzufrieden, weil er ihrer Meinung nach die Aktion nicht sorgfältig genug geplant hatte. Er sei in letzter Zeit überhaupt sehr zerstreut, was wohl an seiner Verliebtheit in Marion liege. Man munkelte sogar, er würde seine Zeit damit vergeuden, seltene Blumen zu sammeln und sie ihr als Geschenk zu senden.

Dinnie packte seine Geige ein. Da er inzwischen sieben schottische Melodien einigermaßen beherrschte, hatte er vor, auf der Straße zu spielen. Er wollte Heather beweisen, daß sie nicht die einzige war, die Geld beschaffen konnte.

Aus dem alten Kino drangen laut die Stimmen der Schauspieler.

»Bleib, holde Helena, und hör mich an!

Mein Herz! mein Leben! meine Helena!«

Ehe Dinnie ein passender Fluch einfiel, kam ihm Cal mit einer goldenen Krone auf dem Kopf und dem Rollenbuch zum ›Sommernachtstraum‹ in der Hand entgegen. Dinnie ignorierte seinen Gruß.

»Mal wieder dein Glück als Straßenmusikant versuchen, was?« stichelte Cal, als er die Geige sah.

Dinnie wußte genau, daß Cal sich über ihn lustig machte.

Dem werde ich's zeigen, dachte er und holte seine Geige aus dem Kasten.

»Ja, klar«, gab er patzig zurück. »Meine Technik ist jetzt perfekt, weil ich einen berühmten Lehrer habe. Hör's dir an.«

Und er fiedelte los – eine muntere, schnelle Version von ›The Miller of Drone‹. Doch leider versagten ihm unter Cals starrendem Blick die Finger. Sie fühlten sich wie Würste an, viel zu groß und klobig für die raschen Läufe. Beim vierten Takt hörte er verzagt auf.

»Du mußt mich unbedingt deinem Lehrer vorstellen«, sagte Cal.

»Musik her! Schlafbeschwörende Musik!« kam die Stimme einer Schauspielerin von der Bühne.

»Halt deine dreckige Klappe!« schrie Dinnie, der annahm, man würde ihn verspotten, wo es doch in Wirklichkeit eine Zeile aus dem Stück war. Gedemütigt wegen seines Versagens vor Cal, stürmte er blind aus dem Haus.

Direkt vor der Tür stieß er mit einer hereinkommenden Person zusammen, und beide stürzten die Treppe hinunter aufs Trottoir.

Dinnie, außer sich vor Wut, hob seine Geige auf und war drauf und dran, sie augenblicklich seinem Widersacher, wer es auch war, über den Kopf zu hauen.

»Paß doch auf, wohin du trittst, du dämliche Ziege!« schrie er.

Dann schluckte er. Diese mit Perlen besetzte Weste kannte er doch!

Eine völlig verdatterte und mit blauen Flecken übersäte Kerry kam ächzend hoch. Sie hatte viel mehr abgekriegt als Dinnie.

Der spürte, wie ihm schwindlig wurde. Er hatte sein Herzblatt in die Gosse gestoßen!

»Ich glaube, er war immer noch wütend wegen der Ohrfeige«, sagte Kerry zu Morag, während sie den Sitz ihres Kolostomiebeutels überprüfte.

Nach dem Sturz fühlte sie sich unwohl und verschlief den Rest des Tages.

Besorgt betrachtete Morag Kerrys schlafende Gestalt. Sie hatte das Gefühl, Kerrys Krankheit wäre schlimmer geworden. Morag besaß nicht viel medizinische Kenntnisse, nur die üblichen, die jede Fee hat, war sich aber sicher, daß Kerrys Gesundheitsaura schwächer geworden war, und befürchtete, daß eine neue böse Attacke bevorstand.

21

Es war Mitternacht. Im Central Park lagen die Feen im Gras, rauchten Pfeife und tranken Whiskey. Brannoc saß neben Petal und brachte ihr ›The Liverpool Hornpipe‹ bei. Die Melodie hatte er vor langer Zeit von einem fahrenden Feen-Dudelsackspieler aus dem Norden gelernt. Petal mühte sich redlich ab, ihre Finger behende zu bewegen und die richtigen Noten zu treffen. Auch Tulip gab sich Mühe, obwohl Brannocs Unterricht nicht ihm galt.

»Wirklich hübsche Melodie«, rief Maeve von ihrem Baum und spielte leise auf ihrer Flöte mit. Ihren Streit mit Brannoc hatte sie völlig vergessen, im Gegensatz zu ihm.

Padraig fiel mit seiner Flöte ein. Er und Maeve hatten das absolute Gehör und konnten jede Melodie, die sie nur kurz gehört hatten, sofort nachspielen. Petal und Tulip waren langsamer, aber nach einer Weile konnten auch sie die Melodie, und bald erfüllte der muntere Klang von ›The Liverpool Hornpipe‹ die ganze Lichtung. Als sie das Lied ein paarmal gespielt hatten, ging Maeve zu einer anderen Melodie über, die sie alle kannten, ›The Boys of Bluehill‹, und die Nachttiere unterbrachen ihre Geschäfte und tanzten um die Lichtung herum.

»Was ist das denn?« sagte Spiro, der zum Himmel aufblickte. Ein Bogen aus sieben Grautönen senkte sich vom Himmel herab auf die Erde.

»Habt ihr sowas schon mal gesehen?«

»Natürlich«, sagte Brannoc. »Das ist ein Mondbogen. Er entsteht bei Nachtregen.«

»Und wieso ist der hier? Es hat doch gar nicht geregnet!«

Brannoc zuckte die Schultern.

»O nein!« rief der scharfäugige Tulip. »Vom Mondbogen kommen Soldaten herab.«

In Reih und Glied marschierten einundzwanzig Söldner aus Cornwall vom Himmel herunter.

Die schwarzen Feen lebten in einem kleinen Park an der 114. Straße. Außer für ein paar weise alte Frauen waren sie für die Menschen in der Umgebung des Parks nicht sichtbar. Der Park war verwildert, weil die städtischen Behörden sich nicht um ihn kümmerten, aber er war bekannt für die Ruhe, die er ausstrahlte. Hier passierte kaum je etwas.

Nachdem sie festgestellt hatten, daß es weitere, höchstwahrscheinlich feindliche Übergriffe auf ihr Gebiet gegeben hatte, hielten die schwarzen Feen in ihrem Park eine Gemeinderatssitzung ab.

»Die beiden hatten Schwerter. Wir haben sie verfolgt, aber sie flohen auf einem Fahrrad.«

Diese Nachricht löste eine stürmische Diskussion aus. Einige Feen waren dafür, in die Stadt zu marschieren und den italienischen Feen eine Lektion zu erteilen. Andere meinten, im Interesse von Ruhe und Frieden sollte man die Angelegenheit besser auf sich beruhen lassen.

Ihre Oberfee überdachte die Argumente beider Seiten. Sie hieß Okailey und war eine direkte Nachfahrin jener Feen, die vor langer Zeit, im vierten Jahrhundert, in dem mächtigen afrikanischen Reich Ghana ihre Blütezeit hatten.

Eine Gruppe Mädchen in blauen Uniformen kam durch den Park. Offenbar machten sie einen Schulausflug. Im Vorübergehen fingen sie die Aura der Feen auf und lachten und hüpften vergnügt weiter.

»Diese glücklichen Schulkinder hätten mehr Vernunft, als loszumarschieren und einen Krieg anzuzetteln«, sagte Okailey, die Oberfee. »Und auch wir sollten mit Vernunft vorgehen. Andererseits finde ich nicht, daß wir die Sache einfach hinnehmen können. Ich werde mich mit einer Delegation nach Süden aufmachen und den Italienern einen Besuch abstatten.«

»Vielleicht waren es ja auch Agenten der Chinesen …«

»Dann statten wir eben den Chinesen auch einen Besuch ab. Jedenfalls sollten wir die Sache auf vernünftige Weise ins reine bringen.«

Sie beschlossen, sofort aufzubrechen. Für die ghanesischen Mitglieder der Feendelegation war es eine aufregende Angelegenheit. Noch nie war eine von ihnen südlich des Central Parks gewesen.

»Was sind das denn für grausige Gestalten?« hauchte Padraig und sank seiner Geliebten Maeve in die Arme.

»Englische Söldner«, wimmerte Petal, die einige Krieger aus Cornwall erkannt hatte. »Bezahlt von König Tala.«

Alle fünf sahen erschrocken zu, wie die Söldner den

Mondbogen herunter marschierten. Magris hatte den Mondbogen so genau hingekriegt, daß die Söldner kaum hundert Schritt von den Flüchtlingen entfernt die Erde erreichten und die Ausreißer schon im nächsten Moment entdeckten.

»Na gut«, sagte Maeve, erhob sich und zückte ihr Schwert. »Denen werde ich's zeigen, übers Meer zu kommen, um mich zu verfolgen.«

»Bist du verrückt?« protestierte Petal. »Die metzeln uns glatt nieder. Wir müssen fliehen.«

»Eine O'Brien-Fee flieht vor nichts!« brüllte die irische Dudelsackspielerin. »Schon gar nicht Maeve O'Brien, der gefürchtetste weibliche Haudegen von Galway!«

Petal brach in Tränen aus. Sie war alles andere als ein gefürchteter Haudegen und hatte keine Lust, sich niedermetzeln zu lassen.

Brannoc war in der richtigen Stimmung, sich zu schlagen. Wegen seiner hoffnungslosen Liebe zu Petal war er die meiste Zeit so entsetzlich deprimiert, daß ihm die Aussicht, in einem letzten, verzweifelten Kampf zu fallen, genau in den Kram paßte. Doch als er die in Tränen aufgelöste Petal sah, änderte er seine Meinung.

»Sie sind zahlenmäßig weit überlegen«, sagte er. »Wir sollten lieber um unser Leben rennen.«

Padraig gab ihm recht, zum großen Verdruß von Maeve.

»Das wäre das erste Mal, daß eine O'Brien-Fee vor der Gefahr davonläuft. Padraig, ich schäme mich für dich.«

Mit diesem kurzen Wortwechsel hätten sich die Feen beinahe um die Chance zur Flucht gebracht. Die Söldner hatten die Cu Sidth-Hunde von der Kette gelassen, die jetzt auf die Feen zustürmten. Maeve trat ihnen mit dem Schwert entgegen und tötete zwei mit nur zwei Hieben. Der dritte floh völlig verstört.

Guck einer an, dachte Brannoc. Die weiß ja wirklich, wie man mit dem Schwert umgeht.

Sie flohen durchs Unterholz, rannten, hüpften, kletterten und flatterten, bis sie den südlichsten Zipfel des Parks erreichten, wo sie kurz vor dem Ausgang zur 59. Straße keuchend niedersanken, außerstande, auch nur einen Schritt weiterzugehen.

Die MacLeod-Schwestern, die in beträchtlichem Abstand hinter den Söldnern über den Mondbogen marschiert waren und deren Abstieg beobachtet hatten, beschlossen, aus der schwindelnden Höhe, in der sie sich befanden, zur Erde hinunterzuschweben. Niemand sah sie herunterkommen.

Aber sie hatten die Ereignisse auf der Erde mitverfolgt und beobachtet, wie Maeve die Hunde tötete. Doch die MacLeod-Schwestern hatten sich von dem Gemetzel nicht aufhalten lassen, sondern waren schnell zum äußersten Rand des Parks geflattert, weil sie dort etwas weit Interessanteres erspäht hatten – Heather und Morag, ihr Ziel, die gerade mittels eines Fahrrads vor einem wütenden Mob schwarzer Feen flohen.

Die MacLeods waren ihrem Beispiel gefolgt, hatten sich ebenfalls auf ein Fahrrad geschwungen und hätten die beiden um ein Haar erwischt. Aber Heather und Morag hatten offenbar Verbündete in dieser Stadt. Eine seltsam aussehende Frau hatte die beiden in ihrer Plastiktüte verstaut und so die Gefangennahme vereitelt. Jetzt saßen die MacLeod-Schwestern am Union Square, versuchten, sich an diese bizarre neue Stadt zu gewöhnen und ein wenig zu verschnaufen, ehe sie die Verfolgungsjagd fortsetzten.

Die Söldner im Central Park blickten fassungslos um sich. Sie waren darauf eingestellt gewesen, es nur mit ein paar wehrlosen Flüchtlingen zu tun zu haben. Aber jetzt fanden sie sich von einem ganzen Stamm schwarzer Feen eingekreist, womit sie weiß Gott nicht gerechnet hatten.

Da angesichts dieser großen Überzahl jeder Kampf aussichtslos war, erhoben die Söldner die Arme und ließen sich von ihren gleichermaßen verdutzten Gegnern gefangennehmen, die nicht ganz verstanden, wer denn diese Eindringlinge nun schon wieder waren.

22

Schon am frühen Morgen war es heiß und schwül. Wie gewöhnlich wachte Morag einige Stunden vor Kerry auf.

Sie wischte sich die Stirn und überlegte, ob sie es riskieren sollte, eine Bank um ein paar tausend Dollar zu erleichtern, damit sie Kerry eine Klimaanlage schenken konnte.

Da es einfach zu heiß war, um im Bett liegenzubleiben, verließ Morag das Haus. Mal sehen, was der Tag so bringt, dachte sie. Als erstes brachte er ihr Heather, die im Laden an der Ecke stand und auf eine Whiskeyflasche stierte, offenbar ratlos, wie sie an den Inhalt rankommen sollte.

»Deine Trinkerei gerät langsam außer Kontrolle«, sagte Morag.

»Quatsch«, antwortete Heather, »das Trinken einer MacKintosh gerät nie außer Kontrolle. Aber was geht es dich überhaupt an, wieviel ich trinke? Du bist ja wohl aus dem gleichen Grund hier.«

»Da irrst du. Ich bin wegen der Bagels hier.«

»Was sind denn Bagels?«

»Eine Art Brötchen. Manchmal breche ich mir ein Stück zum Frühstück ab, und weil sie hier im Laden keine angeknabberten Bagels verkaufen dürfen, verschenken sie sie an die Penner draußen vor der Tür. Ist dir aufgefallen, wie viele Leute hier einfach auf der Straße leben?«

»Natürlich ist mir das aufgefallen. Schließlich verbringe ich die Hälfte meiner Zeit damit, was zu essen und Geld für sie aufzutreiben. Ist dir aufgefallen, wie viele in der 4. Straße sterben?«

Ja, auch Morag war das aufgefallen. Ungefähr zehn, seit sie hier waren.

»Und was sollen wir wegen der MacLeod-Schwestern machen?«

Beide waren sich einig, daß es ziemlich beängstigend war, sich mit den MacLeods in der gleichen Stadt aufzuhalten. Es war nur eine Frage der Zeit, bis die Schwestern sie aufspürten.

Jetzt galt es, gemeinsam zu denken und zu planen. Kurz: Gefragt war die konzertierte Aktion. Folglich begannen sie, sich darüber zu streiten, wessen Schuld alles war.

Morag brach ein paar Brocken aus den Bagels und flatterte hochmütig ihrer Wege.

Heather wußte nichts Rechtes mit sich anzufangen. Bei so vielen Feinden um sie herum waren die Straßen nicht mehr sicher, aber Dinnies Zimmer war auch nicht sicherer. Seit Heather unvermittelt vor ihm aufgetaucht war und gefragt hatte, warum er vor dem Fernseher onanierte, war er so wütend, daß sie fürchten mußte, er würde ihr Gewalt antun.

»Verschwinde endlich von hier, du widerwärtige kleine Spionin!« hatte er sie angeschrien.

»Ich habe doch gar nicht spioniert, sondern nur meine natürliche Neugier befriedigt, denn für mich als Distelfee ist hier schließlich vieles fremd.«

Das hatte Dinnie völlig kalt gelassen. Er war mit der Fahrradpumpe auf sie losgegangen, worauf Heather auf die andere Seite des Zimmers geflattert war.

»Du riskierst eine Tragödie, ist dir das klar? Bedrohe nie eine Fee! Es so weit zu treiben, ist höchst gefährlich!«

»Ich treib dir gleich die Luftpumpe in den Arsch!«

»Du brichst dein Versprechen.«

»Ich brech dir 's Genick!«

Heather bedauerte zutiefst, genügend Geld für Dinnie geklaut zu haben, um ihm ein neues Fahrrad zu kaufen. Sie kam zu dem Schluß, sich lieber eine Weile zu verdrücken, und ging in die nächste Bar, um Baseball zu gucken. Von ihrem Stammplatz hinter der Theke stellte sie erfreut fest, daß die Yankees zwei Punkte Vorsprung hatten und als nächstes ihr bester Werfer dran war.

Kerry hatte zusammen mit Morag ein paar Freunde besucht, die alle krank waren. Während Kerry sich mit ihnen unterhielt und sie aufzuheitern versuchte, setzte die unsichtbare Morag ihre magischen Feenheilkräfte ein und verschaffte ihnen Linderung.

Zuerst suchten sie einen Freund auf, der schreckliche Zahnschmerzen hatte. Morag berührte seinen Kiefer und heilte den kranken Zahn, was nur gut so war, denn Kerrys Freund hatte kein Geld, zum Zahnarzt zu gehen. Dann schauten sie bei einem Freund vorbei, der sich beim Tragen eines Verstärkers den Rücken verletzt hatte und im Bett liegen mußte. Morag massierte ihm sanft die Wirbelsäule, was wie ein Wunder wirkte und gut so war, da er kein Geld hatte, zum Arzt zu gehen.

Dann besuchten sie eine junge Frau, die seit einem Überfall auf der Straße unter ständiger Nervosität und Platzangst litt, und Morag summte besänftigende Highland-Melodien, die ins Unterbewußtsein der Frau drangen und ihr Trost und Ruhe spendeten, was ein Glück für sie war, denn sie hatte kein Geld, zum Therapeuten zu gehen.

Nach den Besuchen war Kerry völlig fertig. Sie ging sofort ins Bett, während Morag über die Dächer spazieren wollte.

Auf der Feuerleiter meldeten sich Morags übersinnliche Kräfte. Plötzlich wußte sie, daß etwas nicht stimmte. Sie hastete die Feuerleiter runter, und als sie zum Fenster hineinflatterte, sah sie, wie Kerry sich auf die Bettdecke erbrach. Das Brechen wollte nicht wieder aufhören, und Kerry hatte bereits hohes Fieber. Morag erkannte, daß dies ihre Heilkräfte überstieg, und rief einen Notarztwagen.

Kerry wurde ins Krankenhaus gebracht, wo man ein Geschwür im Darm feststellte, eine weitere Folge der Crohnschen Krankheit. Das Geschwür hatte Kerrys Organismus bereits vergiftet, und wenn nicht sofort Hilfe kam, würde sie sterben. Wieder öffneten die Chirurgen die vierzehn Zentimeter lange Narbe auf ihrem Bauch und entfernten ein weiteres Stück ihres Darms. Traurig saß Morag an Kerrys Bett. Sie konnte es nicht mitansehen, wie Kerry da lag – totenblaß, mit einem

Tropf am Arm und einem Nasenschlauch, einem Katheter in der Harnröhre und einem weiteren Schlauch, der das Gift aus ihrem Darm drainierte.

Welch ein Glück, dachte Morag, daß Kerry eine so gute Krankenversicherung hatte. Was aber geschah mit den Menschen, die an der Crohnschen Krankheit litten und keine Krankenversicherung hatten? Morag konnte es sich nicht vorstellen.

23

Ein paar Spatzen erzählten den chinesischen Feen von Unruhen in der ganzen Stadt. Fremde Feen marschierten durch New York und lieferten sich Gefechte.

Lu-Tang, ihre Oberfee, eine würdige alte Frau mit sittsam über das blaue Seidengewand gefalteten Flügeln, war besorgt. Weder sie noch sonst jemand in der chinesischen Feengemeinde wußte, was man davon halten sollte.

»Jetzt ist es noch dringender, daß wir unseren Spiegel zurückbekommen.«

Bei all diesen Unruhen war es mehr als mißlich, daß der Bhat Gwa verlorengegangen war, noch dazu, wo das Fest der Hungrigen Geister bevorstand, zu dem alle möglichen bösen Geister die Erde heimsuchten. Für die chinesischen Feen war es ein äußerst beunruhigender Gedanke, ihnen ohne den Schutz ihres Bhat Gwa-Spiegels entgegenzutreten.

Im Augenblick war der Spiegel sicher in der Plastiktüte von Magenta verstaut, die gerade die Vorgebirge der Fourth Avenue durchschritt, ständig auf der Hut vor Joshua und seinen persischen Horden und außerdem vor den Armeniern, den wilden Ureinwohnern dieser Gegend.

Es gab eine Menge wilder Ureinwohner in den Straßen New Yorks, und Magenta wurde dauernd von ihnen schikaniert. Am allerschlimmsten waren die Blauhemden mit den Pistolen. Die gönnten ihr keine ruhige Minute!

Joshua war, nur ein paar Straßen entfernt, wie immer auf der Suche nach ihr. Er fragte jeden Penner, ob er Magenta gesehen habe. Manche boten ihm einen Schluck aus ihrer Flasche an, weil sie Mitleid mit ihm hatten. Seit er keinen Fitzroy Cocktail mehr zur Stärkung hatte, schlurfte er ziemlich zittrig durch die Straßen.

Die Söldner aus Cornwall marschierten inzwischen unverrichteter Dinge zurück nach England. Der ghanesische Feen-Stamm war friedfertig und hatte kein Interesse an Gefangenen. Deshalb sahen sie mit Freuden zu, wie die Eindringlinge über den Mondbogen dahin verschwanden, wo sie hergekommen waren. Jetzt ist die Stadt wieder frei von allen feindlichen Elementen, dachten sie erleichtert. Zu Unrecht hatten sie die anderen New Yorker Feenstämme als Unruhestifter verdächtigt, sagten sie sich.

Unglücklicherweise war der Cu Sidth-Hund, der Maeves Klinge entkommen war, nicht eingefangen worden, sondern rannte auf der Geruchsspur der flüchtigen schottischen Feen durch den Central Park. In der Nähe der 16. Straße stieß er auf zwei junge italienische Feen, die sich von ihrem Spähtrupp davongestohlen hatten, um in Ruhe auf einer Feuerleiter zu schmusen. Die Bestie, durch die Reizüberflutung der Stadt wie von Sinnen, fiel über die beiden her, ehe jemand zu Hilfe eilen konnte, und rannte davon.

Die Italiener bebten vor Zorn. Sie glaubten, ihre unbekannten Feinde hätten den Hund auf sie gehetzt. Nachdem sie die Witterung des Hundes aufgenommen hatten, die nach Norden wies, versammelte sich der ganze Stamm und machte sich abmarschbereit.

Morag kümmerte sich um Kerry, so gut sie konnte. Sie flößte ihr Suppe ein und unterhielt sie mit lustigen Schnurren, erzählte ihr Episoden aus Schottlands Geschichte und von den großen Feen der Vergangenheit. Sie beschrieb ihr, was draußen auf der Straße passierte, und las ihr aus der Zeitung vor – aber da war von nichts anderem die Rede als von neuen Kämpfen im Nahen Osten und empörenden Vorgängen in Texas, wo Fanatiker Abtreibungskliniken bombardierten, was insgesamt eher unerfreulich war.

»Aber hier steht was Nettes«, meinte Morag beim Weiterblättern. »Für Leute, die mit ihren Freunden einen Rundflug durch Amerika machen wollen, bietet Delta besonders billige Tickets an.«

Morag ließ die Zeitung sinken.

»Laß uns über Sex reden«, sagte sie. »Ich weiß, daß du gern darüber sprichst.«

»Stimmt«, sagte Kerry. »Fang du an.«

Sie hätte was Seltsames gesehen, als sie in Dinnies Zimmer war, begann Morag.

»Er sah sich gerade eine Sendung im Fernsehen an, in der eine junge Frau bepinkelt wurde. Man mußte eine spezielle Nummer anrufen – 970 P-I-S-S – glaube ich, um mehr darüber zu erfahren.«

Kerry hoffte, das sei kein Schock für die junge Fee gewesen.

»Ach was«, sagte Morag, die nicht wollte, daß Kerry sie für rückständig hielt. »Urin-Fetischismus ist auch unter Feen nicht unbekannt. Ich glaube, unter den MacKintoshs ist er sogar sehr verbreitet.

Aber ich habe in einem Laden ein Buch gesehen, von dem ich den Titel nicht verstanden habe. Es hieß ›Lesbischer Fußfetischismus‹. Was ist das denn?«

Kerry erklärte es ihr, und Morag mußte lachen. Sie sagte, die Bewohner der schottischen Highlands würden sich hüten, solchen Schweinkram zu lesen. Würden sie nicht, meinte Kerry, wenn sie nur drankämen.

»Wo hast du das Buch denn gesehen?«

»In einem Sexshop. Ich wollte mich dort mal ein bißchen umsehen, aber die Sexbücher gefielen mir überhaupt nicht. Immerhin habe ich mit Interesse festgestellt, daß auch Menschen oralen Sex praktizieren.«

Sie hatte geglaubt, Menschen wären dazu zu ungeschickt und würden sich mit ihren großen Zähnen verletzen.

»Ich nehme an, ihr Feen seid sehr gut darin?«

»Natürlich. Ich selbst bin eine gefragte Expertin.«

»Was für eine kleine Goldgrube an Talenten du doch bist, Morag.«

Kerry wuchtete sich stöhnend aus dem Bett.

»Nur noch neun Tage Zeit«, klagte sie. »Ich muß meine Mohnblume wiederhaben. Wo ist sie?«

»Bei Magenta, die durch die Straßen rennt und sich vor der persischen Armee versteckt. Aber du bist noch zu krank, um nach ihr zu suchen.«

»Dafür reiß ich die beiden in Stücke«, grollte Ailsa, die älteste der MacLeod-Schwestern. Sie sah sich finster in dieser verhaßten Stadt um. Die vier hatten inzwischen auf einem Baum am Washington Square Park Zuflucht gesucht, wo es ihnen überhaupt nicht gefiel.

»Diese Stadt ist ein Alptraum«, brummte Seonaid.

»Wie sollen wir je wieder nach Hause kommen?«

»Wo sind die MacKintosh und die MacPherson?«

Ailsa schüttelte den Kopf. Sie wußte es nicht. Da die MacLeod-Schwestern ihr gesamtes Leben auf der Insel Skye verbracht hatten, waren sie noch weniger an Städte gewöhnt als Heather und Morag. Das Chaos hier kam Mairis zweitem Gesicht in die Quere, und es wollte ihr einfach nicht gelingen, ihre Widersacherinnen aufzuspüren. Als sie den Atlantik auf dem Mondbogen überquert hatten, waren sie nicht darauf gefaßt gewesen, an einem Ort wie diesem zu landen. Jetzt waren sie müde und hungrig, und nach der Hatz durch den Park und die Straßen waren die MacLeod-Kilts schlammbespritzt und zerrissen.

Ailsa, die wie ihre Schwestern eine sehr schöne Fee mit stolzem Gesicht unter ihrem gezuckten Pony war, zückte ihr Schwert und glitt den Baum hinunter.

»Wir brauchen etwas zu essen und zu trinken. Folgt mir.«

Auch Seonaid, Mairi und Rhona rutschten den Baumstamm hinunter und sahen sich wachsam, aber keineswegs ängstlich um. Mairi zog die Nase kraus.

»Diese Frau, die Heather und Morag half, ist in der Nähe. Ich kann sie riechen.« Sie schnupperte. »Und der Mann dort drüben folgt ihr.«

Die MacLeods flatterten über die Straße und schwebten unauffällig hinter Joshua her.

Aelric pflückte einen Strauß aus Tulpen, Narzissen und wildem Thymian.

»Sehr hübsch«, meinte Aelis, die wußte, daß er für

des Königs Stieftochter bestimmt war. »Ich bin sicher, die Blumen werden ihr gefallen. Aber solltest du jetzt nicht eigentlich in der Bücherei sitzen und dich kundig machen, wie die nächste Phase des Bauernaufstandes einzuleiten ist?«

»Sie hat heute den halben Tag geschlossen.«

»Aha«, sagte Aelis. »Ich bin allerdings überzeugt, der Vorsitzende Mao hätte seine Zeit auch dann nutzbringend verbracht, wenn die Bücherei geschlossen hat. Komm und hilf mir, Flugblätter zu drucken.«

Obwohl Aelrics Gefolgschaft inzwischen auf zwanzig Mann angewachsen war, interessierte ihn die Revolution heute herzlich wenig. All seine Gedanken weilten bei Marion, der er bei jeder Gelegenheit durch die Kontaktperson am Hofe heimliche Botschaften zukommen ließ.

24

Zu Dinnies großem Verdruß wuchs sein Pferdeschwanz außerordentlich schnell. Als Heather dann mit einer Tube blauer Haarfarbe ins Zimmer gestapft kam, schloß er sich im Bad ein.

»Hau ab«, schrie er durch die Tür. »Ich habe heute schon genug gelitten.«

»Wieso das denn?«

»Ich habe mir alle Songs von den ersten beiden Slayer-Alben gemerkt.«

»Das ist doch kein Grund zum Jammern. Mir haben die Songs sehr gut gefallen«, gab Heather zurück, entschlossen, nicht locker zu lassen und Dinnie so lange zuzusetzen, bis er sie hereinließ.

»Na, siehst du«, sagte sie hinterher. »Eine Superfarbe!«

Dinnie war entsetzt.

»Der reinste Horror! Bei unserer Abmachung war von blauen Pferdeschwänzen mit keinem Wort die Rede!«

»Ich habe gesagt, ich würde alle notwendigen Schritte einleiten! Ist doch nicht meine Schuld, wenn du dich ausgerechnet in ein Mädchen verliebst, das auf Hippiekleider, Psychokram und gefärbte Haare steht. Hättest du dich in eine Karrieretussi verguckt, würdest du jetzt in einem Anzug stecken. Aber egal, laß uns rausgehen und prüfen, wie du auf die Welt wirkst.«

Während sie die Treppe hinunterzogen, schwor Dinnie sich, falls Cal auftauchte und ihn auslachte, würde er ihm das Nächstbeste um die Ohren schlagen – am besten Heather.

Auf dem Weg zum Bioladen ignorierte Heather Dinnies übliches Gejammer über die vermaledeiten Luzerne und vegetarischen Burger und konzentrierte sich darauf, die Reaktionen aller jungen Frauen zu studieren, die ihnen begegneten. Hatten die beiden Punkmädchen da drüben an der Ecke Dinnie nicht einen interessierten Blick zugeworfen? Möglich.

Zwar hatte er immer noch Übergewicht, aber sein Doppelkinn war er schon fast los. Außerdem hielt er sich besser, und so glatt rasiert, wie er war, sah er Jahre jünger aus. Heather hatte ihm verboten, seine alten braunen Hosen anzuziehen. Für seinen schlabbrigen braunen Mantel hatte sie zwar noch keinen passenden Ersatz gefunden, aber insgesamt gesehen, war er schon eine viel attraktivere Erscheinung. Heather war zufrieden. Zumindest auf diesem Gebiet machte er Fortschritte.

»Haben Sie einen Nickel, Sir?« bettelte sie ein Penner an.

»Verpiß dich«, knurrte Dinnie.

Heather räusperte sich.

Dinnie ließ ein paar Münzen in die Büchse des Bettlers fallen.

»Sag selbst, sowas gibt einem doch gleich ein gutes Gefühl, oder?« meinte Heather, worauf Dinnie etwas Unverständliches in sich hineinbrummelte.

In Cornwall war es feucht und eklig kalt, aber die Feen in den Arbeitshäusern hatten sich warm eingepackt. Sie hatten zwar ihre Freiheit verloren, aber dank der neuen Webstühle war die Produktion enorm gestiegen, und es gab reichlich Tuch für Mäntel und Decken.

König Tala hatte eine Sitzung mit Magris und den Baronen einberufen. Haupttagesordnungspunkt waren die Außenhandelsbeziehungen des Feenreiches. Die französischen Feen jenseits des Kanals hatten ihr Interesse angemeldet, Talas Tuch zu importieren, und schon eine große Bestellung aufgegeben. Leider konnte dieser Auftrag nicht ausgeführt werden, da Aelric die Tuchfabrik in Brand gesteckt hatte. Die Sitzung wurde von einem Kundschafter des Königs unterbrochen, der die Nachricht von der Rückkehr der Söldner aus Amerika überbrachte.

Tala war wütend über die gescheiterte Mission. Plötzlich interessierte ihn seine Außenhandelsbilanz nicht mehr – neue Pläne, die Flüchtlinge einzufangen, mußten her.

Magris war verdrossen. Viel lieber hätte er dem König endlich seinen Plan für die Einteilung des Feenreiches in Verwaltungsbezirke unterbreitet, was seiner Meinung nach der nächste logische Schritt im Umstrukturierungsprozeß der Feengesellschaft war.

Aber Tala war nicht gewillt, ihm Gehör zu schenken, sondern forderte ihn auf, sofort eine Strategie für eine Großinvasion von New York auszuarbeiten. Wenn nötig, müsse er das ganze englische Feenheer über den Atlantik schicken.

»Sieh dir dieses aufrührerische Flugblatt an!« donnerte Tala. »Die Rebellen rufen Petal und Tulip als die rechtmäßigen Herrscher des Feenreiches von Cornwall aus! Stell dir vor, was passiert, wenn es den Rebellen gelingt, dieses Flugblatt zu verteilen. Solange Petal und Tulip am Leben sind, wird Aelric nicht aufhören, Unruhe zu stiften!«

Die Verkäuferin im Bioladen brauchte ewig, bis sie Dinnies Wechselgeld aus der Kasse gekramt hatte. Dinnie wollte schon meckern, fing aber Heathers warnenden Blick auf, lächelte statt dessen und wartete geduldig.

»Kennst du den?« fragte die Verkäuferin ihre Kollegin. »Irgendwie kam er mir bekannt vor, aber ich weiß nicht, woher.«

»Gutaussehender Typ jedenfalls. Irrer Pferdeschwanz!«

Als sie heimgingen, meinte Heather, es hätte vielleicht auch sein Gutes, daß Dinnie Kerry die Treppe hinuntergestoßen hatte. Das gab ihm einen prima Vorwand, mit ihr ins Gespräch zu kommen.

»Du entschuldigst dich bei ihr, daß du so ein tollpatschiger Esel warst, und dann lenkst du das Gespräch ganz unauffällig auf die beiden ersten Slayer-Alben. Und achte darauf, wenn du mit ihr sprichst, den Kopf so zu halten, daß sie deinen Wahnsinnspferdeschwanz sieht. Der wird sie umwerfen.«

Dinnie fand das Ganze ein bißchen zu plump und fragte sich, ob es der Fee wirklich je gelungen war, ein Paar zu verkuppeln. Vielleicht ein paar Dorftrottel aus Cruickshank!

Als sie in die 4. Straße einbogen, sahen sie Kerry und Morag aus einem Laden kommen.

»Los, Dinnie, das ist deine Chance!«

Sie begegneten sich auf dem Bürgersteig.

»Tag, Kerry«, sagte Dinnie. »Tut mir echt leid, daß du die Treppe runtergefallen bist. Das wollte ich nicht.«

»Ist schon gut. Tut mir leid, daß ich dir eine gescheuert habe.« Beide verstummten.

»Ich habe mir gerade die ersten beiden Slayer-Alben angehört. Supermusik!« sagte Dinnie nach einer Weile.

Kerry lächelte ermutigend. Aber schon ging Dinnie der Gesprächsstoff aus. Ihm fiel nichts mehr ein.

Und Kerrys Lächeln brachte ihn völlig aus der Fassung, denn es war bezaubernd.

Stumm und befangen sahen sie einander an.

»Ja«, meinte Kerry schließlich. »Mir gefallen sie auch.«

»Genau«, sagte Dinnie. »Tolle Aufnahmen.«

»Ja«, stimmte Kerry zu.

»Aber jetzt muß ich weiter«, japste Dinnie und hastete davon.

»Warum bist du weggelaufen?« schimpfte Heather, als sie wieder in seinem Zimmer waren.

»Ich kam mir blöd vor. Ich wußte nicht, was ich sagen sollte. Ich bin fast in meinem eigenen Schweiß ertrunken.«

Aus reiner Gewohnheit schimpfte Heather weiter, aber im Grunde fand sie es nicht schlimm, daß ihm keine geschliffene Konversation gelungen war. Schließlich wußte sie, daß Liebende in spe bei ihren ersten Begegnungen oft ein wenig verlegen waren. Gut möglich, daß Kerry ein etwas schüchterner Mann lieber war als ein total selbstsicherer. Hauptsache, die Geschichte kam ins Rollen.

Sie beruhigte Dinnie. Für den Anfang sei es gar nicht so schlecht gelaufen.

»Ich sehe, mein Plan funktioniert. Sie mag dich, da bin ich mir sicher.«

Innerlich jubelte Heather. Bald hätte sie ihren Teil der Abmachung erfüllt, und die Fiedel wäre ihre.

Kerry, auf der anderen Straßenseite, fühlte sich zittrig. Es war ihr erster Ausflug nach dem Krankenhaus gewesen. Jetzt trank sie mit Morag Tee.

»Tut mir leid, daß ich mich nicht gescheiter angestellt habe«, sagte sie. »Aber mir war noch ein bißchen flau. Außerdem ist es nicht so leicht, sich mit ihm zu unterhalten.«

»Keine Sorge, Kerry. Ich fand, du hast deine Sache gut gemacht. Wenn ich Dinnie überzeugen soll, daß du dich in ihn verliebt hast, wäre zu viel Enthusiasmus gleich am Anfang sowieso nicht gut. Er wird ja aus Erfahrung wissen, daß sich die Frauen nicht auf den ersten Blick in ihn verlieben. Lächle ihn einfach weiter an. Damit täuschen wir ihn am leichtesten. Hach, wie toll, bald habe ich meinen Teil der Abmachung erfüllt, und die Fiedel ist mein!«

Die MacLeod-Schwestern saßen in Joshuas Einkaufswagen, während er Magenta die 23. Straße West und die Sixth Avenue hinunter verfolgte.

»Beeil dich«, zischte Ailsa. »Gleich hast du sie eingeholt.«

Joshua beschleunigte seinen Schritt. Er verstand zwar nicht recht, warum ihm vier schottische Feen bei seiner Verfolgungsjagd zu Hilfe kamen, aber da sie großzügig mit ihrem Whiskey waren und ihm außerdem reichlich zu essen besorgt hatten, war ihm ihre Gesellschaft durchaus willkommen.

25

Auch Morag war auf der Suche nach Magenta, konnte sie aber in der großen Stadt nicht finden.

Entmutigt ließ sie sich niederplumpsen und beobachtete die Eichhörnchen am Madison Square.

»Hallo, Fee.«

Es war Johnny Thunders.

Morag unterdrückte ein Kichern. Sie fand Johnny Thunders außergewöhnlich attraktiv und bedauerte, daß er viermal so groß war wie sie und außerdem ein Geist.

»Du siehst niedergeschlagen aus.«

Morag schilderte ihm die jüngsten Entwicklungen. Johnny konnte ihre Sorgen nachfühlen.

»Ich habe auch ziemlichen Kummer. Von meiner Gitarre nirgendwo die kleinste Spur. Wenn ich an dem Haus vorbeikäme, in dem sie ist, würde ich es sofort wissen! Aber ich kann sie nicht finden. Trotzdem, ich glaube, daß ich dir helfen kann. Ich erinnere mich an einen Instrumentenbauer in Chinatown, der einfach alles reparieren kann. Hwui-Yin heißt er. So, wie der aussieht, würde man kaum glauben, daß er überhaupt weiß, was eine elektrische Gitarre ist. Aber er hat mir mal eine meiner Lieblingsgitarren repariert, die bei einem Auftritt der Dolls im Mercer Arts Center zu Bruch gegangen war.«

Morag schüttelte den Kopf. Sie wußte, wer das war.

»Da kann ich nicht hingehen. Die chinesischen Feen würden mich lynchen.«

»Unsinn. Hwui-Yin ist ein guter Freund von mir. Ich paß schon auf dich auf. Hüpf mir auf die Schulter, Kleines, und wir fliegen zu ihm.«

Mit Hilfe der MacLeod-Schwestern gelang es Joshua, Magenta in der 14. Straße West zu stellen.

»Okay, Magenta. Rück das Rezept raus!«

»Niemals, Tissaphernes!«

»Laß den Quatsch und rück es raus.«

Die MacLeod-Schwestern waren derweil in Magentas Plastiktüte verschwunden, in der Hoffnung, dort Heather und Morag zu finden. Mit enttäuschten Gesichtern tauchten sie wieder auf.

»Wo sind die beiden?«

»Ein Athener Edelmann verrät seine Verbündeten nicht«, verkündete Magenta.

»So, wirklich?« schniefte Joshua. »Xenophon hätte sie verraten. Für einen Athener hatte er ziemlich viel für die Spartaner übrig.«

»Da liegst du aber völlig falsch. Er wurde streng nach dem Sittenkodex der Athener erzogen und richtete sich stets danach.«

Gelangweilt von diesem Disput, machten die MacLeod-Schwestern Anstalten davonzuschweben.

»Heh«, rief Joshua. »Wo wollt ihr hin?«

Xenophon, berühmt für seine Kriegslisten, sah seine Chance gekommen. Während Tissaphernes mit seinen Verbündeten sprach, rannte sie auf ein Taxi zu, riß die Tür auf und war im nächsten Moment verschwunden.

»Aber wo sind Heather und Morag?« murrte Seonaid, als die vier Schwestern sechs Stockwerke hoch auf der Feuerleiter an dem nächsten Gebäude saßen.

Sie hatten keine Ahnung und mußten ihre Suche wohl von vorn beginnen.

»Was ist das, Rhona?«

»Eine Blume«, antwortete die Jüngste, die zuweilen nicht ganz so verbissen wie ihre Schwestern war.

»Die habe ich in der Plastiktüte der verrückten Alten gefunden. Diese Blume besitzt außergewöhnliche Kräfte, das spüre ich ganz deutlich!«

Glücklich betrachtete sie die drei Blüten, das Schönste, was sie gesehen hatte, seit sie in New York angekommen war.

Heather hatte schlechte Laune. Sie hatte gerade mitgekriegt, wie Morag von einem allen Anschein nach wilden Trinkgelage mit einer Gruppe chinesischer Elfen zurückgekommen war.

»Ich verstehe das nicht«, beschwerte sie sich bei Dinnie. »Daheim in Schottland war sie viel ruhiger als ich. Hier zieht sie ständig mit Kerry herum, und jetzt feiert sie auch noch Partys mit den Chinesen. Wie schafft sie das bloß? Letzte Woche wollten die uns noch umbringen! Wieso amüsiert sie sich die ganze Zeit, während ich nur blöd bei dir rumhocke!«

»Das liegt bestimmt an ihrem angenehmen Wesen«, meinte Dinnie. »Wahrscheinlich ist sie nett zu ihren Freunden und zwingt sie nicht, Gemüse zu essen und sich endlose Sonic-Youth-Bänder anzuhören.«

Heather war alles andere als zufrieden. Die Art, wie

einige dieser chinesischen Elfen Morag angesehen hatten, gefiel ihr überhaupt nicht.

»Hallo, Kerry«, quietschte Morag und sank betrunken zu Boden. »Rate mal was! Meine Fiedel wird von einem weisen Mann in Chinatown repariert. Er ist ein Freund von Johnny Thunders. Außerdem ist er ein Feenfreund. Ich habe ihm erklärt, daß unser Streit mit den chinesischen Feen ein reines Mißverständnis war. Darauf legte er bei ihnen ein gutes Wort für mich ein, und jetzt mögen sie mich. Für nächste Woche habe ich vier Verabredungen!

Außerdem habe ich dir eine *Polygonum multiflorum* mitgebracht, denn schlauerweise erinnerte ich mich, daß sie in deinem Blumenalphabet vorkommt. Sie wächst in China, aber die chinesischen Feen haben Mengen davon hier in New York. Aber nicht nur das«, – sie stützte sich auf den Ellbogen – »Johnny Thunders hat mir das Gitarrensolo von ›Bad Girl‹ vorgespielt. Ganz langsam, damit ich's mir merken konnte. Wenn ich wieder nüchtern bin, bringe ich es dir bei. Er ist einfach ein Super-Gitarrist. Hast du nicht irgendwo ne 1958er Gibson Tiger Top gesehen? Nein?«

Morag faltete ihre Flügel unordentlich hinter sich zusammen und entschwebte ins Nirwana.

»Ich habe es satt, allein hier rumzusitzen«, verkündete Heather. »Ich werde mir auch ein paar Feenfreunde suchen.«

»Ach, ja? Wo denn?«

»Bei den Italienern.«

Dinnie lachte.

»Du hast mir doch erzählt, die wären hinter dir her, weil du ihre Banken geplündert hast.«

»Das bringe ich schon ins reine.«

Heather setzte sich vor den Spiegel, spuckte drauf und rieb mit dem Taschentuch nach. Dann holte sie einen winzigen Elfenbeinkamm aus ihrer Felltasche und widmete sich ihrem Haar, kämmte es aus, bis ihr die rotgoldene Flut fast bis zur Taille reichte.

»Was hast du denn vor? Willst du vor ihnen niederknien und dich entschuldigen?«

»Wo denkst du hin«, antwortete Heather. »Eine MacKintosh-Fee hat es nicht nötig, vor jemand in die Knie zu gehen und sich zu entschuldigen, wenn sie ein kleines Mißverständnis aufklären will. Ich werde herausfinden, welcher Elf bei den Italienern das Sagen hat, und mit ihm flirten.«

»Mit ihm flirten?«

»Genau. Das hat bisher immer funktioniert.«

26

Im Central Park war Maeve dabei, Petal und Tulip das Fechten beizubringen.

»Parieren, stoßen, parieren, stoßen!«

Die beiden jungen Feen gaben sich große Mühe, Maeves Anweisungen zu folgen.

Unter einem Baum in der Nähe teilten sich Brannoc und Padraig ein Pfeifchen. Ihr neues Heim im südlichsten Zipfel des Central Park neben dem Teich war lauter als das vorherige, aber allmählich gewöhnten sie sich an die vielen Menschen und den Krach.

»Es hat doch keinen Sinn, den ganzen Tag wegen

Petal Trübsal zu blasen«, sagte Padraig. »Hast du ihr überhaupt gesagt, daß du in sie verliebt bist?«

Das hatte Brannoc nicht. Und er hatte es auch nicht vor.

»Du kannst doch nicht den Rest deines Lebens damit verbringen, dich auf einem Baum zu verstecken und traurige Melodien auf deiner Flöte zu spielen!«

Brannoc sah nicht ein, warum nicht. Er saß in einem fremden Land fest und verzehrte sich nach einer Fee, die nichts anderes als Sex mit ihrem Bruder im Kopf hatte. Was hätte er denn sonst tun sollen? Er beobachtete die Fechtenden. Warum hatte er nicht selbst daran gedacht, Petal zu unterrichten? Ständig verpaßte er seine Chance!

Maeve traf Tulip mit der Flachseite ihres Schwertes am Kopf, nachdem er einen äußerst schwächlichen Versuch unternommen hatte, ihre Attacke abzuwehren.

»Katastrophal«, rief sie. »Hoffnungslos! Hätte ich damals, als die drei Trolle in Connacht über mich herfielen, so miserabel pariert, wäre ich entweder zum Gespött geworden oder nicht mehr am Leben!«

»Warum haben die dich denn angegriffen?« keuchte Tulip atemlos.

Maeve zuckte die Schultern. »Trolle sind eben unberechenbar.«

»Besonders, wenn man sie beim Würfeln betrügt«, rief Padraig.

»Ja«, lachte Maeve. »Das stimmt. Aber sie hatten mit Mogeln angefangen. Jedenfalls haben wir uns einen herrlichen Kampf geliefert, auch wenn es bloß ums Würfeln ging. Ich kämpfte mit allem, was ich hatte: Schwertern, Messern, Zauberei und Holzknüppeln. Über drei Grafschaften zog sich das Gefecht, bis sie endlich aufgaben und flohen. Meine Hände waren so wund und blutig, daß ich wochenlang keine Musik machen konnte.

Aber dadurch lernte ich Padraig kennen. Wirklich! Wie er mir später erzählte, war er schon seit Monaten hinter mir her, hatte sich aber über dem Gedröhn meines Dudelsacks einfach kein Gehör verschaffen können.«

Die Fechtstunde war zu Ende. Maeve und Padraig holten ihre Instrumente raus, Petal und Tulip verschwanden in die Büsche, und Brannoc, der sich wieder mal ausgeschlossen fühlte, flog seiner eigenen Wege. Petals weiße Flügel hatten heute beim Fechten besonders hübsch ausgesehen, aber der Gedanke daran deprimierte ihn noch mehr.

Weit deprimierter jedoch waren die Feen jenseits des Ozeans in Cornwall. Man hatte sie alle zur Armee eingezogen. Tala stellte ein riesiges Heer zusammen, das über den Atlantik marschieren, alle ausländischen Feen aus dem Weg räumen und seine Kinder wieder einfangen sollte.

Überall herrschte Elend. Kobolde patrouillierten mit Hunden durch das unsichtbare Feenreich und unterdrückten jeglichen Widerstand.

Magris betonte stets, die Feen wären ja nicht gezwungen, sich in seinen Arbeitshäusern zu verdingen. Das stimmte. Aber da es verboten war, Cornwall zu verlassen, und da sich inzwischen alles Land der Feen in den Händen von Großgrundbesitzern befand, gab es keine Möglichkeit mehr, selbst etwas anzubauen. Den Feen blieb also nur noch die Wahl, Lohnarbeit anzunehmen oder zu verhungern.

Doch wegen der allgemeinen Mobilmachung standen die Webstühle still, und die Produktion erlahmte.

Hätte Brannoc, der in nördlicher Richtung durch den Park flatterte, gewußt, wie die Dinge in England standen, hätte er sich vielleicht Sorgen gemacht. Vielleicht hätte ihn die Lage dort aber auch völlig kalt gelassen, denn in seinem Kopf war nur Platz für Petal. Er hatte das wilde Verlangen, seine Flügel um sie zu schlingen und sie auf einen einsamen Baumwipfel zu entführen. Aber das würde er nie tun, dazu war er viel zu höflich. Außerdem hätte Petal bestimmt was dagegen gehabt.

Niedergeschlagen ließ er sich auf einem Baum nieder. Auf dem Rasen, direkt unter ihm, entdeckte er plötzlich vier schlafende schwarze Feen. Brannocs erster Impuls war Flucht.

Nein, sagte er sich. Ich werde nicht fliehen. Warum sollten wir Feinde sein? Das ist doch absurd. Ich gehe zu ihnen und rede mit ihnen.

Maeve und Padraig verschliefen nach guter Feensitte den ganzen Nachmittag. Bei Einbruch der Dämmerung wachten sie auf, küßten sich und genehmigten sich ein Gläschen, um sich für die Nacht und das abendliche Musizieren in Stimmung zu bringen. Petal und Tulip krochen aus dem Gebüsch hervor, um sich ihnen anzuschließen.

»Wo ist Brannoc?«

Keiner wußte es.

Eine Pennerin schob ihren Einkaufswagen durch die Büsche und blickte verstohlen nach rechts und links. Die Feen beobachteten sie interessiert. Sie sahen sie nicht zum ersten Mal, und immer, wenn sie vorbeihuschte, kam ein ebenso sonderbar aussehender Mann hinter ihr her.

Eine feenähnliche Gestalt schoß durch die Zweige über ihnen, verhakte sich kurz in einem Ast und plumpste zu Boden.

»Brannoc! Was ist denn passiert?«

Mühsam rappelte Brannoc sich hoch.

»Ich bin den schwarzen Feen begegnet«, nuschelte er.

»Haben sie dir schlimm zugesetzt?«

»Nein«, stöhnte Brannoc. »Wir haben Freundschaft geschlossen. Aber sie trinken ein schrecklich starkes Zeugs.«

Er sank ins Gras zurück und fing an zu schnarchen.

Eine leichte Brise ließ das Laub der Parkbäume erzittern.

27

Unbeholfen zupfte Dinnie an der ausgefransten Lederjacke herum, während er sich verdrossen im Spiegel betrachtete. Diese Jacke, Anlaß zu einem weiteren erbitterten Streit zwischen Heather und ihm, hatte die Fee nach langem Suchen in einem Secondhand-Laden gegenüber dem Postamt in der Canal Street gefunden.

Während sie in dem Laden kramte, hatte Heather drüben am Postamt FBI-Steckbriefe gesuchter Verbrecher entdeckt.

»O je, o je«, murmelte sie und musterte die hartgesottenen, zu ihr herüberstarrenden Gesichter. »Hier herrschen ja schreckliche Zustände. Was euch fehlt, ist jemand wie Wachtmeister MacBain aus Cruickshank. Der hätte hier schnell aufgeräumt. Er würde ihnen ordentlich den Hintern versohlen!«

»Glänzende Lösung«, knurrte Dinnie sarkastisch.

Dinnie wollte keine Lederjacke, aber Heather zwang sie ihm einfach auf. Die Fee war heute noch ungeduldiger als sonst, denn sie hatte einen üblen Kater von der Party letzte Nacht mit ihren neuen italienischen Freunden. Den ganzen Vormittag hatte sie gekotzt, behauptete aber, das käme bloß von der ungewohnten italienischen Pasta. Im Laden stritten sie sich kurz und heftig, kauften die Jacke und kehrten nach Hause zurück.

Heute abend stand Dinnies erstes Date mit Kerry an. Es war gar nicht schwer zu arrangieren gewesen, obwohl Dinnie einen Alptraum durchmachte und kurz vor einem Nervenzusammenbruch stand, als Heather ihn hineinmanövrierte. Sie hatte gesehen, wie Kerry zum Laden ging, Dinnie hinterhergehetzt und ihm ins Ohr geflüstert, entweder würde er Kerry auf der Stelle um ein Rendezvous bitten oder sie würde sofort mit der Fiedel abhauen.

»Du weißt, ich bin schneller in dein Zimmer geflogen, als du die Treppe hinaufrennen kannst.«

Obwohl er die wohl uncharmantesten, klobigsten Worte aller Zeiten hervorgestammelt hatte, war Kerry zu Dinnies Überraschung sofort einverstanden gewesen.

Um zehn Uhr heute abend wollten sie sich treffen und sich dann eine Band in einem Club anhören. Dinnie war äußerst erfreut und schrecklich nervös.

Auch Morag, auf der anderen Straßenseite, war erfreut.

»Danke, Kerry«, sagte sie. »Du erweist mir damit einen großen Freundschaftsdienst. Macht es dir auch bestimmt nichts aus, öfter mit ihm auszugehen?«

Kerry schüttelte den Kopf.

»Ist schon in Ordnung, Morag. Ich habe eine Menge

Freunde in dem Club. Langweilen werde ich mich also bestimmt nicht.«

»Und es ist dir nicht peinlich, mit diesem groben Klotz im Schlepptau aufzutauchen? Ich will dir schließlich nicht den Ruf ruinieren.«

»Nein, das macht mir nichts aus«, versicherte Kerry. »In letzter Zeit sieht er übrigens gar nicht so übel aus. Scheint viel abgenommen zu haben.«

»Und der neue Pferdeschwanz steht ihm echt gut.«

Während Kerry mit Dinnie unterwegs war, wollte Morag ihre Fiedel bei Hwui-Yin abholen, und dann würde sie den chinesischen Feen mal zeigen, was eine schottische Fiedlerin drauf hatte.

König Talas Palast bestand aus Bäumen, deren Kronen und weit verzweigte Äste Räume und Innenhöfe bildeten. Der einst so heitere, lichte Ort wirkte jetzt düster, und jeder Winkel war streng bewacht.

Aelric schlich sich lautlos an den Wachposten vorbei. Er hatte sich mit einer Substanz eingerieben, die ihn für andere Feen unsichtbar machte und seinen Geruch vor den Wachhunden verbarg.

Behende kletterte er eine dicke Eiche hinauf, in der, wie er wußte, Marions Schlafzimmer lag. Vorsichtig lugte er durch die von Blättern verhangene Fensteröffnung.

Marions langes schwarzes Haar war mit hellblauen Perlen durchsetzt. Wie ein Umhang fiel es ihr bis über die Hüften hinab. Gerade war sie damit beschäftigt, einer Schnittblume ein Lied vorzusingen, das sie haltbar machen sollte. Aelric sandte ein kurzes Stoßgebet zur Göttin und sprang ins Zimmer.

Heather verbrachte den ersten Teil des Abends in aufgeräumter Stimmung. Ihr Plan funktionierte bestens, und bald wäre sie im Besitz der MacPherson-Fiedel. Doch dann wurde sie mißmutig, denn ihr schwante, daß Dinnie wahrscheinlich alles vermasseln würde.

Ihm die Verabredung mit Kerry zu verschaffen war kein Kunststück gewesen. Der Rest jedoch lag bei ihm, und er war nicht eben jemand, der zu großen Hoffnungen Anlaß gab. Heather schauderte bei dem Gedanken, was für Entsetzlichkeiten Dinnie womöglich gerade anstellte. Vielleicht betrank er sich, und wenn er betrunken war, sabberte er leicht. Dann lief ihm das Bier aus den Mundwinkeln, was kein erfreulicher Anblick war. Vielleicht bekam er auch plötzlich einen Riesenhunger, konnte sich nicht beherrschen, stürmte los und kaufte eine Familienpackung Erdnüsse und Pistazien-Chips, die er auf einen Schlag in sich reinstopfte. Alles das hatte Heather schon erlebt, und auch das war kein erfreulicher Anblick gewesen.

Aber es konnte auch schlimmer kommen. Vielleicht beleidigte er Kerrys Freunde, fluchte über einen Bettler oder beschimpfte die Band, auch wenn Kerry die Musik gefiel. Oder er war zu geizig, sich für den Heimweg ein Taxi mit ihr zu teilen. Nichts davon würde Kerry gefallen.

Oder noch schlimmer. Vielleicht versuchte er, über Kerry herzufallen. Heather hatte ihm das zwar ausdrücklich verboten, als er zur Tür hinausging, aber ihr war trotzdem äußerst mulmig.

»Wenn du gleich beim ersten Date zudringlich wirst, verdirbst du alles«, hatte sie ihm auf der Treppe nachgerufen. »Fang bloß nicht an, sie zu betatschen. Das würde sie sofort abschrecken! – Also, viel Spaß!«

Egal, im Augenblick konnte sie nichts anderes tun

als abwarten. Sie flog hinunter in die Bar. Jetzt brauchte sie einen Whiskey, außerdem gab es heute abend ein Baseballspiel.

Nach ein paar Gläschen ging es Heather schon viel besser, und sie sah alles in rosigerem Licht. Dinnie war absolut nicht perfekt, das wußte sie, aber gerade das kam ihrem Plan zustatten. Denn ein perfekter Dinnie wäre ohne Zweifel der perfekte Langweiler. Und das war fast noch schlimmer, als wenn er sich entsetzlich daneben benehmen würde. Heather setzte darauf, daß die Veränderungen, die sie Dinnie aufgezwungen hatte, einen anziehenden jungen Mann aus ihm machten, der aber durchaus noch seine Kanten hatte.

»Verdammt raffiniert ausgeklügelt von mir, wenn ich's recht bedenke«, murmelte sie zufrieden, während sie einem herrlichen Bodenball der Yankees applaudierte, bei dem der Läufer vom ersten Mal gleich bis zum dritten kam. »Und sehr erfolgversprechend!«

»Ja«, stimmte der Pulk chinesischer Elfen zu, der im Kreis um Morag saß und ihr einen Drink nach dem anderen eingoß. »Der Plan deiner Freundin, den Wettbewerb der 4. Straße zu gewinnen, klingt wirklich erfolgversprechend. Klar helfen wir euch. Bring uns einfach eine Liste der Blumen, die noch fehlen, und wir suchen sie für euch zusammen. Außerdem werden wir sehen, ob wir diese Magenta erwischen, die sich für Xenophon hält, und sie beschwatzen, die Mohnblume rauszurücken.«

Die in allen Farben schillernde Besucherin von der anderen Seite des Ozeans hatte es den chinesischen Elfen angetan, und sie wollten ihr gern helfen.

»Spitze!« rief Morag und kippte noch ein letztes chinesisches Bier. »Und wenn ihr schon dabei seid, haltet doch bitte die Augen auf, ob ihr nicht zufällig eine 1958er Gibson Tiger Top seht, auf deren Rückseite ›Johnny Thunders‹ steht.«

»Die Suche läuft schon«, meinten die Chinesen. »Als Johnny Thunders' Geist dich zu uns brachte, hat er uns um Hilfe gebeten, auf die er natürlich rechnen kann. Seit er ›Chinese Rocks‹ eingespielt hat, sind wir Fans von ihm, obwohl Dee Dee Ramone behauptet, er hätte die Songs geschrieben.«

In letzter Minute, gerade noch rechtzeitig für die nächtliche Sabotageaktion, stieß Aelric zu seinen Rebellen, die inzwischen auf dreißig Mann angewachsen waren. Die eine Hälfte sollte einen Scheinangriff auf einen Kornspeicher fliegen, um die Söldner abzulenken, während die andere Hälfte den eigentlichen Anschlag auf Magris' neue Waffenfabrik verüben sollte, wo momentan Schwerter, Schilde und Speere in furchterregender Menge produziert wurden.

»Na?« fragte Aelis, die sich gerade ihren Brustharnisch umschnallte. »Wie war die Stieftochter des Königs?«

»Hinreißend! Ich habe ihr gesagt, daß ich sie liebe.«

»Und wie hat sie reagiert?«

»Sie hat mich als abscheulichen Rebellen beschimpft, der das Königreich ihres geliebten Vaters ruiniert und den man einen Kopf kürzer machen sollte. Dann hat sie ihr Messer gezückt und mich angegriffen, wobei sie gleichzeitig nach den Wachen schrie. Sie ist eine sehr heißblütige junge Fee.«

Beide Gruppen machten sich abmarschbereit.

»Das war's dann wohl mit der Romanze?«

Aelric warf ihr einen gequälten Blick zu.

»Wo denkst du hin? Ein leidenschaftlicher junger

Elf wie ich läßt sich doch nicht von so einer Lappalie wie einem Messerangriff abschrecken! Ich werde halt einen Weg finden müssen, ihr Herz zu erobern. Vielleicht ihre enorme Sammlung getrockneter Blumen. Ich könnte sie ihr klauen und mich so lange weigern, sie zurückzugeben, bis sie sich in mich verliebt.«

Aelis schüttelte den Kopf.

»Aelric, du bist total bescheuert. Du magst zwar ein guter Rebellenführer sein, aber davon, wie man der Dame seines Herzens den Hof macht, hast du null Ahnung. Wenn du ihr Herz erweichen willst, solltest du ihr lieber ein besonders schönes Stück für ihre Sammlung schenken.«

Heather hatte Dinnie erklärt, nach aller Wahrscheinlichkeit könne er in dem Moment davon ausgehen, daß Kerry in ihn verliebt sei, wenn sie von sich aus die Arme um ihn schlingen und ihn leidenschaftlich küssen würde. Das schien ihr das sicherste Zeichen, und Dinnie, der von sowas ja wenig Ahnung hatte, stimmte ihr zu.

Sie hörte, wie er die Treppe hochgepoltert kam. Furcht stieg in ihr auf. Bestimmt hatte er irgendwas Schreckliches angestellt, und Kerry wollte ihn nie wiedersehen.

»Und?« fragte sie.

»War ein schöner Abend«, sagte Dinnie. Offenbar war er zufrieden mit sich.

»Ehrlich?«

»Ja, ehrlich.«

Zuerst hatten sie mit Kerrys Freunden noch was getrunken, bevor sie zum Club in der Avenue C gingen, um sich eine Band anzuhören. Dinnie hatte so getan, als würde es ihm gefallen, da die Musiker Freunde von

Kerry waren. Er und Kerry waren den ganzen Abend sehr gut miteinander ausgekommen.

»Kein Streit?«

»Nein.«

»Keine Anzeichen von Verstimmung ihrerseits?«

»Nein.«

»Irgendwelche Anzeichen möglicher sexueller Anziehung zwischen euch?«

»Ja, glaube ich schon. Wir haben uns wieder verabredet.«

Heather klopfte ihm begeistert auf die Schulter. Auch Dinnie zeigte sich von seiner liebenswürdigsten Seite. Als er seine Lederjacke auszog, meinte er, für eine Lederjacke sei sie gar nicht so schlecht und Kerry hätte ihm auch ein Kompliment zu seinem Pferdeschwanz gemacht. Zum ersten Mal dankte Dinnie Heather, plumpste dann aufs Bett und versank in süße Träume von seinem nächsten Date mit Kerry.

»Es war ganz in Ordnung«, erzählte Kerry Morag. »Wirklich überhaupt kein Problem! Dinnie ist gar nicht so übel. Ich glaube, die Band gefiel ihm nicht, aber aus Höflichkeit hat er sich nichts anmerken lassen. Er hat mich sogar ein paarmal zum Lachen gebracht. Ich fand ihn wirklich ganz nett.«

28

Magenta ruhte sich am Stuyvesant Square aus. Nicht zum ersten Mal wünschte sie, mehr Bogenschützen in ihrer Armee zu haben. Diese geflügelten Dämonen, die die Perser ständig ausschickten, waren eine schreckliche Bedrohung.

Eine große Familie hatte sich auf den Bänken vor ihr niedergelassen und stritt sich erbittert. Ein dünner Mann mittleren Alters, der nie zu Wort kam, versuchte, seinen kleinen Neffen zum Boxen zu animieren. Er zupfte ihn dauernd am Ärmel, um ihn auf sich aufmerksam zu machen, boxte in die Luft und ging in Deckung, aber der Neffe wandte sich gelangweilt ab. Der Onkel ließ nicht locker, fuchtelte weiter mit den Fäusten vor der Nase des uninteressierten Buben herum, um ihm zu zeigen, wie man boxte. Schließlich wurde es dem Jungen zuviel. Er rannte zu seiner Mutter, die geistesabwesend auf ein Taschentuch spuckte und ihm das Gesicht abrieb. Der Onkel sah leicht verärgert zu und schlich weg, um sich ein anderes Opfer zu suchen.

Magenta erinnerte sich dunkel, wie auch ihre Eltern sie ständig dazu bringen wollten, Sachen zu machen, zu denen sie keine Lust hatte. Sie stand auf und schob ihren Einkaufswagen weiter. Die Vorräte waren knapp geworden. Sie hatte kein Geld, um ihren Fitzroy Cocktail aufzufüllen, und während des letzten Handgemenges hatte sie ihre kostbare dreiblütige Blume verloren, was sie ungemein verdroß. Daheim in Griechenland hätte sie für die seltene Blume viel Geld bekommen und damit ihren Mitstreitern einen anständigen Söldnerlohn zahlen können. Sie murrten schon, daß sie nie Bares zu sehen bekamen.

Die Armeevorräte waren praktisch auf Null geschrumpft; in ihrem Einkaufswagen lagen jetzt nur noch das Rezept für den Cocktail, ein Haufen alter Zeitungen, der Bhat Gwa-Spiegel und die beiden Teile der Gitarre, die sie nach dem Trubel beim Konzert am Tomkins Square gefunden hatte.

In einer Woche war die Preisverleihung. Cals Produktion des ›Sommernachtstraum‹ lief recht gut. Die vier Liebenden streiften durch imaginäre Wälder, verstrickt in ihre Gefühlsverwirrungen. Puck rannte hin und her und stiftete noch mehr Verwirrung, während Oberon und Titania, Feenkönig und Feenkönigin, sich heftigst über den indischen Knaben stritten.

Besonders zufrieden war Cal mit der neuen Darstellerin der Titania. Die junge Frau aus Texas, ansonsten Kellnerin in einer billigen Spelunke, verwandelte sich in ihrem Bühnenkostüm in eine strahlende und mitreißende Erscheinung. Jeder Zoll eine Feenkönigin! fand Cal.

»Der reinste Schrott«, ärgerte sich Heather, die von den Kulissen aus zusah. »Dieses teigige Blubbergesicht kann doch keine Feenkönigin spielen.«

Nicht nur die Texanerin, auch all die anderen schwerfälligen Menschen, die Feenrollen spielten, empfand Heather als Beleidigung.

Die chinesischen Feen, schon ordentlich in Feststimmung – das heißt betrunken –, erhielten erfreuliche Nachrichten von ihren Kundschaftern.

»Wir haben die alte Frau, diese Magenta, aufgestöbert – oder vielmehr diese recht junge, muskulöse Frau, die nur so alt aussieht, weil sie so dreckig ist. Wir wollten ihre Plastiktüte untersuchen, aber das klappte nicht ganz. Diese Magenta hat in letzter Zeit sooft mit Feen zu tun gehabt, daß sie uns jetzt sehen kann.

Aber bevor sie Steine nach uns warf, haben wir unseren kostbaren Spiegel in ihrer Tüte schimmern sehen. Sie muß ihn zur gleichen Zeit wie die Mohnblume gefunden haben. Außerdem guckten noch zwei Hälften einer alten Gitarre aus der Tüte hervor.«

Morag wischte sich den Bierschaum von den Lippen.

»Könnte diese Gitarre möglicherweise …«

»Wer weiß. Offenbar steht diese Frau mit den kosmischen Mächten in Verbindung. So, wie die all die wichtigen Artefakte der Feen an sich zieht, muß das Teil eines größeren Plans sein.«

Morag sprang auf und zückte ihr Schwert.

»Also los, gehen wir und holen uns die Sachen.«

Die Chinesen waren schockiert und erinnerten Morag daran, daß sie als gute Feen doch nicht einfach losstürmen und Menschen ausrauben könnten, wenn es ihnen paßte. Morag schämte sich. Das hatte sie ganz vergessen, woran man wieder einmal sah, wie sehr der Druck dieser großen Stadt auf ihr lastete.

»Wir werden mit ihr verhandeln müssen.«

29

Morag wollte sich mit drei Chinesen treffen, Heather mit vier Italienern, und Dinnie war mit Kerry zu einem Einkaufsbummel verabredet.

»Einkaufsbummel?« hatte er ziemlich entgeistert gefragt, als sie an seiner Tür erschien.

»Gehst du nicht gern einkaufen?«

»Nichts lieber als das«, log Dinnie so überzeugend, daß sogar Heather sich zu einem anerkennenden Kopfnicken hinreißen ließ.

»Okay, dann mal los!«

Kerrys erstes Ziel war ein Laden mit psychedelischen Kleidern in der Ludlow Street. Dieser Laden hatte es Morag so angetan, daß sie Kerry nach ihrem ersten Besuch dort bat, ihr eine Schultertasche mit Fransen, eine bunte Weste, eine rosarote Sonnenbrille, Strumpfhosen mit Schottenkaro und ein Stirnband in den Farben der Südstaatenflagge zu machen. Kerry versprach, ihr Bestes zu tun. Bei Dinnie schlug der Laden nicht so ein, aber edlerweise tat er so.

Derweil war Morag mit den chinesischen Feen auf der Suche nach Magenta.

Die Feen lachten bereitwillig über Morags Geschichten aus Schottland und zeigten ihr Mitgefühl, weil sie hatte fliehen müssen. Sie wußten, was es hieß, auf der Flucht zu sein. Ihre Familien daheim in China machten harte Zeiten durch, und die Menschen, denen die Feen sich angeschlossen hatten, um die Ozeane zu überqueren, waren vor der schrecklichen Unterdrückung in ihrer Heimat geflohen.

»Trotzdem«, sagte Shau-Ju, »verstehe ich nicht ganz, warum ihr den MacLeods nicht einfach die Fahnenstücke zurückgegeben habt. Dann hätten sie euch doch nicht weiter verfolgt.«

Morag zuckte die Schultern und erklärte, daß man die MacLeods nicht mit normalen Vernunftmaßstäben messen könne.

Heather, inzwischen recht zuversichtlich, daß Dinnie keinen Mist baute, wenn er mit Kerry ausging, war nur darauf aus, sich mit den Italienern ordentlich zu amüsieren. Die vier Bewerber um ihre Gunst führten sie durch die wimmelnden Straßen von Little Italy, wo die Bürgersteige vor den Restaurants mit Tischen vollgestellt waren, dann durch ein paar stillere Straßen weiter nördlich, wo sich aus irgendeinem Grund ein Waffenladen an den anderen reihte.

Heather lugte durch die vergitterten Scheiben und schüttelte sich.

»Sollten die MacLeods je solche Mordinstrumente erfinden, bin ich erledigt.«

»Warum habt ihr die Fahnenstücke nicht einfach zurückgegeben?« fragte Cesare, aber Heather konnte ihm keine überzeugende Antwort geben, nur die, daß den MacLeods mit normalen Vernunftmaßstäben nicht beizukommen sei. Die hätten sie auch dann verfolgt.

Kerry zeigte Dinnie ihre ganzen Lieblingsklamottenläden im East Village. Auf dem Heimweg schauten sie im Bioladen vorbei.

»Ein echt gutaussehender Typ«, meinte die eine Verkäuferin zu ihrer Kollegin, als sie gegangen waren.

»Wie's scheint, hat er jetzt auch ein nettes Mädchen.«

Beide klangen ein bißchen enttäuscht.

»Haste bißchen Geld für mich?« fragte ein Bettler ein Stück weiter die Straße runter.

Dinnie gab ihm sein ganzes Kleingeld und entschuldigte sich, daß er nicht mehr dabei hatte.

»Nein«, sagte Morag. »Ich versichere dir, daß wir nicht die persische Kavallerie sind. Wir sind auch weder Ureinwohner vom wilden Stamm der Kardutschen noch Feinde aus dem Land der Drilaer, noch eine makronische Kriegsstreitmacht. Ganz bestimmt nicht. Nur schottische und chinesische Feen.«

»Ha, ha, ha«, tönte Magenta. »Macht euch doch nicht lächerlich.«

»Ist es nicht herrlich, daß wir beide Besuch von Feen haben?« fragte Kerry.

»Das ist es, wahrhaftig«, antwortete Dinnie und sagte sich, auf eine Lüge mehr oder weniger käme es jetzt auch nicht mehr an.

»Aber es tut mir so leid für Morag und Heather, daß sie aus Schottland fliehen mußten.«

Dinnie zuckte die Schultern. Er hatte nie verstanden, warum sie die beiden Fahnenstücke nicht einfach zurückgegeben hatten, sagte er Kerry.

»Na ja«, meinte Kerry. »Ich glaube, die Fahnenstücke haben einen enormen sentimentalen Erinnerungswert für Morag und Heather. Sie können sich einfach nicht von ihnen trennen.«

»Sentimentalen Erinnerungswert?«

»Die Verhandlungen liefen gar nicht gut«, informierte Morag später am Abend Kerry. »Magenta weigerte sich stur, sich von der Gitarre zu trennen, von der wir glauben, daß sie vielleicht Johnny Thunders' 1958er Gibson ist. Aber nach hartem Verhandeln, wobei sie mich pausenlos als Agentin von Tissaphernes beschimpfte und drohte, scheißegal, welche Konsequenzen es hätte, mir ihre Hopliten auf den Hals zu hetzen, erklärte sie sich schließlich bereit, den Bhat Gwa-Spiegel gegen eine Dose Stiefelwichse, eine Flasche vergällten Spiritus und eine Tüte Kräuter- und Gewürzmischung einzutauschen.«

»Und die Mohnblume?«

»Die hat sie verloren.«

Das überraschte Kerry kein bißchen.

Heather torkelte völlig betrunken in Dinnies Zimmer. Sie hatte vier Anläufe gebraucht, die Feuerleiter raufzukommen, und dann eine Ewigkeit, bis sie durchs Fenster klettern konnte.

Dinnie saß vor der Glotze. Sie schwankte auf ihn zu und klopfte ihm gutgelaunt auf die Schulter.

»Hallo, Dinnie, alter Kumpel«, rief sie überschwenglich. »Weiß die Göttin, diese Italiener verstehen es, ein Mädchen zu verwöhnen! Und, wie ist's mit Kerry gelaufen?«

Dinnie sackte in seinem Sessel zusammen und antwortete nicht.

»Na los, spuck's aus!«

»Sie war sauer und ist weggerannt. Ich glaube nicht, daß sie mich noch mal sehen will«, grummelte er schließlich.

Heather war entsetzt.

»Aber es lief doch so gut zwischen euch. Was ist passiert?«

Es dauerte eine Weile, bis ihm Heather die Geschichte aus der Nase gezogen hatte. Offenbar hatte Kerry Dinnie erzählt, sie glaube, den wahren Grund zu kennen, warum Morag und Heather sich weigerten, die Fahnenstücke herzugeben: Sie hätten sie wohl als Decken benutzt, als sie zum ersten Mal miteinander schliefen.

Kerry fand das so rührend, daß ihr Tränen in die Augen traten, worauf Dinnie blöderweise den Kopf zurückgeworfen und schallend losgelacht hatte, bevor er verkündete, sich das doch gleich gedacht zu haben: Die beiden waren nichts anderes als ein paar gottverdammte, perverse, lesbische Feen! Kein Wunder, daß man sie aus Schottland fortgejagt hatte. Wahrscheinlich dauerte es nicht mehr lange, und man würde sie auch aus den USA rausschmeißen.

»Und dann war Kerry plötzlich total sauer.«

Heather ließ die wohl längste Schimpftirade gegen Dinnie los, putzte ihn herunter, weil er Kerrys empfindsames Gemüt verletzt hatte.

»Jetzt hast du wirklich alles gründlich vermurkst und vermasselt! Gute Nacht!«

30

Heather wachte mit einem gotterbärmlichen Kater auf. Sie versuchte aufzustehen, schaffte es aber nur, sich auf Hände und Knie zu stützen.

»Mein Kopf fühlt sich an wie ein Tennisball«, stöhnte sie und kroch langsam über den Teppich zum Bad, wobei ihre schlaff herunterhängenden Flügel über den Boden schleiften. Sie schwor sich, in Zukunft bei Whiskey zu bleiben und keinen Tropfen Wein mehr anzurühren.

Durch das Gestöhne und Gewürge aus dem Bad wachte auch Dinnie auf.

»Guten Morgen, Dinnie«, röchelte Heather und kroch zu ihm ins Zimmer. »Ich habe gerade in dein Duschbecken gekotzt.«

»Na, hoffentlich hast du es danach wieder sauber gemacht.«

»Ich war zu schwach, um zum Wasserhahn hochzureichen. Ist aber nicht so schlimm. Für Menschen riecht Feenkotze doch köstlich. Machst du mir einen Kaffee?«

Die Distelfee war in trüber Stimmung, teils wegen ihres verkaterten Kopfes, teils wegen des schrecklichen Zustands ihrer Haare.

»Die Luft hier ist total verdreckt. Sie ruiniert mir mein ganzes Aussehen.«

»Wenn's dir um dein Aussehen geht, dann kommst du besser nicht jede Nacht betrunken durch den Rinnstein nach Hause gekrochen«, kommentierte Dinnie.

Heather pfiff ihn an, gefälligst die Schnauze zu halten.

»Wenn ich mir überlegen soll, wie du Kerrys Zuneigung zurückgewinnen kannst, muß ich mich total konzentrieren. Und eins laß dir gesagt sein: Dieses Problem zu knacken kostet selbst eine Spezialistin wie mich extreme Anstrengung. Du hast nicht nur Kerrys Freundin Morag beleidigt, sondern auch all ihre anderen lesbischen Freundinnen, weil du sie pervers genannt hast. Darüber hinaus hast du dich über Kerry lustig gemacht, hast behauptet, sie sei sentimental! Da kann sie ja nur empört sein.

Aber das Schlimmste ist, daß du dein wahres Ich enthüllt hast, und keine Frau wird das Risiko eingehen wollen, sowas ein zweites Mal zu erleben.

Hier hilft nur schärfstes Nachdenken. Mit anderen Worten, halt jetzt gefälligst deine große Klappe und laß mich in Frieden!«

Schulter an Schulter kämpften Aelis und Aelric gegen Talas Söldner. Aelric verfügte über eine raffinierte Kampftechnik mit zwei Schwertern und konnte sich gegen die erfahrenen Söldner behaupten. Auch Aelis hielt sich tapfer, aber die Söldner waren weit in der

Überzahl und brachten die Rebellen in starke Bedrängnis.

Nachdem sie bei einem Überfall auf die königlichen Viehherden überrascht worden waren, versuchten die Rebellen jetzt, die relative Sicherheit der Burg Tintagel zu erreichen.

Aelric schwang das Schwert gegen seinen Gegner und zwang ihn zum Rückzug.

»Ich weigere mich zu sterben, bevor ich einen Kuß von Marion bekommen habe«, keuchte er atemlos.

»Um der Göttin willen«, schimpfte Aelis, »schweig endlich von dieser Niete, und konzentriere dich auf den Kampf, damit ich die Hände frei habe, Nebel herbeizuzaubern!«

Aelric und die anderen bildeten einen Kreis um Aelis, um sie abzuschirmen, während sie den Nebel herbeizauberte, der ihnen zur Flucht verhelfen sollte.

Im Central Park ging es bedeutend friedlicher zu, wo Brannoc jetzt Freundschaft mit den ghanesischen Feen geschlossen hatte. Er hatte ihnen erklärt, wer er und die anderen waren, woher sie kamen und warum, und sich für die Mißverständnisse der jüngsten Vergangenheit entschuldigt.

Da die Ghanesen von Natur aus gutmütig sind, hatten sie seine Erklärungen und Entschuldigungen angenommen. Die drei englischen und zwei irischen Feen konnten sich nun so frei bewegen, wie sie wollten. Maeve, Padraig, Petal und Tulip unternahmen zahlreiche Ausflüge nach Harlem. Auch Brannoc kam manchmal mit, doch am liebsten verkroch er sich unter einem Busch mit seiner neuen Freundin Ocarco, einer Fee mit schwarzer Haut, schwarzen Flügeln und schwarzen Augen. Etwas Besseres als sie konnte einem einsamen, heimwehkranken Fremdling in dieser Stadt gar nicht passieren.

Alle waren glücklich, nur Okailey nicht, die weise alte Oberfee des Stammes. Sie sog schnuppernd die Luft ein, und was sie da roch, gefiel ihr nicht. Von irgendwoher stieg ihr ein sonderbarer Geruch in die Nase. Eine leichte Brise, die von Westen kam, beunruhigte Okailey. Mit den fremden Söldnern waren sie zwar problemlos fertig geworden, aber sie fürchtete, daß ihre Sorgen damit noch längst nicht zu Ende waren.

Sie berichtete den Parkfeen von ihren bösen Vorahnungen und bat sie, ihr alles über König Tala von Cornwall zu erzählen.

»Haltet ihr es wirklich für möglich, daß er hier einfallen könnte?«

Niemand wußte es mit Sicherheit, aber auszuschließen war es nicht. Sein Zauberer oder Chefingenieur, wie er sich lieber nannte, konnte jede Menge Mondbögen über den Ozean zaubern, genug für eine ganze Armee.

Die ghanesischen Feen waren einhundertfünfzig an der Zahl. Nicht genug, einer solchen Invasion standzuhalten.

»Und was ist mit den Italienern und Chinesen?«

Okailey gestand, keine Ahnung zu haben, wie zahlreich sie waren, bezweifelte jedoch, daß deren Stämme größer waren als der ghanesische. Das Leben in den Stadtparks schien dem Bevölkerungswachstum der Feen nicht zuträglich zu sein, würden sich die Feen andererseits aber zu stark vermehren, gäbe es nicht genug Lebensraum.

»Ein so großes Heer wie Tala kriegen wir nie auf die Beine.«

Sie malten sich aus, wie das ganze englische Feenheer in den Central Park einmarschierte. Grauenhafte Aussicht!

»Jedenfalls müssen wir vorbereitet sein«, meinte Okailey, »und entscheiden, was wir tun wollen, falls es passiert. Vielleicht wird uns nur die Flucht übrigbleiben. Trotzdem halte ich es für ratsam, die Meinung der anderen New Yorker Feen einzuholen. Normalerweise haben wir keinen Kontakt, aber jetzt ist der Augenblick gekommen, sie aufzusuchen und mit ihnen zu sprechen.«

»Komisch«, sagte Padraig, »daß die New Yorker Feen mit Menschen aus Ghana, China und Italien hergekommen sind, sich die irischen Feen aber anscheinend nie den Auswanderern angeschlossen haben. Und ich weiß, daß jede Menge Iren nach New York emigriert sind. Ich frage mich, warum die irischen Feen nicht mit wollten.«

»Vielleicht konnten sie sich einfach nicht von ihren herrlichen Wiesen und Wäldern trennen«, überlegte Maeve.

»Oder sie waren zu betrunken und schafften es nicht aufs Schiff«, konterte Brannoc.

»Soll das etwa eine Anspielung sein?« brauste Maeve auf. Doch Okailey ließ keinen Streit aufkommen. Allein durch ihre starke, beruhigende Aura verhinderte sie, daß jemand in ihrer Gegenwart einen Wutanfall bekam.

Sie verabschiedete sich, um sich für die Reise gen Süden nach Little Italy und Chinatown vorzubereiten. Maeve, immer noch verärgert über Brannocs Bemerkung, verkündete, sie würde losgehen und herausfinden, ob es in New York nicht doch ein paar irische Feen gab.

»Und sollte ich ein paar O'Briens über den Weg laufen, sind wir aus dem Schneider, egal, welche Heere sie uns aus Cornwall schicken.«

Heather verbrachte den Tag abwechselnd damit, Dinnie zu beschimpfen und sich den Kopf zu zerbrechen, wie er Kerrys Zuneigung zurückgewinnen könnte. Spielte Dinnie Geige, meckerte sie herum, er hätte überhaupt keine Fortschritte gemacht. Morag hätte völlig recht mit ihrer Behauptung, er sei eine Schande für den ganzen MacKintosh-Clan, und wenn dieses Gekrächze da ›De'il Amang the Taliors‹ sein sollte, dann würde sie einen Besen fressen.

Hörte sich Dinnie daraufhin verzagt eine Bad-Brains-Kassette an, schimpfte sie, wenn ihm diese Musik nicht gefiele, dann nur deswegen, weil sie das Fassungsvermögen seines Spatzenhirns überstieg. Warum er es nicht lassen würde und statt dessen auf seiner Geige übte?

Alles in allem war es ein reichlich angespannter Tag. Heather schaltete den Sportkanal mit den Baseballspielen ein, nach ein paar Minuten aber verärgert wieder ab, als der Manager der Yankees bei einer hitzigen Debatte mit dem Schiedsrichter schlecht abschnitt. Dann jammerte sie laut, daß in New York kein einziger anständiger Malzwhiskey aufzutreiben sei, und gab Dinnie mehr oder weniger persönlich die Schuld an der Überproduktion von Jack Daniels.

Wieder schaltete sie auf Sport, genau in dem Moment, als den verhaßten Red Sox ein Lauf um sämtliche Male auf einen Schlag gelang.

»Verdammt nochmal! Heute ist ein beschissener Tag. Mir fällt ums Verrecken nichts ein, was du tun könntest. Du bist so ein blöder Idiot, Dinnie. Jetzt bist du bei Kerry endgültig unten durch.«

Dinnie lümmelte in seinem Sessel, selbst viel zu deprimiert, um Heathers Schimpftiraden abzublocken.

Plötzlich klopfte es an der Tür.

»Tag, Dinnie«, sagte Kerry, Blumen im Haar, ein strahlendes Lächeln im Gesicht. »Wollen wir heute abend zusammen ausgehen?«

Als sie wieder gegangen war, kriegte Heather sich überhaupt nicht mehr ein. Sollte Dinnie denn wirklich so begehrenswert geworden sein, daß Kerry ihn auch nach dem häßlichen Eklat von gestern noch mochte?

»Ha, ha, ha, du doofe Fee«, hänselte Dinnie. »Deine ganzen Pläne und Sorgen kannst du dir an den Hut stecken, wie du siehst. Kerry ist überhaupt nicht beleidigt, sondern bettelt regelrecht darum, wieder mit mir auszugehen.

»Jawoll«, strahlte Dinnie sein Spiegelbild an. »Das Mädchen weiß eben, was ein guter Fang ist.«

Auf der anderen Straßenseite ächzte Morag mit einer Tüte Bonbons und einer schönen gelben Forsythienblüte durchs Fenster.

»Ich hätte es dir wirklich nicht übelgenommen, wenn du die Nase voll hättest von ihm«, sagte sie glücklich und überreichte Kerry die Geschenke.

»Ach, das macht mir nichts aus«, antwortete Kerry. »Schließlich habe ich versprochen, dir zu der Fiedel zu verhelfen, oder nicht?«

Kerry fühlte sich müde. Sie war noch nicht wieder ganz bei Kräften, und deshalb übernahm Morag die Aufgabe, die Forsythie zu konservieren und sie in das Alphabet einzufügen. Das auf dem Boden ausgebreitete Blumenalphabet, um das herum Kerry all ihre Lieblingssachen gelegt hatte, sah inzwischen so schön aus, daß es bestimmt den Preis gewinnen würde – falls es ihnen gelänge, es zu vervollständigen.

31

Cesare, Luigi, Mario, Pierro und Benito saßen mit Heather in deren Lieblingsbar auf ihrem Lieblingsplatz, oben auf dem Fernseher. Für sechs Elfen und Feen war der Platz selbst auf einem so großen Gerät wie diesem knapp, aber die Italiener waren glücklich, Heather so nahe zu sein, auch wenn jeder sich wünschte, mit ihr allein zu sein – ein praktisch unerfüllbarer Wunsch, da alle fünf Heather gleichermaßen hartnäckig umschwärmten.

Sie tranken Whiskey. Eigentlich schmeckte er den Italienern nicht, aber sie schluckten ihn brav, denn Heather hatte ihnen versichert, sie würden schon noch auf den Geschmack kommen. Als sie sich dann dafür entschuldigte, daß in dieser Bar leider kein anständiger schottischer Malzwhiskey serviert wurde, versprachen sie ihr, sich gleich morgen darum zu kümmern, denn ihr Feenclan war mit dem Clan, der die Bar mit Getränken belieferte, gut befreundet.

»Was haben sie denn nun vor?« fragte Mario, ein sympathischer, dunkelhaariger Elf, der gern seinen Bizeps spielen ließ.

»Zuerst wollen sie in eine Galerie im West Village. Dann will Kerry einen Einkaufsbummel machen, danach Essen in einem hübschen Restaurant und dann ein Konzert in der 13. Straße.«

»Hört sich nicht schlecht an.«

Heather nickte. Sie setzte größte Hoffnungen auf diesen Tag. Und sollte er damit enden, daß Kerry sich Dinnie in die Arme warf und ihm ihre Liebe gestand oder ihm zumindest einen angemessen leidenschaftlichen Kuß gab, würde sie das kaum überraschen.

Das Ganze einzufädeln, erzählte sie ihren Freunden, sei ganz schön schwierig gewesen.

»Na ja«, fuhr sie fort. »Aber er ist schließlich ein MacKintosh, und das ist schon mal eine gute Voraussetzung. Trotzdem, wenn ihr den Fettwanst gesehen hättet, ehe ich ihn in die Mangel nahm, hättet ihr nie geglaubt, daß ein so attraktiver junger Mann aus ihm werden könnte. Doch wenn wir Distelfeen uns eines Falles erstmal annehmen, dann ist der Erfolg so gut wie sicher.«

Sie erging sich noch eine Weile in Eigenlob, und ihre Verehrer hörten ihr andächtig zu, wie es sich für gute Verehrer gehört.

In einer anderen Bar in der 4. Straße, ein paar Blocks weiter, spielte sich eine fast gleiche Szene ab. Morag saß mit fünf jungen Chinesen an der Theke, trank, lachte und wartete gespannt auf den Ausgang des Tages.

»Sobald dieser Tölpel von MacKintosh glaubt, daß Kerry sich in ihn verliebt, gehört die MacPherson-Fiedel mir, und zwar rechtmäßig.«

Alle sechs waren bester Stimmung, lachten und tranken noch lange weiter, und die chinesischen Elfen versicherten Morag, wie es sich für gute Verehrer gehört, sie sei nicht nur umwerfend schön, sondern auch überaus intelligent.

Auf ihrem Weg durch die 17. Straße sogen die MacLeod-Schwestern schnuppernd die Luft ein. Selbst hier, mitten in all den Autoabgasen, entging ihnen die seltsame Brise von Westen her nicht. Mairi hatte sich inzwischen ein wenig an die Großstadt gewöhnt, und ihr zweites Gesicht begann allmählich wieder zu funktionieren, auch wenn sie nicht genau sagen konnte, was die Brise bedeutete.

Trotzdem führte sie ihre Schwestern unbeirrt weiter,

denn sie hatte eine deutliche Vision von etwas sehr Interessantem, das sie am Ende der Straße erwartete.

Die vier Kriegerinnen mit den spitzen Ponys erreichten den Union Square.

»Was jetzt?« fragte Ailsa. »Hier waren wir doch schon, und es sieht auch nicht interessanter aus als beim letzten Mal.«

Sie verzog das Gesicht, denn vom anderen Ende des Platzes drang ein fürchterliches Gedröhn zu ihnen herüber. Mit Spitzhacken attackierte eine Gruppe Männer den Boden und stampfte mit sonderbaren Maschinen auf ihn ein.

Ein gewaltiger Möbelwagen kämpfte sich langsam den Broadway hinunter und manövrierte unter großen Schwierigkeiten um die Baustellen herum. Oben auf dem Dach saß eine Gruppe von zwanzig schwarzen Feen.

»Na, wenn das nicht interessant ist.«

»Ja«, stimmte Kerry zu, als sie auf dem Heimweg neben Dinnie im Taxi saß. »Haartönung kann eine entsetzliche Schweinerei anrichten. Einmal habe ich aus Versehen meine ganze Badewanne orange gefärbt, und mit nichts ging die Farbe wieder ab. Zum Schluß habe ich mindestens einmal am Tag draufgepinkelt, und nach ungefähr einem Monat verblaßte das Orange allmählich. Klasse Sache, diese Harnsäure. Sogar aus dem Knast kommst du damit raus.«

Kerry war ziemlich beschwipst. Es war ein schöner Tag gewesen. Zuerst hatte sie den zögerlichen Dinnie entschlossen in diverse teure Kunstgalerien geschleppt, wo sie sich gründlich umsah, und hatte dann bei einem Straßenhändler unten am St. Mark's Place eine Halskette aus gelben Plastikperlen erstanden. Als nächstes war ein chinesisches Restaurant dran gewesen, wo sie sich, nicht allzu erfolgreich, an einem vegetarischen Gericht versuchte, doch das alles übertönende Gitarrengedröhn beim anschließenden Konzert hatte alles wieder wettgemacht.

Dinnie hatte sich von ihrer Begeisterung anstecken lassen und sogar getanzt, ohne sich lächerlich zu machen. Es war, fand er, der bisher beste Tag seines Lebens.

Der Taxifahrer, ein stiller, in sich gekehrter Mann, der andere Fahrer nicht beschimpfte, sondern sie ängstlich durch seine Windschutzscheibe beäugte, lud sie in der 4. Straße ab und schnaufte unglücklich über Dinnies üppiges Trinkgeld.

»Also, Dinnie, das war wirklich ein schöner Tag. Ich gehe jetzt gleich ins Bett, weil ich ziemlich betrunken und sehr müde bin. Komm doch morgen vorbei!«

Kerry nahm Dinnies Kopf zwischen die Hände, zog ihn zu sich herab und gab ihm einen beachtlich leidenschaftlichen, beachtlich langen Kuß. Dann verschwand sie im Haus und ließ Dinnie wie betäubt auf dem Bürgersteig stehen.

Ein Stück weiter die Straße hinauf hockte Heather mit ihren italienischen Freunden auf dem Schild draußen vor der Bar und prostete ihnen zu.

»Es hat geklappt«, rief sie und landete kurz darauf im Sturzflug auf Dinnies Schulter. »Ein leidenschaftlicher Kuß, und sie will dich wiedersehen. Jetzt gehört die Fiedel mir.«

»Nimm sie«, sagte Dinnie, der immer noch mit verklärtem Blick dastand. Heather und ihre Freunde rasten Hals über Kopf die Feuerleiter hinauf.

Noch ein Stück weiter die Straße hinauf war der Kuß auch von Morag und den Chinesen beobachtet worden.

»Es hat geklappt«, schrie Morag, und die Chinesen jubelten vor Freude. Morag fegte von ihrem Beobachtungsposten herab und plumpste im nächsten Moment auf Dinnies Schulter.

Sie hätte ihr Versprechen eingelöst, informierte sie ihn, und die Fiedel würde jetzt ihr gehören.

»Gut«, murmelte Dinnie, und Morag und ihre Freunde stürzten das Treppenhaus des alten Kinos hinauf.

Johnny Thunders saß auf dem Dach des Kinos und dachte über das Leben nach. Eigentlich war doch alles in bester Ordnung. Er hatte keine Drogenprobleme mehr und ein neues Zuhause im Himmel, wohin er jederzeit zurückkehren konnte. Aber seine Freunde, die chinesischen Elfen, hatten ihm erzählt, seine Gibson Tiger Top sei im Besitz einer total bekloppten Pennerin, und das verdarb ihm alles. Er verspürte die gleiche Unzufriedenheit wie damals bei den Plattenaufnahmen, wenn die Studios so miserabel abmischten. Die beiden New York Dolls-Alben und auch das Heartbreaker-Album waren berüchtigt für ihre schlechte Klangqualität. Auf keiner der Platten kamen seine großartigen Songs und seine superbe Gitarrentechnik richtig zur Geltung.

Er wußte, daß Kerry auf der anderen Straßenseite wohnte. Bei Gelegenheit wollte er ihr ein paar Griffe beibringen, was aber angesichts der Tatsache, daß er jetzt ein Geist und Bewohner anderer Sphären war, sich als gar nicht so einfach erweisen könnte.

Okailey sah zum Straßenschild hoch.

»4. Straße. Bald haben wir das Gebiet der Italiener erreicht, Göttin sei Dank! Nie wieder fahre ich auf einem Möbelwagen den Broadway hinunter.«

»Okailey«, sagte einer ihrer Begleiter, als sie vor einer Ampel hielten.

»Ja?«

»Guck mal, ich glaube, dort drüben zanken sich zwei Feen.«

Erstaunt sahen Okailey und ihre Begleiter in die gewiesene Richtung.

»Sie gehört mir!« schrie Morag und zerrte an der Fiedel.

»Du blödes Aas, du dämliche MacPherson, sie gehört mir!« schrie Heather zurück. Sie umklammerte das andere Ende der Fiedel, die, da beide keine Zeit gehabt hatten, sie auf Feengröße zu schrumpfen, viel zu groß und schwer war, als daß eine von ihnen damit hätte abhauen können.

»Ich habe meinen Teil der Abmachung erfüllt!«

»Was zum Teufel meinst du damit, du hast deinen Teil der Abmachung erfüllt. Du hattest doch gar keine Abmachung!«

»Hatte ich wohl!« brüllte Morag. »Ich habe dafür gesorgt, daß Kerry sich in Dinnie verliebt!«

»Was?«

Heather, die zum ersten Mal von einer Abmachung zwischen ihrem menschlichen Begleiter und der hinterhältigen MacPherson hörte, war außer sich.

»Du widerliche Intrigantin! Immer mußt du dich in meine Angelegenheiten mischen. Wie kannst du dich unterstehen, dich anzuschleichen und mit Dinnie einen Handel abzuschließen! Aber deiner zählt sowieso nicht, denn mein Handel mit ihm war zuerst. Schließlich habe ich dafür gesorgt, daß Kerry sich in ihn verliebt.«

»Was?« Morag wurde sogar noch wütender, als sie erfuhr, daß Heather sich unterstanden hatte, die Fiedel gegen die zarten Gefühle ihrer Freundin Kerry einzuhandeln.

»Wie kannst du es wagen, meine süße Kerry dazu zu bringen, sich in dieses Ekel von einem MacKintosh zu verlieben? Das ist ja ungeheuerlich! Aber es spielt sowieso keine Rolle, weil ich diejenige war, die das bewerkstelligt hat!«

An diesem Punkt hätte Morag beinahe zugegeben, daß Kerry Dinnie sowieso nur zum Narren hielt, aber klugerweise verschwieg sie das lieber.

»Die Fiedel gehört mir.«

»Nein, sie gehört mir.«

Es war ein unlösbarer Streit. Ob nun Heathers Abmachung die gültige war oder Morags – beide waren davon überzeugt, daß der erfolgreiche Abschluß der Sache ihr Verdienst war.

Unter den Blicken ihrer Freunde fauchten und keiften sich die beiden Distelfeen auf das Gewaltigste an. Da beide den ganzen Tag getrunken hatten, waren sie äußerst reizbar. Schließlich verlor Heather die Beherrschung und schlug Morag ins Gesicht.

Morag ließ sofort die Fiedel los und begann, Fausthiebe auszuteilen. Im nächsten Moment hatten sie sich so ineinander verkeilt, daß sie vom Bürgersteig purzelten und in den Rinnstein fielen.

Die Italiener waren beunruhigt. Als Morag Heather dann mit voller Wucht in den Bauch trat, hatte Mario das Gefühl, jetzt sei der Punkt gekommen einzuschreiten, und hielt Morags Beine fest. Die Chinesen fanden das unfair. Und als Heather im Gegenzug Morags Kehle zudrückte, eilten sie ihrer Freundin zu Hilfe, und ehe man sich's versah, prügelten sich auch die Chinesen mit den Italienern. So begann die erste Straßenschlacht der New Yorker Feen und Elfen.

Aelis zauberte ihren Nebel herbei, in dessen Schutz sich die Rebellen in die Gemäuer von Tintagel zurückzogen. Sobald sie in Sicherheit waren, brach ein erbitterter Streit aus.

»Wieso haben sie uns dort aufgelauert?« fragten Aelrics Gefolgsleute. »Du hast doch selbst das Gelände ausgekundschaftet und uns versichert, die Luft sei rein. Was hat es denn für einen Sinn, Talas Lagerschuppen anzustecken und sein Vieh zu stehlen, wenn wir alle dabei draufgehen?«

Sie bedrängten Aelric, ihnen eine vernünftige Erklärung zu geben. Doch der wahre Grund, warum der verliebte Aelric den Hinterhalt der Söldner nicht entdeckt hatte, war natürlich, daß er die Hügel und Wiesen Cornwalls nicht nach irgendwelchen Hinterhalten, sondern nach etwas ganz anderem abgesucht hatte: Nach einer dreiblütigen walisischen Mohnblume, um sie Marion zu schenken. Seine Kontaktperson am Hofe hatte ihm erzählt, genau diese Blume würde noch in Marions Blumensammlung fehlen, und wenn Aelric sie ihr brächte, würde sie ihm vor lauter Dankbarkeit unweigerlich in die Arme sinken.

Seine gestammelten Entschuldigungen für die verpfuschte Aktion wurden nicht gut aufgenommen, besonders nicht von jenen Feen, die bei einem weiteren vergeblichen Versuch, Flugblätter aus der Luft abzuwerfen, um ein Haar ums Leben gekommen wären.

In jedem Clan wird es immer ein paar Feen geben, die über zumindest begrenzte telepathische Kräfte verfügen. Als also im wilden Kampfgetümmel die Hilfeschreie in alle Richtungen gellten, rückte in kürzester Zeit Verstärkung aus Chinatown und Little Italy in die 4. Straße ein und warf sich ins Gewühl.

»Ich kann es einfach nicht glauben«, sagte Okailey, die würdevoll die 4. Straße entlangschritt. »So benimmt man sich doch als Fee nicht!«

Sie ging auf Heather zu, die immer noch in ihren Nahkampf mit Morag verwickelt war.

»Hört sofort auf!«

Dummerweise hielt Heather die Hand auf ihrer Schulter für eine feindliche und holte zum Schlag aus. Okaileys Begleiter waren wie vom Donner gerührt. Nicht im Traum hätten sie sich vorgestellt, daß jemand es wagen könnte, ihre ehrwürdige weise Oberfee ins Gesicht zu schlagen.

Dinnie schlenderte schließlich heim. Durch sein ständiges Zusammensein mit Heather hatte er die Fähigkeit erworben, alle Feen zu sehen, aber er überquerte die Straße in einem so traumverlorenen Zustand, daß er die drei Stämme, die sich zu seinen Füßen und um seinen Kopf herum Gefechte lieferten, nicht bemerkte. Die Chinesen, Italiener und Ghanesen kämpften zu Boden und in der Luft, flatterten unter lautem Kampfgeschrei mit Schwertern und Keulen von Bürgersteig zu Feuerleiter, von Feuerleiter zu Laternenpfahl und zurück.

Von hoch oben aus der Luft beobachtete Ailsa MacLeod das verworrene Hin und Her und verstand gar nichts mehr.

»Keine Frage, Mairi, du hast uns zu was sehr Interessantem geführt. Aber was bedeutet das alles?«

»Weiß ich auch nicht. Jedenfalls sind die MacKintosh und die MacPherson mitten im Getümmel«, rief Rhona und streckte den Finger aus.

»Und, wie's scheint, in arger Bedrängnis«, sagte Seonaid und zog ihren Dolch aus der kleinen Scheide an ihrem Bein.

Ailsa fand das etwas voreilig. Sie wollte Heather und Morag lebend, damit sie ihnen die Fahnenstücke zurückgeben konnten.

»Und vergessen wir nicht, daß sie Schottinnen sind«, sagte Mairi, die Ailsas Gedanken las.

Sie brauchten nicht lange zu überlegen, bis sie zu dem Entschluß kamen, daß MacLeod-Feen nicht untätig zusehen konnten, wie ihre schottischen Landsmänninnen und Feenkolleginnen von irgendwelchen dahergelaufenen Fremden umgebracht wurden, auch wenn sowas, und noch viel Schlimmeres, unter den Menschen gang und gäbe war.

Die Schwestern griffen zu ihren Waffen und stießen hinab, mitten hinein in die Straßenschlacht.

Kerry wachte auf, streckte sich genüßlich und warf einen Blick auf Morag, die sich neben ihr zusammengerollt hatte. Morag schlief wie immer in Kerrys Bett, aber heute war sie mit Schnittwunden und blauen Flecken übersät, und ihr Haar war blutverkrustet.

Morag wachte auf, stöhnte und brach in Tränen aus.

»Komm, erzähl mal«, sagte Kerry tröstend, als sie die Fee über das Waschbecken hielt und ihre Wunden auswusch.

Morag, die sich schrecklich elend fühlte, erzählte alles, und Kerry war fassungslos. Sie konnte kaum glauben, daß ihre umgängliche Freundin in den Straßen New Yorks einen ausgewachsenen Rassenkrawall angezettelt hatte, und hatte plötzlich die grausige Vision einer Feenpolizei, die mit Tränengas und Plexiglasschilden anrückte, um Ordnung zu schaffen.

»Es war entsetzlich«, klagte Morag. »Alle droschen aufeinander los, und Heather und ich mitten drin, drauf und dran, uns gegenseitig umzubringen, während all die fremden Feen um uns herum schrien und brüllten …«

Sie brach ab und schüttelte sich.

»… und dann auch noch die MacLeods. Ailsa MacLeod kam mitten ins Getümmel vorgeprescht und fuchtelte wild, wie sie nun mal ist, mit ihrem Schwert vor meiner Nase herum und schrie, sobald sie mich aus den Händen der Fremden befreit hätte, würde sie mich höchstpersönlich in Stücke hauen.«

Doch das Auftauchen der MacLeods war ein Glück für Morag und Heather gewesen. Gut bewaffnet, kampferprobt und diszipliniert hatten sie eine Bresche für die beiden geschlagen, die daraufhin schnell auf die andere Straßenseite flohen und sich in einer Mülltonne versteckten. Mittlerweile völlig verängstigt durch das Gemetzel, hatten Heather und Morag von ihrem persönlichen Zweikampf abgelassen und sich darauf konzentriert, bloß nicht entdeckt zu werden.

Als Kerry die Wunde an ihrem Hinterkopf auswusch, zuckte Morag zusammen.

»Und wie ging es weiter?«

»Der Kampf dauerte noch ewig. Aber irgendwann hörte das Geschrei auf, und als wir vorsichtig aus der Mülltonne lugten, war niemand mehr zu sehen. Heather schleuderte mir Beleidigungen an den Kopf, und ich ihr noch schlimmere, aber wir waren beide nicht mehr mit dem Herzen bei der Sache, darum gingen wir nach Hause.«

»Und was ist mit den MacLeods?«

Morag zuckte die Schultern. Spurlos verschwunden, wie die anderen auch. Sie verstand nicht, wieso die Schwestern sie einfach hatten entkommen lassen. Am schlimmsten aber war die Sache mit der MacPherson-

Fiedel. Sie lag jetzt zertrümmert im Rinnstein, von einem Auto überfahren.

»Ich habe das heiligste Erbstück meines Clans zerstört, eins der wichtigsten Artefakte der schottischen Feen.«

Morag war untröstlich, die absolut unglücklichste Fee in New York – abgesehen von Heather auf der anderen Straßenseite, der es auch nicht viel besser ging.

Als Kerry Morags Wunden gewaschen und verbunden hatte, legte sie die Fee ins Bett und machte sich an die tägliche Prozedur, ihren Kolostomiebeutel auszuwechseln. Dabei dachte sie nach, wie sie Morag helfen könnte. Aber auch an ihren gestrigen Tag mit Dinnie dachte sie, der überraschend schön gewesen war.

Johnny Thunders hatte verwundert zugesehen, wie sich die Feen in der 4. Straße eine Straßenschlacht lieferten. Das Ganze erinnerte ihn an die Krawalle bei einem lang zurückliegenden Auftritt in Schweden, als er so betrunken war, daß er von der Bühne fiel und nicht mehr spielen konnte.

Jetzt herrschte wieder Ruhe da unten, und Johnny betrachtete die Blume in seiner Hand, die Ailsa im Eifer des Gefechts hatte fallen lassen. Eine sehr schöne Blüte, dachte er.

32

Kerry lag matt in ihren Kissen; sie war müde und fühlte sich unwohl. Sie hatte Schmerzen in der Magengegend, immer ein besorgniserregendes Zeichen. Trotzdem dachte sie über Morags Probleme nach.

»Ich finde wirklich, ihr solltet den MacLeods die Fahnenstücke zurückgeben. Damit wärst du wenigstens eins deiner Probleme los.«

»Das können wir nicht.« Morag schüttelte den Kopf.

»Ich weiß, was du fühlst«, sagte Kerry. »Aber übertreibst du deine Sentimentalität nicht ein bißchen? Die Erinnerung bleibt dir doch. Die kann dir niemand nehmen.«

Morag sah Kerry verwundert an und fragte, wovon sie überhaupt reden würde. Kerry erzählte ihr, warum sich ihrer Meinung nach die beiden Feen nicht von den Tüchern trennen wollten.

Morag prustete los.

»Deshalb doch nicht! Wir können den MacLeods die Stücke nicht zurückgeben, weil wir uns damit die Nase geputzt haben. Es war saukalt in der Nacht, und wir waren beide verschnupft.«

»Ihr habt in die Fahne gerotzt?«

»Genau! Und wenn die MacLeods je dahinterkommen, daß wir ihr heiliges Feenbanner als Rotzfahne benutzt haben, bricht ein Großkrieg aus, der ein entsetzliches Blutbad unter den Feen Schottlands anrichten wird. Der gesamte Clan würde im Nu von Skye nach Schottland übersetzen und gegen die MacPhersons und die MacKintoshs losmarschieren.«

»Wirklich?«

»Ja, klar. Ich habe dir doch erzählt, daß man eines

nie und unter keinen Umständen mit ihrer Fahne tun darf: sie in Stücke schneiden. Aber das ist noch gar nichts verglichen mit der Schandtat, in die Fahne zu rotzen. Eine tödlichere Beleidigung gibt es einfach nicht. Jean MacLeod, das Clanoberhaupt, würde auf der Stelle die Truppen der MacLeods aus Glenelg, der MacLeods aus Harris, der MacLeods aus Dunvegan, der MacLeods aus Lewis, der MacLeods aus Waternish und der MacLeods aus Assynt in Marsch setzen.«

»Scheint ja viele MacLeods zu geben.«

»Schrecklich viele MacLeods! Und sie würden natürlich ihre Verbündeten mitbringen: die Lewises, die MacLewises, die MacCrimmons, die Beatons, die Bethunes, die MacCaigs, die MacCaskills, die MacClures, die MacLures, die MacCorkindales, die MacCorquodales, die MacCuags, die Tolmies, die MacHarolds, die MacRailds, die Malcomsons und wahrscheinlich noch ein paar mehr. Die MacLeods haben nämlich auch schrecklich viele Verbündete.

Und wenn sie den MacPhersons und den MacKintoshs den Krieg erklären, würde sich der alte Bund der Feenclans, der Chattan-Bund, in den Kampf einschalten, vorausgesetzt natürlich, sie können für einen Moment den Streit vergessen, wer denn eigentlich ihr rechtmäßiger Anführer ist. Dann würden die Davidsons, MacGillvrays, Farquarsons und Adamsons uns zu Hilfe kommen, und es gäbe eine entsetzliche Schlacht. Und wenn ein so verheerender Krieg vom Zaun bräche, nur weil Heather und ich uns in die MacLeod-Fahne geschneuzt haben, würden wir beide unseres Lebens nicht mehr froh.«

Kerry überlegte.

»Und warum wascht ihr die Stücke nicht einfach

aus? Dann würden die MacLeods doch gar nichts merken.«

»Haben wir probiert, aber es funktioniert nicht. Die Flecken gehen mit nichts raus. Ein Blick auf die Stücke, und Mairi MacLeod mit ihrem zweiten Gesicht wüßte sofort Bescheid.«

Heather saß traurig am Fuß der Feuerleiter und starrte auf den Bürgersteig. Noch schlimmer als jetzt konnte es wohl kaum mehr kommen, dachte sie hoffnungslos.

Ausgerechnet Dinnie, der ja schließlich auch ein MacKintosh war, hatte sie verraten und heimlich ein Abkommen mit einer MacPherson geschlossen. Heather schüttelte sich vor Scham für ihren ganzen Clan.

Die MacPherson-Fiedel war zu Bruch gegangen. Zuerst die MacLeod-Fahne, und jetzt auch noch die MacPherson-Fiedel! Göttin sei Dank, daß das MacKintosh-Schwert sicher in Schottland war, sonst hätte sie das vielleicht auch noch ruiniert. Geheiligte Clan-Erbstücke schienen ihr einfach zwischen den Fingern zu zerrinnen.

Weder sie noch Morag konnten sich je wieder in Schottland blicken lassen, und da sie jetzt erbitterte Feindinnen waren, mußte jede für sich allein zurechtkommen.

Und dann noch die MacLeods! Wo waren die eigentlich abgeblieben? Aber das war jetzt auch egal. Entfliehen konnten sie ihnen sowieso nicht. Wenn Mairi MacLeod erstmal Witterung aufgenommen hatte, gab es kein Entrinnen mehr.

Heather war plötzlich alles wurscht. Sie pulte an dem Loch in ihrem Kilt, das trotz des Versuchs, es mit

Dinnies Kissenbezug zu flicken, wieder aufgerissen war. Für eine Fee konnte Heather erstaunlich schlecht nähen.

Im alten Kino hinter ihr sagte Titania ihre Verse auf.

»Du dumme Ziege«, explodierte Heather und machte sich unversehens sichtbar. »So spricht doch nie im Leben eine Feenkönigin!«

Voller Panik rannte Titania von der Bühne.

»Hör mal, Kerry, ich habe gerade oben auf dem Dach mit Johnny Thunders geredet und eine gute und eine schlechte Nachricht für dich.«

Kerry sah von den Perlen hoch, die sie gerade auffädelte.

»Zuerst die gute: Ich weiß jetzt alle Noten vom Gitarrenbreak aus Johnnys ›Vietnamese Baby‹ und kann ihn dir beibringen, vorausgesetzt, die MacLeods lassen mich noch so lange am Leben. Und jetzt die schlechte: Nach der Straßenschlacht hat Johnny die Mohnblume gefunden und sie den chinesischen Feen gegeben. Die sollten damit zu Magenta gehen und die Blume gegen seine Gitarre eintauschen. Also ist sie uns mal wieder durch die Lappen gegangen.«

Kerry schrie auf.

Morag kratzte sich am Kopf, der ihr von der vielen Färberei juckte.

»Aber die Gitarre, die ihm die Chinesen dann brachten, war gar nicht seine alte Gibson, sondern eine billige japanische Kopie. Und jetzt ist er stinksauer.«

Das war Kerry auch. Wie sich diese Magenta dauernd mit ihrer kostbarsten Blume davonmachte, war einfach unglaublich und mehr als ärgerlich.

Auf der Treppe vor dem alten Kino stieß Morag auf Heather, die immer noch über die flüchtende Titania kicherte.

»Gib mir dein Stück von der Fahne.«

»Was?«

»Red nicht lange rum, sondern gib's mir.«

Heather zuckte die Schultern, wickelte ihre Fiedel aus dem grünen Tuch und gab es Morag, die damit über die Straße zu Kerry flog, einen Moment später wieder auftauchte und sich neben Heather setzte. Doch bevor sie ein Wort sagen konnte, landeten Ailsa, Seonaid, Mairi und Rhona MacLeod – zerschnitten und verschwollen, aber immer noch vor Gesundheit strotzend – anmutig neben ihnen.

»Reden wir miteinander!« sagte Ailsa und zückte ihr Schwert.

Heather und Morag duckten sich resigniert.

Bei der Straßenschlacht waren die MacLeod-Schwestern durch das Auftauchen des Cu Sidth-Hundes, der immer noch die Gegend unsicher machte, abgelenkt worden. Angezogen von dem Feengeschrei, kam er die 4. Straße hinuntergeprescht und hatte Rhona angefallen. Aber kaum hatten die Schwestern den Hund erledigt, sahen sie sich von unbekannten Feenstämmen eingekreist. Glücklicherweise war es dann jedoch der ehrwürdigen Okailey gelungen, den Kampf zu beenden.

»Inzwischen gehen alle New Yorker Feen wieder ihrer eigenen Wege«, sagte Ailsa. »Aber sie sind sich jetzt spinnefeind und mißtrauen einander, was, wenn ich recht verstehe, euch beiden zu verdanken ist. Ihr habt wirklich ein besonderes Talent, Unruhe zu stiften.«

»Und wie kommt es, daß die berühmte MacPherson-Fiedel hier in New York ist? Bevor sie zu Bruch ging, erkannte Mairi sie an ihrer Aura«, sagte Rhona.

Heather und Morag mußten gestehen, daß sie keine Ahnung hatten. Sie wußten auch nicht, was aus den Trümmern geworden war.

Seonaid fingerte an ihrem Dolch herum.

»Wo sind die Stücke, die ihr aus unserer Fahne geschnitten habt?«

Die vier Puertoricaner tauchten mit ihrem Tennisball an der Straßenecke auf und spielten Kopfball.

Sie brauchten den ganzen Bürgersteig dafür, und die Passanten mußten auf die Straße ausweichen, unter ihnen ein Mann, der ein Wiesel an der Leine spazieren führte. Die MacLeods starrten gebannt auf dieses Schauspiel, doch Heather und Morag würdigten es keines Blicks, denn für sie war es ein alter Hut.

Heather war total am Boden zerstört. Sie wußte, was passieren würde, wenn sie ihr Stück zurückgäbe. Mit einem Blick würde Mairi feststellen, daß es zum Naseputzen benutzt worden war, was Heathers sofortigen Tod und einen Aufstand der Clans daheim in Schottland zur Folge hätte.

»Ach, eure Fahnenstücke«, flötete Morag heiter. »Die haben wir sicher verwahrt. Tut uns aufrichtig leid, daß wir was aus eurer Fahne geschnitten haben – war keine böse Absicht. Wir wußten nicht, was wir taten. Kommt mit, wir geben sie euch zurück.«

Sie führte die MacLeods über die Straße.

»Bist du wahnsinnig?« zischte Heather. »Du weißt doch genau, was jetzt passiert.«

»Vertrau mir«, flüsterte Morag.

»Hallo«, strahlte Kerry die Feen an, die vor ihrer Tür standen. »Ihr müßt die MacLeod-Schwestern sein, von denen ich schon so viel gehört habe. Ihr seid ja noch anmutiger und hübscher, als Morag und Heather euch beschrieben haben. Möchtet ihr eine Tasse Tee?«

»Nein.«

»Wirklich nicht? Morag hat mir beigebracht, eine gute schottische Tasse Tee zu kochen.«

»Die Fahne!«

»Ach ja, richtig.«

Kerry zog eine Schublade auf, nahm zwei saubere kleine Tücher heraus und gab sie Ailsa.

»Wie ihr seht«, sagte Kerry, »haben Morag und Heather eure Fahnenstücke mit großem Respekt behandelt.«

Mairi beschnupperte die Tücher und befand sie für unbefleckt.

»Vielleicht könnt ihr sie wieder in die Fahne einnähen, und dann ist aller Schaden behoben.«

»Wir hätten sie euch schon viel früher zurückgegeben«, sagte Morag. »Aber ihr habt uns ja nie die Chance gegeben, euch die Sache zu erklären.«

»Ich hätte immer noch Lust, dich in Stücke zu hauen.«

»Na gut«, sagte Morag. »Aber noch eins, bevor du loslegst: Wie ich sehe, ist deine Felltasche bei der Straßenschlacht in Fetzen gegangen. Und meine übersinnlichen Kräfte, für die ich so berühmt bin, sagen mir, daß dein ganzer Feenzauber in der Felltasche war, vor allem dein Schlafbann und dein Zaubermittel, euch wieder heim nach Schottland zu befördern. Stimmt's?«

»Stimmt«, gab Ailsa zu. Ihre Kraft, einen Mondbogen über den Atlantik zu zaubern, war dahin, vom Wind der Lower East Side verweht.

»Aber wir haben noch einen Mondbogen in petto«,

log Morag. »Laßt uns Vergangenes vergessen und gemeinsam heimkehren!«

»Ich kenne einen reichen Kaufmann in dieser Gegend«, sagte Magenta zu ihren Mannen. »Gehen wir hin und handeln mit ihm.«

Ihre Streitmacht hatte das gefährliche Gebirge im Norden Persiens überquert und jetzt die Küste erreicht, die sich größtenteils in der Hand der Griechen befand, was zwar eigentlich von Vorteil war, doch selbst ihre griechischen Landsleute waren nicht unbedingt erfreut, eine Truppe gesetzloser und hartgesottener Söldner vor ihren Festungen lagern zu sehen.

Magenta und ihre Mannen brauchten unbedingt Schiffe, um sich den letzten Teil der Heimreise zu erleichtern. Dafür wollte Xenophon einen Teil seiner Kriegsbeute bei dem Kaufmann eintauschen.

Hwui-Yin freute sich, Magenta in seinem Laden in der Canal Street zu sehen. Er hatte in der Vergangenheit schon die interessantesten Gespräche mit der grauhaarigen Lady geführt, die öfter zu ihm kam, um etwas zu verkaufen.

»Warum hast du ihr für den Schrott auch noch Geld gegeben?« fragte sein Gehilfe, als Magenta gegangen war, und Hwui-Yin erklärte ihm, eine Pennerin mit so profunden Kenntnissen der griechischen Antike hätte bei ihm stets einen Stein im Brett.

»Und wenn sie mir eine zerbrochene Kindergeige andreht, um sich eine Dose Stiefelwichse dafür zu kaufen, warum nicht? Wenigstens weiß ich jetzt, warum die Athener meinten, Sokrates töten zu müssen.«

Kerry ließ sich in ihrer Gastgeberinnenrolle nicht beirren und überredete die MacLeod-Schwestern schließlich doch, es sich bei einer Tasse Tee, Haferflockenplätzchen und Honig gemütlich zu machen. Nach all der Kämpferei konnte das Schwesternquartett ein bißchen Ruhe gut gebrauchen.

»Wie hast du das bloß hingekriegt?« flüsterte Heather.

»Das haben wir Kerry zu verdanken«, tuschelte Morag ihr zu. »Und der modernen Waschtechnik! Kerry wirbelte die Fahnenstücke nur kurz in ihrer Waschmaschine herum, und zack, waren sie blitzsauber. Offenbar sind die Waschmethoden hier fortschrittlicher als in Cruickshank. Kerry hat ein Spezialpulver, mit dem sogar die zartesten Stoffe bei niedriger Temperatur völlig sauber werden. Und dann was namens Weichspüler, mit dem alles weich und flauschig und so gut wie neu wird.«

Heather war beeindruckt. »Ich muß schon zugeben, daß es hier in New York ein paar Dinge gibt, die gar nicht so übel sind«, meinte sie sehr erleichtert.

33

Von allen Seiten drohten Katastrophen. Die italienischen, chinesischen und ghanesischen Feen hatten sich in ihre Gebiete zurückgezogen, waren aber nach wie vor auf der Hut und rechneten mit der Möglichkeit eines Krieges. In Cornwall waren König Talas Streitkräfte so gut wie abmarschbereit für die Invasion von New York, während eine Sondereinheit Aelric in Tintagel belagerte.

Ohne die Unterstützung aus Heathers Banküberfällen drohte Dinnie mal wieder die sofortige Kündigung. Heather, immer noch wütend über seine heimliche Abmachung mit Morag, dachte nicht daran, auch nur einen Finger zu rühren, um ihm aus der Klemme zu helfen. Außerdem hatte sie ihre eigenen Sorgen. Die MacLeod-Schwestern waren zwar für den Augenblick besänftigt, sprachen aber immer noch davon, Heather und Morag mit nach Skye zu nehmen, um sie wegen Diebstahl vor Gericht zu stellen. Bis dahin, so hatten sie verkündet, würden sie die beiden keinen Moment aus den Augen lassen.

»Und dann ist auch noch die MacPherson-Fiedel zu Bruch gegangen«, klagte Heather, die in gedrückter Stimmung in der Bar an der Ecke mit Morag Whiskey trank. Die beiden hatten sich, wenn auch widerwillig, auf einen Waffenstillstand geeinigt. Die Frage, wem denn nun die Fiedel gehört hätte, wenn es sie noch gäbe, konnte nur die Göttin beantworten. Wenn Kerry wirklich in Dinnie verliebt war, hätte sie Heather gehört. Tat Kerry nur so, würde sie Morag gehören. Doch Kerry schwieg sich zu dieser Frage aus.

Nach der Vereinbarung mit Morag sollte sie ihre Verliebtheit nur vorspielen, aber die Fee war sich jetzt nicht mehr so sicher. Sie hatte das Gefühl, daß sich Kerry bei ihrem letzten Date mit Dinnie zu gut amüsiert hatte.

Wenn Kerry wirklich in Dinnie verliebt war, ließ sie es sich nicht anmerken. Vielleicht, weil sie mir keinen Kummer machen will, dachte Morag. Denn wenn Kerry Dinnie wirklich liebte, dann stände Heather die Fiedel zu.

Per Abstimmung wurde Aelric seines Amtes als Rebellenführer enthoben. Man warf ihm vor, zuviel Zeit mit Träumen von des Königs Stieftochter zu vergeuden.

»Hättest du ein bißchen weniger geträumt und ein bißchen besser geplant, dann säßen wir wahrscheinlich nicht hier in Tintagel in der Falle.«

Ihre Lage war bedenklich. In der Burgruine gab es nichts zu essen, und die Rebellen wurden stündlich hungriger. Draußen schoben die zweiundvierzig Söldner – Magris hatte inzwischen beide Söldnertruppen vereinigt – Wache und flogen Patrouillenflüge über die Burg. Im Augenblick gelang es noch, sie durch Aelis' Irreführungszauber abzuhalten, doch dessen Wirkung würde bald nachlassen. Versuchte ein Söldner, die Burg zu betreten, trabte er plötzlich unerklärlicherweise in die falsche Richtung und landete verwirrt und verdutzt wieder genau dort, wo er hergekommen war. Aber die Söldner, die schließlich auch Elfen waren, kannten sich aus mit solchem Zauber und wußten, daß Aelis ihn nicht mehr lange aufrechthalten konnte, besonders wenn sie nichts zu essen bekam.

Werferth sandte dem König die Botschaft, daß die Rebellion bald zu Ende wäre.

Heather und Morag saßen auf dem Ladenschild eines Waffengeschäftes und blickten sich finster an. Heather verkündete laut, es sei schließlich nicht ihre Schuld.

»Ist es doch«, fuhr Morag sie an. »Du und deine unstillbare Sucht, mit jedem Elf, der noch nicht offiziell für tot erklärt wurde, zu flirten!«

Als sie aus der Bar kamen, war ihnen Magenta in die Arme gelaufen und hatte gestanden. Ja, sie hatte die

Mohnblume gehabt, die ihr Johnny Thunders durch die chinesischen Feen hatte zukommen lassen. Später, in der Spring Street, hatte sie die Blume aus der Tasche geholt, um ihr wiedergewonnenes Beutestück in Ruhe zu betrachten. Aber da war ein geflügelter römischer Soldat gekommen und hatte sie gefragt, ob er ihr die Blume nicht abhandeln könnte; sie sei das perfekte Geschenk für ein blondes Mädchen, in das er verliebt sei. Er hatte Magenta einen guten Preis gezahlt und sich dann davon gemacht.

»Mit anderen Worten«, schimpfte Morag, »irgendein italienischer Elf hat sie jetzt, weil er hofft, daß du ihn unter deinen Kilt läßt, wenn er sie dir schenkt. Der Ärger, den uns dein Sexualtrieb all die Jahre eingebracht hat, Heather, ist einfach ungeheuerlich.«

»Na, und was ist mit dir und den chinesischen Elfen?« keifte Heather.

»Das sind alles Elfen mit guten Manieren«, fauchte Morag. »Nie würden sie einer kranken jungen Frau eine lebenswichtige Blume klauen und als Masche benutzen, eine durch und durch anständige Besucherin aus Schottland ins Bett zu kriegen.«

»Was willst du überhaupt?« fauchte Heather zurück. »Ich brauch ja bloß zu warten, bis Cesare oder Luigi mit der Blume ankommt, und dann kriegt sie Kerry zurück.«

Brannoc war entsetzt, als er von den Zwischenfällen in der 4. Straße erfuhr; besonders empörte ihn, daß Heather Okailey eine geballert hatte, was aber offenbar nichts weiter ausgemacht hätte, wenn Okailey nicht durch das Kampfgetümmel weitergeschoben und um die Chance gebracht worden wäre, es Heather mit einem ordentlichen Boxhieb heimzuzahlen.

»Hört zu, all unsere Probleme sind gelöst«, verkündete Maeve, die zu den Feen und Elfen in den Park geflattert kam.

»Hast du ein paar irische Feen getroffen?« fragte Padraig begierig.

»Nein«, gestand Maeve. »Leider nicht. Ich weiß nicht, warum, aber auf dieser Insel scheint es tatsächlich keine zu geben.«

»Ich glaube, in Brooklyn und der Bronx gibt es ein paar irische Kolonien«, meinte Ocarco.

»Möglich. Ich hatte aber keine Zeit, auch noch fremde Länder abzusuchen. Na, ist auch gar nicht mehr wichtig, weil ich an meinen Clan daheim geschrieben und meine Leute gebeten habe, übers Meer herzukommen.«

Brannoc sah sie fassungslos an.

»Du hast was getan?«

Ein junges Paar, das auf der Suche nach einem ruhigen Plätzchen mit zwei Flaschen Bier und einer Anchovis-Pizza über die Lichtung kam, scheuchte die Feenversammlung auf und zwang sie, sich in die Büsche zurückzuziehen.

»Ja, ich habe meinen Leuten geschrieben. Der Brief ist schon unterwegs, und in ein paar Tagen müßten sie hier sein!«

Brannoc lachte, daß ihm die Flügel zitterten.

»Sowas Dummes habe ich im Leben noch nicht gehört. Wie soll der Brief denn ankommen? Die Menschenpost befördert doch keine Feenbriefe!«

Maeve war sauer.

»Vielleicht in England nicht, aber in Irland wohl. Die Iren haben große Achtung vor ihren Feen. Ich habe die genaue Adresse auf den Brief geschrieben: an die O'Brien-Feen, südlich von Grian Mach, Brugh na

Boinne. Der Brief wird garantiert ankommen, wirst schon sehen.«

Verärgert über Maeves Starrsinn, verschwand Brannoc mit Ocarco in sein Liebesnest, diesmal zur Abwechslung nicht in die Büsche, sondern auf einen Baum.

Von einem Eichhörnchen, das es von einem Spatz gehört hatte, der es von einer Seemöwe wußte, die es von einem Albatros hatte, war Brannoc zugetragen worden, daß die Truppen in Cornwall so gut wie abmarschbereit waren, und ihm fiel beim besten Willen nichts Besseres ein, als möglichst viel zu vögeln, so lange noch Zeit dazu war.

»Ob die englischen Truppen auch uns belästigen werden?« fragte Aba drüben in Harlem. »Oder ziehen sie wohl in Frieden wieder ab, sobald sie Petal und Tulip gefunden haben?«

»Da habe ich so meine Zweifel«, meinte Okailey. »Wenn diese Imperialisten erstmal in ein Land eingefallen sind, bleiben sie ewig.«

Aufs feinste rausgeputzt, kam Cesare auf das Ladenschild vor dem Waffengeschäft geflattert.

»Ich habe ein Geschenk für dich, Heather.«

Er überreichte ihr ein Fläschchen Whiskey und eine Tüte Fliegenpilze.

»Wo ist die Mohnblume?«

»Die Mohnblume? Die habe ich bei einem chinesischen Elf gegen diese Sachen hier eingetauscht. Er wollte sie für irgendein Mädchen, das er kennengelernt hat. Und ich dachte mir, über Whiskey und Pilze freust du dich mehr.«

Heather stöhnte auf und schlug die Flügel vor die Augen. Morag fegte Cesare mit einem Schlag vom Schild runter und flog wütend heim.

Dinnie war stinksauer. Jeden Moment konnte er aus der Wohnung fliegen, und Heather weigerte sich glatt, ihm zu helfen. Sie dächte gar nicht daran, für einen Verräter wie ihn auch nur einen Penny aufzutreiben, fuhr sie ihn an.

Mit seinem letzten Dollar tat Dinnie das einzige, was ihm jetzt noch sinnvoll schien: Er ging los und kaufte sich Bier.

»So schlimm sieht's gar nicht aus, Kerry. Ich rechne jeden Moment damit, daß hier ein chinesischer Elf mit deiner Mohnblume in der Hand auftaucht. Wie ich hörte, ist er unsterblich in mich verliebt und wird alles für mich tun.«

Darüber freute sich Kerry zwar, sah aber ansonsten wenig Grund zur Freude. Bis zur Preisverleihung blieben nur noch ein paar Tage, und sie fühlte sich nicht wohl genug, die noch fehlenden Blumen zusammenzusuchen. Ihr tat alles weh, und sie hatte Durchfall.

Zu gern hätte Morag sie gefragt, was sie für Dinnie empfand, aber weil es Kerry so schlecht ging, ließ sie es sein.

Morag hatte eine sehr unbefriedigende Diskussion mit den MacLeods hinter sich.

»Egal, wem die Fiedel nun gehört, ihr zwei seid bei weitem nicht die besten Fiedlerinnen Schottlands«, hatte Ailsa erklärt. »In den Highlands weiß doch jeder, daß Klein-Maggie MacGowan die beste ist. Mit links hätte die den Wettbewerb gewonnen, wenn sie damals nicht gerade die Masern gehabt hätte.«

»Klein Maggie MacGowan?« brüllte Morag entrüstet. »Diese hinterhältige Schlange, die nichts anderes kann, als Leute verpetzen und ihren Geigenlehrer anhimmeln!«

»Nichtsdestotrotz! Sie ist die Beste!«

Meine Güte, dachte Morag, das beweist doch nur mal wieder, wie schwachköpfig die MacLeods sind. Klein Maggie MacGowan – also wirklich!

Trotz ihres schlechten Gesundheitszustands hatte sich Kerry eine neue, mit runden Spiegelchen besetzte Weste genäht und machte sich ausgehfertig. Sie brauchte ein bißchen frische Luft, erklärte sie Morag.

Die für ihre übersinnlichen Kräfte und Vorahnungen berühmte Morag folgte ihr heimlich.

34

Aelis fand Aelric gedankenverloren am Fuße eines halb eingefallenen Turms sitzen. Er hatte sich von den anderen entfernt, um nach möglichen Fluchtwegen zu suchen.

»Nun?«

»Weit und breit keine einzige dreiblütige Mohnblume!«

Aelis flatterte entrüstet mit den Flügeln.

»Du hattest die Aufgabe, einen Fluchtweg zu finden. Mein Zauber wird noch ungefähr eine Stunde halten, länger nicht.«

»Ach ja, richtig«, sagte Aelric. »Ein Fluchtweg. Das hatte ich ganz vergessen. Laß mich einen Moment nachdenken.«

Heather und Morag saßen auf dem Zaun vor einem kleinen Park in der 14. Straße und besprachen die verfahrene Situation. Zu klagen, wie schlecht die Dinge standen, gehörte dieser Tage zu den Lieblingsbeschäftigungen der Feen.

Vier junge Nutten schlenderten den Bürgersteig entlang.

»Nur zwanzig Dollar«, boten sie den vorübergehenden Männern an. »Ich bleibe, so lange du willst. Nur zwanzig Dollar.«

Das Geschäft schien nicht gut zu laufen, und die Nutten lehnten sich entmutigt an den Zaun.

Egal, aus welchem Blickwinkel man die Geschichte zwischen Dinnie und Kerry auch betrachtete, sie war gründlich schiefgelaufen. Morag, die Kerry über die Straße zu Dinnies Wohnung gefolgt war, hatte ihren Augen nicht getraut: Dinnie wälzte sich splitterfasernackt mit der Verkäuferin aus dem Bioladen auf dem Boden herum. Kerry war darüber wenig erfreut und lag jetzt unglücklich in ihren Kissen und klimperte auf der Gitarre herum.

Dinnie hatte sich der angewiderten Heather gegenüber verteidigt, das Ganze sei ein Irrtum, in Wirklichkeit würde er Kerry lieben, woraufhin die Fee ihm einige ausgesuchte Beleidigungen an den Kopf geschleudert hatte: Als Liebhaber sei er sowieso eine Niete, und von dem Anblick, den er unter der Dusche bot, wolle sie lieber schweigen. Dann hatte sie ihre Sachen gepackt und wütend das Haus verlassen.

»Ich zerbreche mir doch nicht wochenlang den Kopf darüber, wie ich dich für Kerry attraktiv machen kann, nur damit du die erstbeste Schlampe fickst, die dir zublinzelt.«

Gegen Abend war dann ein chinesischer Elf namens Shau-Ju mit einem Geschenk für Morag in Kerrys Wohnung aufgetaucht.

»Endlich«, atmete Morag auf und stieß Kerry erleichtert in die Rippen. »Die Mohnblume!«

Shau-Ju zog ein Fläschchen Whiskey und eine Tüte Fliegenpilze aus der Tasche. Als er von der erzürnten Morag ins Kreuzverhör genommen wurde, protestierte er heftig. Es sei schließlich nicht seine Schuld, daß er die Mohnblume nicht mehr hätte. Vier italienische Elfen, angeführt von Cesare, hatten ihn auf dem Weg hierher überfallen und ausgeraubt. Und übrigens würden seine Leute in Chinatown bereits ihre Schwerter wetzen.

»O je, jetzt haben wir schon wieder einen Rassenkrawall angezettelt«, stöhnte Morag.

»Auf einen mehr oder weniger kommt es auch nicht an«, meinte Heather.

»Na toll!« rief Kerry verärgert. »Wenn ihr nur euren Spaß habt mit der verdammten Blume. Ich zähle ja nicht!«

Heather und Morag fanden, es sei nun wirklich nicht ihre Schuld, so unwiderstehlich zu sein, daß alle möglichen Elfen Verbrechen begingen, um ihnen Geschenke zu bringen, aber das sagten sie Kerry nicht.

Mairi, die für Heathers und Morags Geschmack viel zu viele zweite Gesichter hatte, als ihr gut tun konnte, hatte dann später am Abend prophezeit, jeden Moment würde eine riesige Armee feindlicher Feen aus Cornwall in New York einfallen.

»Um nach Petal und Tulip zu suchen, nehme ich an«, sagte Heather, während sie die Nutten beobachtete.

»Was wohl aus den beiden geworden ist? Wir haben nichts mehr von ihnen gesehen, seit wir uns durch deine Schuld in alle Winde zerstreuten.«

Petal und Tulip kamen auf einem 1938er Buick die 14. Straße heruntergebraust.

»Da seid ihr ja! Endlich haben wir euch gefunden!« riefen sie und flatterten zu den beiden auf den Zaun.

Johnny Thunders war so verzweifelt, daß er schon aufgeben wollte. Ganz New York hatte er abgesucht, aber nirgends die geringste Spur seiner 1958er Gibson Tiger Top entdeckt. Und doch ... irgendwas zog ihn immer wieder in die 4. Straße. Hier lag etwas in der Luft, das ihn nicht los ließ. Wenn er sich ganz stark konzentrierte, konnte er die Aura seiner Gitarre förmlich spüren.

»Du meinst doch wohl nicht im Ernst, daß das die angemessene Musik für den Hof von König Theseus von Athen ist?« zeterte einer der Schauspieler im alten Kino.

Cal blickte auf seine Gitarre.

»Na klar doch«, gab er zurück. »Warum denn nicht?«

Er wischte den Protest mit einer mürrischen Handbewegung weg. Nur noch drei Tage, und sein ›Sommernachtstraum‹ mußte premierenreif sein! Und das, wo seine Titania immer noch unter Schock stand. Er war beim besten Willen nicht in der Stimmung, sich Kritik an seiner Bühnenmusik anzuhören.

Tulip hatte gewisse Schwierigkeiten, sich an Morags neue Aufmachung zu gewöhnen. Seit dem letzten Glastonbury Festival in England hatte er sowas nicht mehr gesehen, doch selbst die ganzen ausgeflippten Hippies da waren nicht halb so schrill gewesen. Schon nach einem Tag bei Kerry stand Heather Morag kaum nach, und wenn sie sich bewegte, klingelten Glöckchen am Saum ihres Kilts.

Was sich die vier von der Zeit seit ihrem letzten Zusammensein erzählten, klang ziemlich verworren.

Nachdem es ihnen schließlich doch gelungen war, die wichtigsten und dramatischsten Ereignisse auszutauschen, verkündeten Petal und Tulip, jetzt, wo die englische Armee vor der Tür stände, müßten die New Yorker Feen ihre Streitigkeiten begraben und sich geschlossen verteidigen.

»Sonst sind wir verloren. Alle Feen wissen von dem Kampf in eurer Straße. Brannoc und Ocarco und Okailey sind empört. Trotzdem wollen wir mit den Italienern und Chinesen reden und versuchen, den Schaden wiedergutzumachen.«

»Das dürfte nicht so einfach sein«, sagten Heather und Morag wie aus einem Munde. »Und wenn ihr Erfolg haben wollt, solltet ihr euch keinesfalls auf persönliche Beziehungen einlassen.«

Aelis konnte ihren Verwirrzauber nicht länger aufrechterhalten, und Tintagel war der Invasion nun schutzlos ausgeliefert. Die Hunde der Söldner draußen vor der Burg witterten das und stimmten ein Geheul an. Die fünfundzwanzig Rebellen verkrochen sich verzagt in eine Höhle unter der Burg, den Menschen als Merlinhöhle bekannt. Sie waren müde, hungrig und zerlumpt.

»Toller Bauernaufstand, das!«

Aelric hob den Kopf.

»Natürlich! Jetzt fällt's mir wieder ein! In der Bücherei habe ich gelesen, daß der Vorsitzende Mao sich durch Schwimmen gerettet hat.«

»Ja, und?«

»Das machen wir auch«, erklärte Aelric, dessen alter Kampfgeist wieder erwacht war. »Wir suchen uns einen Fluß, und wenn wir keinen finden, muß eben eine Quelle herhalten.«

Die beiden schottischen Feen nahmen Petal und Tulip mit in Kerrys Wohnung, in der es sich die MacLeods immer noch gemütlich machten.

»Wie gedenkt ihr denn, die kriegführenden Stämme zu versöhnen?« fragte Ailsa skeptisch, als Petal und Tulip ihr Vorhaben erklärten.

Das wußten die beiden auch nicht so genau, behaupteten aber, über einiges diplomatisches Geschick zu verfügen, denn ihr Vater sei schließlich König.

»Gib dich doch kokett und verführerisch, Petal«, schlug Heather vor. »Das funktioniert bei mir immer.«

»Könntet ihr nicht Hilfe aus Schottland holen?« fragte Tulip, auf die Geschichte von Maeve und ihren Brief anspielend. Aber weder Heather noch Morag hielten das in ihrem Fall für erfolgversprechend.

»Der Dorfbriefträger in Cruickshank ist in letzter Zeit schrecklich brummig, weil alle ihm die Schuld an der Erhöhung der Postgebühren geben. Ich traue ihm nicht über den Weg. Er wird bestimmt keinen Brief an Feen zustellen.«

»Kein Problem«, meinte Ailsa. »Du hattest doch noch einen Mondbogen in petto, nicht wahr? Zaubere ihn hin, und wir marschieren einfach rüber und holen Verstärkung.«

Heather und Morag verabschiedeten sich hastig. Sie müßten jetzt ihrer Pflicht nachkommen, Petal und Tulip den Chinesen und Italienern vorzustellen, und außerdem dringend nach Kerrys Blume Ausschau halten, erklärten sie.

»Jetzt hast du uns mit deinen Lügen und Märchen schon wieder in die Bredouille gebracht«, schimpfte Heather, ein Vorwurf, der sich augenblicklich zu einem erbitterten Streit darüber auswuchs, welchem Clan es am ehesten zuzutrauen sei, die Jury bei einem Junioren-Fiedelwettbewerb zu bestechen, den MacKintoshs oder den MacPhersons. Um ein Haar wäre das Ganze in eine Schlägerei ausgeartet, hätten Petal und Tulip sich nicht eingemischt: »Ihr wolltet uns doch den Italienern und Chinesen vorstellen!«

Von der anderen Straßenseite drang ein entsetzliches Gekrächze herüber.

»Ha, ha«, spottete Morag. »Dinnie hat seine alte Fiedel hervorgekramt. So hört es sich an, wenn ein MacKintosh ein Ständchen bringt!«

»Der hat mit mir nicht das geringste zu tun«, fauchte Heather zurück. »Übrigens habe ich starke Zweifel, daß er überhaupt ein MacKintosh ist.«

Dinnie hatte seine Wohnung nach der alten Geige aus seiner Schulzeit durchwühlt und probierte nun die Stücke, die er von Heather gelernt hatte.

Dieser dummen Ziege von Fee werde ich's schon zeigen, brummte er in sich hinein. Ich spiele auf der Straße und verdiene mir die Miete selbst. Ein Dinnie MacKintosh läßt sich doch nicht kampflos aus seiner Wohnung vertreiben!

»Wie unser Gewerbe neuerdings blüht«, sagte eine der jungen Nutten in der 14. Straße zu ihrer Freundin. »Noch nie habe ich so viele Freier gehabt.«

Seit dem Moment, als die Feen hinter ihnen auf dem Zaun gesessen hatten, war es mit dem Geschäft der vier Nutten erstaunlich bergauf gegangen, was kein Wunder war, denn nichts auf der Welt ist dem Sexualtrieb förderlicher als die Aura einer Gruppe von Feen.

35

Die Dämmerung brach herein, und im Central Park begannen Padraig und Maeve auf Dudelsack und Fiedel ihre abendliche Session. Sie begannen mit der sanften Melodie der ›Queen of Fairies‹, einem Lied, das der berühmte blinde Harfinist O'Carolan von den irischen Feen gelernt hatte, spielten dann einige langsamere Stücke, ehe sie sich in das wildbewegte ›MacMahon's Reel‹ und ›Trim the Velvet‹ stürzten.

Als Maeve eine kleine Pause einlegte, um ihren Dudelsack zu stimmen, spielte Padraig sein unvermeidliches ›Banish Misfortune‹, das altem Feenglauben zufolge jegliches Unheil abwendet.

»Na, welches Unheil soll dir denn hier wohl zustoßen, bei deinem netten kleinen Abenteuer in der Neuen Welt?« rief eine Stimme von oben aus der Luft.

Aus einer Wolke senkte sich ein Mondbogen in sieben Schattierungen von Grau auf die Erde herab, über den ein munterer Trupp von etwa zweihundert Elfen herabmarschiert kam.

»Also, hier sind wir! Die O'Briens und ein paar unserer Verbündeten«, sagte die Fee an der Spitze des Zugs und trat auf den Rasen. »Wir haben deinen Brief bekommen. In welchem Schlamassel steckst du denn jetzt schon wieder, Maeve O'Brien?«

»Ich bin wirklich stolz darauf, daß wir Feen so vernünftige Wesen sind«, erklärte Morag. »Noch vor ein paar Tagen lieferten sich hier drei Stämme die schlimmste Straßenschlacht, aber jetzt, nach ein paar aufrichtigen Worten von Petal und Tulip, verstehen sich alle wieder bestens, und es herrscht ringsum Frieden.«

»Abgesehen«, warf Kerry ein, »von der riesigen, bis an die Zähne bewaffneten Armee aus Cornwall, die auf New York zumarschiert.«

»Ja, abgesehen davon. Obwohl ich mir sicher bin, daß die meisten Soldaten genauso vernünftig sind. Sie stehen halt unter der Knute eines bösen Herrschers.«

»Fast wie die Vereinigten Staaten.«

»Und jetzt, wo die Straßen wieder sicher sind, sause ich zu Cesare, und in Nullkommanichts bin ich mit deiner Blume zurück.«

Kerry war müde. Sie hatte vorhin entdeckt, daß Blut aus dem Anus tröpfelte. Das passierte immer, wenn sie sich übernahm. Oft wurde sie auf diese traurige Weise an ihre Krankheit erinnert, was sie stets deprimierte. Die Verleihung des Kunstpreises rückte immer näher, und der Druck belastete Kerry so, daß sie sich dauernd krank fühlte. Sie legte sich ins Bett und überließ es den MacLeods, ein Wörtchen mit Heather zu reden.

»Mairi sagt, es stimmt überhaupt nicht, daß ihr zwei einen Mondbogen zaubern könnt.«

»Und woher will sie das wissen?«

»Sie hat das Gesicht.«

Heather seufzte. Diese Mairi mit ihrem unfehlbaren zweiten Gesicht ging ihr mehr und mehr auf den Keks. Es war einfach unmöglich, sie auch nur das kleinste Bißchen hinters Licht zu führen.

»Und mit dieser Lüge habt ihr die MacLeods zum zweiten Mal beleidigt«, fuhr Ailsa fort und durchbohrte Heather mit Blicken. »Aber ich will ausnahmsweise darüber wegsehen, denn im Augenblick gibt es Wichtigeres. Wir sind überzeugt, daß dem ganzen schottischen Feenreich Gefahr vom cornischen König droht. Wenn es ihm gelingt, New York zu erobern, wird er größenwahnsinnig, und nichts kann ihn mehr aufhalten. Mairi hatte die Vision, daß sein Heer die Grenzen Cornwalls überschreitet und schnurstracks zu den Highlands raufmarschiert. Und das können wir auf keinen Fall zulassen.« Ailsa ruckte mit dem Kopf in Mairis Richtung. »Mairi hat einen Hilferuf nach Schottland geschickt.«

»Wie hat sie das denn gemacht?«

»Sie hat eine Vision unserer Notlage übers Wasser gesendet. Die Schotten werden sich selbst einen Mondbogen zaubern, um herüberzukommen. Und du wirst ›Tullochgorum‹ spielen, damit sie wissen, wo genau sie runtersteigen müssen.«

Erschöpft von den jüngsten Ereignissen, schleppte sich Morag die Feuerleiter hinauf und zum Fenster hinein. Es beruhigte sie, daß Kerry schlief, obwohl sie dadurch ihre Hiobsbotschaft erst später loswerden konnte. Vor lauter Gastfreundschaft hatte Cesare sich hinreißen lassen, Petal und Tulip den Klatschmohn zu schenken, und vor lauter Mitleid mit einer armseligen Pennerin hatten sich Petal und Tulip kurz darauf ihrerseits hinreißen lassen, ihr die Blume weiterzuschenken.

»Die Blume war so kraftvoll und schön mit ihren drei Blüten«, hatte Petal erklärt.

»Wir wußten, daß sie die arme Frau aufheitern würde. Schließlich sind wir ja gute Feen«, fügte Tulip hinzu.

»Schwachköpfe seid ihr!« schimpfte Morag.

36

Aelric und seine Rebellen schwammen um ihr Leben; von einer geheimen Quelle in der Merlinhöhle aus gerieten sie in den Sog eines kalten, unterirdischen Stroms, der sie schließlich im Bodmin Moor an Land spülte. Mehr tot als lebendig zwar, aber immerhin in Sicherheit.

»Guter Plan von dir, Aelric!« Aelis machte einen kläglichen Versuch, sich das Wasser aus den triefenden Flügeln zu schütteln.

Eine feuchte Brise strich über das Moor.

»Was ist denn das?«

Direkt vor ihnen ragten riesige, im Kreis stehende Steine in die Luft, von denen mehrere Mondbögen aufstiegen. Und am Füße der Bögen war das komplette Heer Talas versammelt.

Dinnie war ratlos. Sollte er versuchen, sich mit Kerry zu versöhnen, oder nicht? Er konnte ja verstehen, daß sie nicht gerade erbaut gewesen war, ihn mit einer Zufallsbekanntschaft nackt auf dem Boden zu erwischen. Da er jedoch, was Zweierbeziehungen betraf, wenig Erfahrung hatte und mit Dreiecksgeschichten schon gar nicht, war er wirklich am Ende seines Lateins.

»Ach, ist sowieso alles scheißegal!« rief er in sein leeres Zimmer hinein. »Ich habe sie eh nie leiden können. Sie ist eine Niete. Fast so blöd wie die bekloppte Fee.«

Mit den Feen war Dinnie endgültig fertig. Am besten, sie kamen ihm nie mehr unter die Augen. Er kam schon allein zurecht, und seine Miete konnte er auch selbst zahlen. Er würde eben wieder auf der Straße Musik machen. Mit seiner alten Fiedel und seinem neuen Repertoire bewaffnet, zog er siegesgewiß los.

Draußen war es heiß und schwül, weshalb Dinnie sofort Lust auf ein kühles Bier bekam und erst einmal zum Laden hinüberging. Vor dem Aufgang zum alten Kino wurde gerade die Leiche eines Penners in einen Krankenwagen geladen. Dinnie war inzwischen so an den Anblick gewöhnt, daß er kaum hinsah.

»Ihr dämlichen Feen habt wohl auch nichts Besseres zu tun, als den ganzen Tag in Hauseingängen herumzulungern«, rief er laut, während er an Kerrys Haus vorüberstapfte.

»Willst du Kerry nicht mal besuchen?« fragte Morag.

Dinnie schniefte verächtlich.

»Was soll ich denn mit der? Um mich reißen sich genug Frauen, das kann ich euch versichern.«

»Na, wie's scheint, ist er wieder ganz der alte«, sagte Morag, und Heather stimmte ihr zu.

»Soll mir recht sein. Der neue, höfliche Dinnie war schwer zu ertragen.«

»Ist Kerry traurig über die ganze Geschichte?«

»Weiß ich nicht.«

Dinnie machte sich auf den Weg zum Washington Square. Dort angelangt, packte er seine Geige aus. Nach zwei Bier und einer Großpackung Kekse war er voller Zuversicht. Als ein streunender Hund auf ihn zukam, versetzte er ihm, ohne zu zögern, einen kräftigen Tritt in die Rippen, woraufhin das Tier erschreckt und verwirrt fortlief. Dinnie klemmte sich die Geige unter sein inzwischen klar zu erkennendes Kinn und fiedelte los. Bei der Hitze war der Park voller Leute; einen besseren Tag, sich seine Miete zu verdienen, hätte er sich nicht aussuchen können.

Kaum hatte er zu spielen angesetzt, kam ein Mädchen vorbei, das Kerry zum Verwechseln ähnlich sah. Dinnie merkte, wie ihn das völlig aus dem Takt brachte. Sein Arm zitterte, und er spürte einen leichten Stich im Herzen.

Er ließ die Fiedel sinken und rannte los, sich noch ein Bier holen.

»Wohin führt uns dieser Mondbogen?«

Sheilagh MacPherson, das Oberhaupt des Clans, zuckte mit den Schultern. Über den Atlantik, aber was sie auf der anderen Seite erwartete, wußte sie nicht. Im Gegensatz zu anderen Feen und Elfen ihres Clans, vergeudete sie ihre Zeit nicht in öffentlichen Bibliotheken. Die Bücher der Menschen interessierten sie nicht.

»Nur die Göttin weiß, wohin er uns bringt. Aber macht euch keine Sorgen, wir werden schon merken, wann wir runter müssen, denn die MacLeods haben versprochen, im richtigen Moment ›Tullochgorum‹ zu spielen.

Egal, wohin uns der Mondbogen führt, ich bin sicher, daß wir am anderen Ende Morag MacPherson treffen. Ich will sie ja gern wieder in unserer Mitte aufnehmen, allerdings nur unter der Voraussetzung, daß sie sich zusammennimmt und nicht wieder Ärger mit den MacLeods anfängt. Es ist überhaupt ein Wunder, daß wir hier alle vereint über den Mondbogen ziehen, was aber bloß zeigt, wie ernst die Lage ist.«

Hinter dem MacPherson-Clan marschierten die MacKintoshs und dahinter die MacLeods mit ihren Verbündeten. Die Botschaft Mairis, der mächtigsten Seherin und Übermittlerin Schottlands, war nicht nur auf der Insel Skye empfangen worden, sondern über die Western Isles bis tief hinein nach Schottland gedrungen, woraufhin der Chattan-Bund zusammentrat und beschloß, die MacLeods auf ihrem Marsch nach New York zu begleiten.

Innerhalb der Führungsspitze der Clans war man nicht überrascht, daß sich Ärger mit König Tala zusammenbraute. Laut den weisen Oberfeen jedes Clans, war es nur eine Frage der Zeit gewesen, bis es dazu kam.

»In dem Maße, wie seine Industriegesellschaft expandiert, wird er auf neue Märkte im Ausland vordringen müssen«, sagte Glenn MacPherson, ein belesener junger Elf, der viel Zeit in Büchereien verbrachte. »Aber nicht nur das, um möglichst billig an die benötigten Rohstoffe zu kommen, wird er diese Märkte gewaltsam erobern müssen. Ein imperialistischer Krieg ist also unausweichlich.«

»Und was bedeutet das?« fragte Sheilagh MacPherson.

»Das bedeutet, daß er uns angreifen wird.«

Sheilagh schniefte.

»Darum brauchen wir uns keine Sorgen zu machen. Sobald wir die MacPherson-Fiedel wiederhaben, kann niemand uns etwas anhaben.«

Agnes MacKintosh, Oberhaupt ihres Clans, trug das MacKintosh-Schwert bei sich, jene berühmte Waffe, die die Feen einst für den Viscount Dundee angefertigt hatten. Mit der Aussicht, bald wieder im Besitz der MacPherson-Fiedel zu sein und die fehlenden Stücke in die MacLeod-Fahne einnähen zu können, sahen die Feen Grund genug zum Optimismus, denn eine Armee, die diese drei mächtigen Wahrzeichen bei sich trug, war einfach unbesiegbar.

Riesig und grau lag der Atlantik unter ihnen, doch über den Mondbogen kamen sie rasch voran.

Drei Bier später fühlte sich Dinnie stark genug weiterzuspielen. Das eigenartige Gefühl in seinem Innern war verschwunden. Ein Glück, denn es war absolut ruinös für seine Finanzen.

Zu dem Schluß gekommen, daß nur mit einer eindrucksvollen Melodie schnelles Geld zu machen war, preßte Dinnie von neuem seine Geige unters Kinn. Doch er mußte verdrossen feststellen, daß kein einziger der unzähligen Menschen am Washington Square auch nur in seine Richtung blickte; die meisten schliefen lieber in der Sonne oder feuerten die vielen Junior-Baseballer an, die in verschiedenen Teilen des Parks aufschlugen, warfen und rannten. Totale Zeitverschwendung, wie Dinnie fand.

Eine junge Frau, die Kerry frappierend ähnlich sah, führte direkt vor Dinnies Nase ihren Hund spazieren. Ein peinliches Gekrächze entwich seinem Instrument, während der Bogen die Saiten bearbeitete.

»Führ deinen Hund doch woanders aus!« schnauzte er sie an. »Ich versuche hier, Musik zu machen.«

»Ach, das soll Musik sein?« spottete das Mädchen und schlenderte weiter. Auch von hinten sah sie wie Kerry aus.

Dinnie merkte, wie ihm wieder der Arm zitterte, und ging los, sich noch ein paar Bier holen.

Heather, Morag und die MacLeods saßen auf dem Dach des alten Kinos.

»Jetzt!« rief Mairi. »Ich wittere es! Die Schotten kommen! Gib ihnen das Zeichen!«

»Kein Problem«, antwortete Heather, zog ihre Fiedel raus und preßte sie unters Kinn.

»Und jetzt hört ihr die absolut virtuoseste Version von ›Tullochgorum‹.«

Morag sperrte den Mund auf.

»Was? Du willst spielen? Wenn sie dein ›Tullochgorum‹ hören, plumpsen sie vor Schreck in den Hudson River. Ich spiele.« Morag zerrte ihre eigene Fiedel heraus.

Heather war wütend.

»Du dummer Besen, du kannst ja nicht mal mehr die Noten! Laß die Finger davon.«

»Nein, ich spiele!«

Ailsa verspürte den starken Drang, beide zu erwürgen.

»Könnt ihr euch bitte einigen und schnellstens das verdammte Ding spielen, ehe die schottische Armee über uns hinwegmarschiert ist!«

»Tja«, tauchte Heather und fuhr herum. »Wenn ihr MacLeods eure Zeit nicht ständig mit der blöden Fechterei verplempern würdet und statt dessen Geige geübt hättet, dann könntet ihr ja selbst spielen. Aber ihr könnt es nicht! Also spiele ich!«

»Das wirst du nicht. Ich spiele!«

Morag setzte den Bogen an, Heather schnappte nach ihrer Fiedel, und im nächsten Moment fielen sie übereinander her.

Rhona, Seonaid und Mairi versuchten, das schreiende Paar auseinanderzubringen. Ailsa ließ einfach den Kopf hängen und wünschte, sie wäre wieder daheim auf der Insel Skye, wo die Feen weder psychedelische Kleider trugen noch solche Kindsköpfe waren.

Erstaunt darüber, daß sich keine einzige Fee in ihrer Wohnung befand, nutzte Kerry die Gelegenheit und breitete ihr Blumenalphabet auf dem Boden aus. Liebevoll betrachtete sie ihre letzte Errungenschaft, eine hellgelbe *Rhododendron campylocarpum*-Blüte. Damit war das Alphabet vollständig – abgesehen von dem walisischen Klatschmohn.

Die zweiunddreißig Blüten auf dem Boden waren ein beruhigender und überaus schöner Anblick. Mit Liebe und Sorgfalt hatte Kerry sie so konserviert, daß sie wie frisch aussahen.

Kerry war stolz darauf, so weit gekommen zu sein, obwohl der fehlende Klatschmohn natürlich bedeutete, daß sie den Preis nicht gewinnen würde. Sie konnte schließlich kein unvollständiges Alphabet einreichen. Das widersprach ihrem künstlerischen Anspruch. Botticelli hätte auch kein unfertiges Fresko in der Sixtinischen Kapelle hinterlassen. Genausowenig wie Johnny Thunders ein unfertiges Gitarrensolo aufgenommen hätte.

Trotzdem fand sie es unfair. Ein Mann, der ihr erst versprochen hatte, ihr Gitarrespielen beizubringen, und sie dann sitzenließ, verdiente keine öffentliche Anerkennung.

Eins aufs Maul verdient Cal, dachte Kerry. Und wenn ich je wieder stark genug bin, dann gebe ich ihm eins drauf.

Sie seufzte und machte sich für ihren Gang zur Apotheke fertig. Alle paar Wochen mußte sie dort einen größeren Vorrat an Kolostomiebeuteln, Befestigungsringen, Säuberungslösung und Tabletten holen, die ihre Krankheit in Schach halten sollten.

Sie glaubte nicht mehr daran, daß ihr Darmausgang eines Tages durch eine Operation wieder an die richtige Stelle verlegt werden konnte, und der Gedanke daran, den Rest ihres Lebens mit diesen Beuteln herumlaufen zu müssen, deprimierte sie zutiefst.

Sie war müde. Es schien ihr sehr lange her, seit sie sich das letzte Mal richtig wohl gefühlt hatte.

Die Rebellen sahen zu, wie die englische Armee von den aufragenden Steinen auf die Mondbögen stieg. In der Ferne hörten sie das Geheul der Söldnerhunde.

»Sie sind hinter uns her.«

Verzagt ließen die Rebellen die Flügel sinken. Tagelang hatten sie nichts gegessen, und nach dem Schwimmen durch den unterirdischen Fluß waren sie so erschöpft, daß sie nicht mehr die Kraft hatten, ihren Verfolgern durchs Bodmin Moor davonzulaufen.

»Die Mondbögen«, rief Aelric. »Sobald die Armee außer Sicht ist, schleichen wir uns hinter ihr her in den Himmel hinauf.«

Die anderen starrten ihn an, erstaunt über seine Verwegenheit. Keine Frage, ihr ehemaliger Führer gewann seine alte Tollkühnheit zurück und entwickelte wieder brillante Ideen.

In Wirklichkeit hatte Aelric gesehen, wie Marion mit umgeschnalltem Schwert auf einen der Mondbögen stieg. Und wo sie hin ging, wollte auch er sein.

Solange Heather Dinnies Diätplan überwacht hatte, war ihm nur ein Bier pro Tag erlaubt gewesen. Jetzt, nach neun Dosen Schlitzer Bier, hatte sich der Aufruhr seiner Gefühle gelegt, aber seine Geigentechnik war entsetzlich. Er mühte sich ab, die Finger auf die richtigen Saiten zu drücken, doch mit wenig Erfolg. Sein gräßliches Gekrächze lenkte die Leute von den Baseballspielen ab; die Schläfer wachten auf, aber nur, um ihn anzubrüllen, er solle sofort mit dem Krach aufhören.

»Wie könnt ihr es wagen, mich zu beleidigen!« brüllte Dinnie trotzig zurück. »Ihr solltet dankbar sein, eine so schöne Melodie wie ›Tullochgorum‹ zu hören.«

»Ach, das sollte ›Tullochgorum‹ sein?« fragte Sheilagh MacPherson, Oberhaupt ihres Clans, die lautlos neben ihm gelandet war. »Wir waren uns nicht sicher und dachten schon, eine schottische Fiedlerin würde angegriffen und benutzte ihr Instrument, um den Feind abzuwehren. Trotzdem vielen Dank, daß du uns den Weg gewiesen hast. Wo sind Heather und Morag?«

Dinnie sah hoch und stöhnte auf. Von oben aus dem Himmel kam eine riesige Parade schottenberockter Feen auf die Erde herabgestiegen.

»Warum immer ich?« murmelte er. »Ich bin doch bloß ein ganz normaler Bürger. Das habe ich nicht verdient!«

37

Der Mond stand über dem Central Park. Mehrere Mondbögen senkten sich aus den ziehenden Wolken herab, und von ihnen kam in Reih und Glied das englische Feenheer herabmarschiert.

Die Parkfeen starrten fassungslos. Sie waren entsetzt über die Größe von Talas Armee. Regiment um Regiment erreichte den Boden, schwerbewaffnete Kobolde und alle möglichen, niederträchtig aussehenden Gestalten mit geifernden und japsenden Cu Sidth-Hunden.

»Jetzt sind wir erledigt«, flüsterte Tulip, und Okailey, Shau-Ju und Cesare neben ihm nickten verzagt. Wie es schien, hatten die New Yorker Feen ihre Streitigkeiten nur begraben, um jetzt von einem fremden wilden Heer abgeschlachtet zu werden.

»Wo bleiben eure schottischen Landsleute?« bedrängten die Parkfeen Rhona und Seonaid MacLeod, die als Abgesandte der 4. Straße in den Park gekommen waren. Die MacLeods hatten keine Ahnung. Ihre Clans mußten mittlerweile längst den Atlantik überquert haben, aber sie waren nirgends zu sehen.

»Macht nichts«, sagte Maeve und klopfte einigen ihrer irischen Kameraden kräftig auf den Rücken. »Denen bereiten wir auch allein einen prächtigen Empfang.«

Die Iren murmelten zustimmend, wirkten aber nicht sehr überzeugt.

Nach ihrem neuesten Streit mit Morag saß Heather an der Ecke 4. Straße und Bowery auf Johnny Thunders Schoß. Sie hatte ihn gerade kennengelernt, wußte jedoch von Morag bereits von Johnnys vergeblicher Suche nach seiner Tiger Top.

Johnny nickte in Richtung Bowery, wo der CBGB-Club lag, und erzählte Heather von den tollen Auftritten, die er dort gehabt hatte.

»Ich glaube, ich muß allmählich meine Rückkehr in den Himmel planen«, sagte er. »Das Fest der Hungrigen Geister geht bald zu Ende, und ich will hier nicht vergessen werden.«

Magenta kam auf sie zu geschlendert. Sie sah gesund und munter aus. Seit sie so oft mit Feen zusammentraf und ihren Fitzroy Cocktail wieder aufgefüllt hatte, konnte sie ohne Schwierigkeiten Wesen sehen, die für den Rest der Menschheit unsichtbar waren. Da ihr im Moment offenbar keine Perser auf den Fersen waren und auch keine Angriffe ihrer eifersüchtigen griechischen Landsleute drohten, ließ sie sich zu einem Schwätzchen nieder. Dank ihrer zahlreichen und aufregenden Erlebnisse in letzter Zeit, hatten die drei sich eine Menge zu erzählen.

Ein Stück die Straße hinab taten ein paar Penner das gleiche, saßen einfach nur da und schwatzten, weil sie sonst nichts zu tun hatten.

»Danke, Magenta«, sagte Johnny. Magenta hielt ihm die Fitzroy-Flasche hin, und er nahm einen Schluck. »Vielleicht ein kleines bißchen zu viel Stiefelwichse, aber sonst nicht übel.« Er betastete die alte Gitarre, die er sich irrtümlicherweise von der Pennerin eingehandelt hatte. Der Meisterhandwerker Hwui-Yin hatte sie zwar repariert, aber sie war und blieb ein schreckliches Instrument.

»Wie dem auch sei – wer hat denn nun die Blume, die meinem Fan Kerry noch fehlt?«

Die kleine Gruppe englischer Rebellen eilte über den Mondbogen, voller Furcht, von den Söldnern verfolgt zu werden und so von zwei Seiten von Talas Streitkräften eingekeilt zu sein. Sie hatten keine Ahnung, wohin sie gingen, was sie erwartete und woher die nächste Mahlzeit kommen sollte.

Aelis schleppte immer noch ihre Tasche voll Flugblätter mit. Totale Zeitverschwendung und sehr hinderlich, aber da sie nun schon mal das Drucken bei den Feen eingeführt hatte, dachte sie nicht daran, diese Meisterwerke der Druckkunst einfach in den Ozean zu kippen.

Cals Schauspielertruppe hatte sich am späten Abend zur Generalprobe versammelt. Alles lief glatt, obwohl in letzter Minute eine Katastrophe gedroht hatte: Wieder war Titania von der Bühne gestürmt, hatte eine Weile draußen auf der Straße geschmollt, war dann aber mit einer schönen Blume in der Hand wieder zurückgekehrt. Die sei ein Geschenk der Feen, behauptete sie, eine Geschichte, die Cal gefiel, denn sie zeigte, wie sehr sich Titania in ihre Rolle eingefühlt hatte. Morgen war Premiere und der Tag der Preisverleihung.

Theseus, der Herzog von Athen, und Hippolyta, die ihm versprochen war, betraten die Bühne.

»Nun rückt, Hippolyta, die Hochzeitsstunde mit Eil heran«, begann Theseus.

»Was wird denn hier für ein Spektakel aufgeführt?« rief Magenta, die durch die offene Bühnentür gefegt kam. »So haben sich doch die alten Griechen nicht angezogen!« verkündete sie. »Der da, der könnte alles sein, aber beileibe kein Athener! Ich muß es ja schließlich wissen. Und wer soll die da sein?«

»Hippolyta«, sagte Cal kläglich.

»Hippolyta«, quietschte Magenta und baute ihr muskulöses Ich vor der unglücklichen Schauspielerin auf. »Was hat die denn hier zu suchen? Amazonenköniginnen dachten nicht im Traum daran, sich mit Athener Edelmännern einzulassen. Das wäre für die das allerletzte gewesen. Einfach lächerlich! Warum machst du nicht, daß du nach Hause kommst und ordentlich Männer massakrierst, wie sich das für dich gehört?«

Hippolyta zuckte zusammen und machte Anstalten zu fliehen. Die zornentbrannte Magenta war ein furchterregender Anblick.

Die anderen Schauspieler kamen aus den Kulissen auf die Bühne gestürmt, um zu sehen, was da los war. Cal, verzweifelt darum bemüht, seine sensible Truppe am Vorabend der Premiere nicht aufzuregen, versuchte, Magenta fortzuscheuchen. Sie versetzte ihm prompt eine Kopfnuß, die sich gewaschen hatte, und schob ihn aus dem Weg. Seine Gitarre schlug dumpf auf dem Boden auf.

»O Gott, wir werden angegriffen«, heulte Titania. »Ich habe doch von Anfang an gewußt, daß ich mich nie auf diese Produktion hätte einlassen sollen! Ein Fluch liegt über ihr.«

»Lauf nicht weg«, flehte Cal. »Ich brauche dich.«

»Da bin ich aber ganz anderer Meinung«, sagte Heather, die fröhlich auf Magentas Schulter saß und sich sichtbar machte. »Auf die kannst du gut verzichten. Als Feenkönigin ist sie die absolute Niete!«

»Und was ist das hier?« keifte Magenta, während sie Titania an einem ihrer künstlichen Flügel zog. »Hab ich's mir doch gedacht. Der dreiblütige walisische Klatschmohn!« Sie riß ihn der Feenkönigin aus der Hand.

Voller Panik floh Titania aus dem Theater, von mehreren Nebendarstellern gefolgt.

Magenta grinste triumphierend.

»Ihr verweichlichten Athener. Was seid ihr doch für Waschlappen! Kein Wunder, daß Xenophon stets die Spartaner vorgezogen hat. Und was ist das?«

Sie hob Cals Gitarre auf und las den Markennamen auf dem Hals.

»Sieh an, eine Gibson«, knurrte sie. »Die hast du meinem Freund Johnny Thunders geklaut, du Schwein.«

Die englische Armee ging in Stellung. Eine kleine Vorhut sonderte sich ab und marschierte auf die gegnerischen Linien zu. Die Chinesen, Italiener, Ghanesen und Iren waren zusammen etwas sechshundert an der Zahl. Die Armee aus Cornwall zählte mehrere Tausend.

»Ergebt euch auf der Stelle«, forderten die Abgesandten von Talas Armee. »Und liefert uns Petal und Tulip aus. Sonst hauen wir euch alle in Stücke!«

»Wie könnt ihr es wagen, in kriegerischer Absicht zu uns zu kommen?« fragte Okailey würdevoll. »Habt ihr vergessen, daß sich so ein Benehmen für Feen nicht gehört?«

Der Appell zeitigte keinerlei Wirkung. Unter Talas Soldaten herrschte strenge Zucht, und sie fürchteten ihren Herrscher. Keiner wagte, den Gehorsam zu verweigern, auch wenn es sich mancher vielleicht noch so sehr wünschte.

Ailsa und Mairi schauten aus Kerrys Fenster und suchten den Himmel ab, konnten aber kein Zeichen von der schottischen Armee entdecken.

»Weiß die Göttin, wo sie gelandet sind«, schimpfte Ailsa und warf Morag einen vorwurfsvollen Blick zu. »Ihr hättet nichts weiter zu tun brauchen, als eine einzige verdammte kleine Melodie zu spielen. Aber nicht mal das habt ihr hingekriegt, ohne euch zu streiten!«

Morag zuckte die Schultern. Jetzt war sowieso alles zu spät. Als sie mit ihrer Fiedel nach Heather geschlagen hatte, waren drei Saiten gerissen. Heathers Fiedel war es nicht besser ergangen, und Heather und Morag selbst waren von oben bis unten voll blauer Flecke. Nach dem Kampf hatte sich Heather irgendwo in einen Schmollwinkel verkrochen.

»Alles, was es in eurer Nähe an Wert gab, habt ihr kaputt gemacht. Einen regelrechten Straßenkrieg habt ihr angezettelt, und wer weiß, welche Schandtat ihr morgen begeht! Auf der Insel Skye wärt ihr gleich bei der Geburt ertränkt worden.«

»Ich habe Kerry bei ihrem Blumenalphabet geholfen«, verteidigte sich Morag.

»Tja, aber ohne Erfolg«, gab Mairi zurück. »Wären wir MacLeods bei Kerry gewesen, wäre der walisische Klatschmohn erst gar nicht verschwunden.«

Elektronisches Gedudel dröhnte vom nächsten Block herüber.

»Warum heulen in dieser Stadt bloß dauernd die Sirenen?«

»Bin sehr zufrieden mit meinem Tagewerk heute, Heather.«

Magenta stapfte zielstrebig die 4. Straße entlang.

»Habe Cal mit seinem Stück ins Chaos gestürzt, Kerrys Mohnblume und Johnny Thunders verlorengegangene Gitarre wiedergefunden.«

Als sie Johnny Thunders dann die Gitarre brachten, stellte sich heraus, daß es gar nicht seine war.

»Schöne Gibson«, sagte er und ließ seine Finger liebevoll über das Griffbrett gleiten. »Aber es ist ein neueres Modell, nicht wie meine. Hör zu, Heather.«

Er zeigte der interessierten Fee genau, wie er ›Born to Lose‹ spielte, damit sie es Kerry beibringen konnte, was ihr vielleicht half, sich mit Morag zu versöhnen. Nach einigen anderen Songs, die auf der an keinen Verstärker angeschlossenen Gitarre ziemlich dünn klangen, spielte er eine eigenartig vertraute Melodie.

»Woher kennst du das denn?« fragte Heather, als er mit einer gekonnten Version von ›Tullochgorum‹ endete.

»Wenn ich auf dem Dach vom alten Kino saß, habe ich euch die Melodie oft genug spielen hören.«

Ein Mondbogen schnitt durch die Nacht und ging zu ihren Füßen nieder.

»Endlich«, sagte Agnes MacKintosh, Oberhaupt ihres Clans, und trat näher. »Ich dachte schon, wir treffen hier nie auf ein bekanntes Gesicht. Na, Heather, was steht an?«

Kerry war unterwegs, entschlossen, noch einen letzten Versuch zu unternehmen, den dreiblütigen walisischen Klatschmohn wiederzufinden. Derweil grollte Morag mit den MacLeods. Sollten die Schwestern sich ihre Moralpredigten doch an den Hut stecken, sagte sie sich, kletterte zum Fenster auf die Feuerleiter hinaus und traute ihren Augen nicht. Von unten kamen Sheilagh MacPherson, Agnes MacKintosh und Jean MacLeod, die mächtigen Oberhäupter ihrer Clans, heraufgestapft, und Heather trottete zerknirscht hinterdrein.

»Wir haben die Fahnenstücke zurückgegeben«, sagte Morag hastig.

»Das Ganze war ein Mißverständnis. Ganz bestimmt keine böse Absicht!« fügte Heather hinzu.

»Wir sind nicht wegen der Fahne hier, sondern wegen der Invasion von Talas Armee.«

»Was nicht heißt, daß ihr wegen der Fahne ungeschoren davon kommt!« knurrte Jean MacLeod grimmig.

Ailsa und Mairi begrüßten voller Freude das Oberhaupt ihres Clans. Heather und Morag waren nicht ganz so erfreut angesichts dieser Wendung der Ereignisse. Sie befürchteten immer noch, auf die Insel Skye verschleppt und in ein Verlies in Dunvegan Castle geworfen zu werden.

»Wir wurden von einem übellaunigen Feenfeind, der eine grausige Version von ›Tullochgorum‹ spielte, verleitet, am falschen Ort zu landen.«

»Das kann nur Dinnie gewesen sein.«

»Aber jetzt sind wir ja da«, sagte Sheilagh MacPherson. »Wir wissen, daß auch Talas Heer hier ist, also vergeuden wir keine Zeit. Die MacLeods haben ihre Fahne, die MacKintoshs ihr Schwert. Holt die MacPherson-Fiedel, dann ziehen wir los und jagen seiner Armee einen Schreck ein, daß sie sich rückwärts wieder über den Ozean verzieht.«

»Ach ja«, sagte Morag. »Die MacPherson-Fiedel.«

»Ja, die Fiedel.«

»Genau, die Fiedel.«

»Wo ist sie?«

»Die Fiedel?«

»Ja, die Fiedel!« explodierte das MacPherson-Oberhaupt.

Eine Frage, die schwer zu beantworten war. Zuletzt war sie zerbrochen im Rinnstein der 4. Straße gesehen worden.

Dinnie war im Park eingeschlafen und erst bei Dunkelheit wieder aufgewacht. Niedergeschlagen trottete er heim. Das Leben war einfach zu ungerecht. Statt Geld mit seinem Geigespielen zu verdienen, hatte er seine letzten Pennys für Bier ausgegeben, wonach er zu beduselt war, um ordentlich zu spielen. Aber es war noch schlimmer gekommen: Ein ganzes Heer schottischer Feen hatte ihn schikaniert. Da Dinnie aber der festen Überzeugung war, daß zwei schottische Feen schon zwei zu viel sind, hatte ihn der Anblick einer ganzen Armee zu dem Schluß gebracht, daß es ein großer Fehler gewesen war, überhaupt nach New York zu ziehen.

»Na, ich werde schon dafür sorgen, daß die sich nicht bei mir einnisten. Ich hänge Knoblauch und Kruzifixe ins Fenster. Das wird sie abhalten.«

Aber damit war seine Misere noch nicht zu Ende. Er hatte Sehnsucht nach Kerry. Und daß er sich mit der Frau aus dem Bioladen eingelassen hatte, war sein zweiter großer Fehler gewesen, zumindest, daß er sich mit ihr hatte erwischen lassen.

Vor dem alten Kino traf er auf Cal, der, den Kopf mißmutig auf die Hände gestützt, auf den Stufen saß. Seine Produktion des ›Sommernachtstraums‹ sei im Eimer, erzählte er Dinnie. Die halbe Truppe war ihm weggelaufen, denn erst hatte diese Magenta sie in Angst und Schrecken versetzt, dann hatte Heather ihnen den Rest gegeben. Und jetzt war er auch noch seine Gitarre los und konnte die Bühnenmusik nicht spielen. Die Jury würde ihn morgen beim Wettbewerb schlicht und ergreifend auslachen.

»Und dann gewinnt Kerry.«

Was wahrscheinlich auch gut so ist, schoß es Dinnie durch den Kopf, aber er war zu betrunken und verwirrt, sich groß Gedanken darüber zu machen, und schlich die Treppe hoch, um noch ein bißchen fernzusehen, bevor er ins Bett ging.

»Hi, ich bin Linda. Ist dir nach dem heißesten Dreier der Stadt, dann ruf 970 F-U-C-K an. Wir warten auf deinen Anruf.«

38

Nach einer kurzen Einführung in die Geographie New Yorks marschierte die schottische Armee über den Mondbogen zum Central Park. Es war eine stattliche Anzahl von Feen und Elfen – die MacKintoshs und ihre Verbündeten, die MacAndrews, die MacHardys, die MacPhails, die MacTavishs und noch andere, dann die MacPhersons und die mit ihnen befreundeten Clans, die MacCurries, die MacGowans, die MacMurdochs, die MacClearys und einige andere. Das größte Kontingent stellten die vielen MacLeods mit ihren zahlreichen Alliierten.

Ganz am Ende marschierten Heather und Morag, die jetzt endgültig in Ungnade gefallen waren. Nachdem das Schicksal der MacPherson-Fiedel ans Tageslicht gekommen war, hatte Sheilagh MacPherson den beiden schroff mitgeteilt, daß ihnen einiger Ärger drohe, hätten sie sich ja wohl schon gedacht. Was ihnen jetzt aber daheim in Schottland bevorstehe, wolle sie ihnen lieber nicht im einzelnen ausmalen. Nur so viel: Verglichen damit, sei die Einkerkerung in Dunvegan Castle das reinste Vergnügen.

»Obwohl es allerdings mehr als fraglich ist, ob wir überhaupt je wieder nach Schottland zurückkommen. Ohne den Schutz unserer drei mächtigen Artefakte wird Tala uns alle massakrieren. Bravo, Heather und Morag! Ihr habt es ganz allein fertiggebracht, daß unsere mehr als tausendjährige schottische Feengeschichte nun zu Ende geht.«

Morag und Heather blinzelten unglücklich auf die Dächer der Wolkenkratzer runter, über die sie hinwegschritten. »Wir sind doch nicht Mairi mit dem zweiten Gesicht«, flüsterte Heather Morag zu. »Wie hätten wir denn ahnen können, wie alles kommt.«

»Da hast du recht«, flüsterte Morag zurück. »Wirklich gemein, immer sind wir an allem schuld.«

»Außerdem«, fuhr Morag fort, »sind mir diese ganzen Clanfehden und Kriege schnurzegal. Der ganze Klimbim interessiert mich nicht. Was mich interessiert, ist, wann wir endlich unsere radikale keltische Feen-Punkband gründen.«

»Mich auch«, stimmte Heather ihr zu. »Warte, bis ich dir das Nuclear Assault-Album vorspiele, das ich Dinnie geklaut habe.«

Morag stieß ihre Freundin in die Rippen.

»Guck mal«, zischte sie. »Das ist das kleine Miststück Maggie MacGowan und gibt wie immer auf ihrer Fiedel an.«

Mit finstersten Blicken bedachten sie die winzige Maggie, die an dem Feenzug vorbeitänzelte und ihre Mitstreiter mit dem langsamen und schönen Lied ›The Flower o' the Quern‹ unterhielt.

»Lahme Kuh«, murmelte Morag. »So sollte sie mal am Tomkins Square spielen. Der Flaschenhagel würde sie von der Bühne fegen!«

»Außerdem ist ihre Version von ›Tullochgorum‹ Schrott. Egal, was alle behaupten. Und guck mal! Die hat ja Schuhe an!«

Die beiden waren fassungslos. Unter Feen waren Schuhe so gut wie unbekannt.

»Diese affige kleine Ziege!«

Die schottenberockten Heerscharen marschierten in den Central Park hinunter und entlockten ihren Dudelsäcken ein furchteinflößendes Geschrill. Vor ihnen konnten sie düster die Umrisse von Talas mächtiger Armee erkennen, und nur ein paar Schritt davon entfernt die kleine Gruppe der freundlichen New Yorker Feen.

Überall wurden Schwerter aus den Scheiden gezogen, wappneten sich die Feen für ihren letzten, hoffnungslosen Kampf. Und während sich alles um sie herum finstergesichtig und grimmig rüstete, beschlossen Morag und Heather, der verhaßten Klein-Maggie MacGowan eins auszuwischen.

Johnny Thunders klimperte ein paar Songs auf Cals Gibson. Magenta marschierte zielstrebig den Broadway hinauf, und Dinnie konnte nicht einschlafen. Er machte sich zum Laden auf, um sich ein Eibrötchen zu kaufen.

Drinnen saß Kerry und trank Kaffee.

Sie erzählte ihm, was für ein Fehlschlag ihr Tag gewesen war. In ganz New York hatte sie keine zweite dreiblütige Mohnblume finden können.

»Mach dir nichts draus. Reich dein Alphabet trotzdem ein! Zufällig weiß ich, daß Cals Shakespeare-Produktion ein totales Fiasko ist. Du kannst also immer noch gewinnen.«

Das unvollständige Alphabet einzureichen, käme für sie absolut nicht in Frage, erklärte Kerry.

»Jedenfalls freut es mich, daß Cal mit seinem Stück in der Klemme steckt. Aber wahrscheinlich wird er trotzdem gewinnen.«

Sie seufzte und verabschiedete sich. Sie fühle sich überhaupt nicht wohl.

Dinnie mampfte sein Eibrötchen und bestellte sich gleich noch eins. Kerry hatte wirklich nicht glücklich ausgesehen. Na, wenigstens hatte sie den Zwischenfall mit der Bioladenverkäuferin nicht erwähnt.

39

»Ich gebe dir ja nicht die Schuld, Mairi MacLeod«, sagte Jean, das Clanoberhaupt. »Aber hätte uns dein zweites Gesicht nicht vorwarnen können, daß Talas Armee zehnmal so groß ist wie unsere?«

Mairi zuckte verzagt mit den Schultern. Alle um sie herum sahen niedergeschlagen aus. Auch wenn ein paar Feen der Sinn vielleicht nach Krieg stand, war doch den meisten überhaupt nicht danach. Und keine einzige, nicht einmal die kampferprobte Ailsa, hatte die geringste Vorstellung einer Strategie im Kopf.

»Das Ganze erinnert mich an Bannockburn«, sagte Sheilagh MacPherson und spielte damit auf eine berühmte Schlacht an, in der ein kleines schottisches Heer das viel größere englische besiegt hatte.

»Allerdings«, stimmte Agnes MacKintosh ihr zu. »Ein großartiger Sieg. Hast du irgendeine Ahnung, wie es dazu kam?«

»Nicht die geringste. Aber damals hatten die Schotten Robert the Bruce als Anführer, was natürlich eine große Hilfe war. Ich persönlich habe mich nie mit taktischer Kriegsführung befaßt.«

Das hatten sie alle nicht. Um die Wahrheit zu sagen, verbrachten die schottischen Feen ihre Zeit am liebsten damit, in angenehmer Gesellschaft und angenehmer Umgebung zusammenzusitzen, Musik zu machen und Heidekrautbier und Whiskey zu trinken.

Und das war ganz in Ordnung so, denn bisher schien das auch die Lieblingsbeschäftigung der englischen Feen gewesen zu sein. Ehe Tala an die Macht kam, wäre es undenkbar gewesen, daß sie ein derart riesiges Heer auf die Beine stellten und in den Krieg zogen.

»Was ist eigentlich mit diesem König los? Er verhält sich überhaupt nicht so, wie es unter Feen üblich ist.«

»Wenn ihr mich fragt, ich glaube, das Ozonloch ist schuld«, sagte Agnes. »Ich habe doch immer geahnt, daß die Menschen eines Tages unser Untergang sind.«

»Großartig«, brummelte Maeve Padraig ins Ohr. »Diese Schotten kommen hier an, prahlen mit ihren drei mächtigen Erbstücken, mit denen sie die Engländer in die Flucht schlagen wollen. Und dann? Dann haben sie eins verschlampt und finden es nicht wieder.«

An diesem Abend lag eine bedrohliche Atmosphäre über dem Park, ganz anders als die friedliche Aura, die die Feen zuvor hier verbreitet hatten. Seit Talas Armee Aufstellung genommen hatte, war die Zahl der Verbrechen schlagartig gestiegen.

Die Armee aus Cornwall setzte sich in Bewegung. Die Schar der Parkfeen und ihrer Verbündeten wappnete sich.

»Hilfe in Sicht«, rief eine kräftige menschliche Stimme. Sie gehörte Magenta, die mit einer kleinen Fiedel in der Hand anmarschiert kam.

»Frisch repariert. Von meinem lieben Freund Hwui-Yin. Warum habt ihr mir nicht schon viel früher gesagt, daß sie so wichtig für euch ist!«

Es schien wie ein Wunder. Im allerletzten Moment war die MacPherson-Fiedel aufgetaucht.

Sheilagh MacPherson strich liebevoll über das Instrument und hatte sofort ein Bild seiner langen Geschichte vor Augen. Plötzlich wußte sie, wie die Fiedel nach Amerika gekommen war. Als man MacPherson den Räuber hängte, brach seiner Meerjungfrau-Geliebten das Herz. Ihr einziger Trost war seine Fiedel, die sie mit sich über die Meere trug.

Jean MacLeod rollte die Fahne aus. Agnes MacKintosh schwang das Schwert. Sheilagh MacPherson küßte die Fiedel und übergab sie Klein-Maggie MacGowan.

»Los, Maggie. Du bist die beste Fiedlerin Schottlands. Spiel ›Tullochgorum‹ und schlag den Feind in die Flucht!«

Maggie nahm die Fiedel und trat in ihrem rot-schwarzkarierten Schottenrock stolz nach vorn.

Dummerweise hatten ihr Heather und Morag die Schuhbänder zusammengeknotet. Sie fiel flach aufs Gesicht, und die Fiedel zerbrach in tausend Stücke.

»Wenn wir's bis zum Grand Central schaffen«, flüsterte Heather, »kriegen wir vielleicht noch den Zug nach Kanada.«

Der Krankenwagen brauchte lange, bis er sich durch den dichten Verkehr gekämpft hatte. Als Kerry hineingetragen wurde, ging es ihr sehr schlecht. Seit Stunden hatte sie sich ständig erbrochen, und obwohl ihr Magen absolut leer sein mußte, stieg ihr immer noch grüne Flüssigkeit in den Mund, die ihr das Kinn hinuntertröpfelte. Schweiß rann ihr von der Stirn, und ihr Gesicht war totenblaß.

Als sie schließlich ins St. Vincent's Hospital eingeliefert und untersucht worden war, eröffnete ihr der Arzt, die Krankheit hätte sich auf den Dünndarm ausgebreitet und es bliebe ihnen keine andere Wahl, als ihn rauszunehmen. Kerry begann zu weinen, denn bei einem früheren Krankenhausaufenthalt hatte man ihr gesagt, falls das geschah, wäre nichts mehr zu machen und sie müsse für immer mit den Kolostomiebeuteln leben.

Mit dickem, blauem Filzstift malte der Arzt einen Kreis auf die rechte Seite ihres Bauches, dort, wo die Chirurgen das Messer ansetzen sollten. Die Schwestern bereiteten Kerry für die Operation vor, gaben ihr die erste einer ganzen Serie von Spritzen und banden ihr ein kleines Namensschild ums Handgelenk. Kerry stöhnte und übergab sich unter Schmerzen, während das Gift aus ihrem durchlöcherten Darm in ihren ganzen Körper strömte. Immer noch quoll ihr grünliche Flüssigkeit aus dem Mund und spritzte in die Plastikschale neben ihr.

Dinnie saß an ihrem Krankenbett. Er hatte Kerry auf der Straße gefunden, nachdem sie es nicht mehr geschafft hatte, ihre Haustür aufzuschließen. Sofort hatte er den Krankenwagen gerufen und war mit ihr ins Krankenhaus gefahren. Die Ärzte hatten keine Zeit und offenbar auch wenig Lust, ihm irgendwelche Auskünfte zu geben. Aber während Kerry untersucht wurde, hatte eine Krankenschwester sich seiner erbarmt und ihm Kerrys Krankheit erklärt. Jetzt, beim Anblick der todkranken Kerry, wurde ihm sehr schwer ums Herz.

40

Die Frage, wer Maggie MacGowans Schuhbänder zusammengeknotet hatte, erübrigte sich. Ehe Agnes MacKintosh jedoch dazu kam, die beiden Missetäterinnen mit dem Schwert zu durchbohren, schaltete sich Magenta ein.

»Entschuldigt, meine tapferen Mitstreiter«, rief sie. »Aber wollt ihr hier in einem Haufen stehen, bleiben und warten, bis man euch angreift?«

»Was sollen wir denn sonst tun?«

»Ordentlich Aufstellung nehmen! Bildet Karrees! Habt ihr denn gar keine Ahnung von Taktik? Ich habe gerade meine Armee sicher durch feindliches Gebiet geführt, trotz der gewaltigen Übermacht des Gegners. Doch meine Mannen sind natürlich erfahrene Hopliten und Pelasger, und ihr seid nur kleine Feen, aber vielleicht können wir die Schlacht trotzdem für uns entscheiden.«

Diese Frau wußte offenbar, wovon sie sprach. Schnell bildeten die Feen zwei hohle Karrees. Wäre noch genügend Zeit gewesen, hätte Magenta ihren Befehl dahingehend erweitert, noch ein drittes Karree in der Mitte zu bilden, das sich beim Angriff geordnet zurückziehen würde, um so den nachrückenden Feind in die Falle zu locken. Dann hätten die beiden flankierenden Karrees Gelegenheit gehabt, von beiden Seiten her in die feindlichen Linien einzufallen und sie in die Zange zu nehmen (ungefähr so, wie es Hannibal bei Cannae gemacht hatte), aber Magenta wußte, daß die Feen nicht von einem Augenblick zum anderen zu solcher Kriegslist fähig waren.

Als die cornische Armee mit ohrenbetäubendem Kriegsgeschrei zum Angriff überging, sah es so aus, als würde Magentas Strategie funktionieren. Trotz der enormen Ungleichheit der beiden Heere hielten die Karrees der Verteidiger stand. Die Italiener, Chinesen, Ghanesen, Schotten und Iren behaupteten sich, stießen mit ihren Schwertern in die völlig konzeptlos attackierende Horde, der es nicht gelang, die Linien der New Yorker Feen zu durchbrechen.

Von hoch oben aus der Luft beobachteten Aelric und seine Rebellen das Geschehen.

»Die Göttin soll diesen Tala verdammen!« explodierte Aelric. »Jetzt hat er es auch noch auf diese armen, harmlosen Feen abgesehen und will sie umbringen.«

Aelis gab keine Antwort. Ihr war gerade aufgefallen, daß die Cornischen Feen den Luftraum zum ersten Mal nicht durch Späher sichern ließen.

Schon im Morgengrauen auf den Beinen, besah sich Cal den Schaden an seinen Kulissen, der bei Magentas letztem Überfall auf das Theater entstanden war. Der klägliche Rest seiner Truppe sollte im Laufe des Vormittags eintreffen, da die Jury sich gegen Mittag die Premiere des Stückes ansehen wollte.

Cal graute bei dem Gedanken daran. Die in letzter Minute eingesprungenen Schauspieler, von denen einer noch nicht mal das Stück kannte, konnten seinen so sorgfältig einstudierten ›Sommernachtstraum‹ nur verhunzen. Ihm selbst blieb keine andere Wahl, als die Rolle des Lysander zu übernehmen, da sein alter Lysander verkündet hatte, er würde in keinem Gebäude spielen, wo Feen mit kleinen Schwertern auf einen einhieben.

Draußen auf der Treppe saß Joshua. Obwohl ihm die Augen vor Müdigkeit zufielen, fand er keinen Schlaf. Ohne den Cocktail in seinen Adern stimmte alles nicht mehr. Er schwor sich, Magenta umzubringen, falls er nicht sterben würde, bevor er sie erwischte.

41

Dinnie saß in der Krankenhaus-Kantine, was keine angenehme Erfahrung für ihn war. Er haßte es, von kranken Menschen umgeben zu sein, besonders von alten, hoffnungslos Kranken in Morgenröcken und deren gelangweilt aussehenden Verwandten.

Jede Viertelstunde fuhr er mit dem Lift zu Kerrys Station hoch, um sich nach ihr zu erkundigen, aber die Operation war sehr langwierig, und die Schwestern konnten ihm noch keine Auskunft geben. Dann fuhr

Dinnie wieder in die Kantine hinunter, wobei ihn jedesmal das Gefühl beschlich, er hätte ganz anders auftreten müssen – beispielsweise, die Schwestern laut und entschieden auffordern, ihm nicht länger die Wahrheit zu verschweigen und ihm alles zu sagen, was sie wußten. Von nahem wirkten die Schwestern aber leider so, als wären sie ziemliche Drachen. Wahrscheinlich betrachteten sie es als Muskeltraining, die Patienten den ganzen Tag ins Bett und wieder raus zu hieven. Dinnie blieb höflich, war aber sehr unzufrieden mit sich.

Nie vergeht die Zeit so langsam wie beim Warten im Krankenhaus, und nach einigen Stunden fühlte sich Dinnie so ausgelaugt wie die hoffnungslosen Fälle in ihren Morgenröcken.

»Einmal haben wir sie abgewehrt, aber ich glaube nicht, daß es uns ein zweites Mal gelingt.«

Jean MacLeod, ebenso dunkelhaarig, schön und gefährlich wie die MacLeod-Schwestern, nur größer und noch wilder, hielt trotzig die frisch geflickte grüne Fahne hoch, fest entschlossen, deren magische Kraft zu testen.

»Zum Teufel mit dem ganzen Quatsch«, knurrte Morag mitten in einem der Verteidigungskarrees. »Können wir nicht einfach abhauen?«

Den gleichen Gedanken hatte Heather auch gehabt, aber da sie von allen Seiten eingekreist waren, gab es kein Entrinnen.

»Wir müssen wohl einfach hierbleiben und uns abschlachten lassen.«

»Ich will mich aber nicht abschlachten lassen. Ich will mich in der Stadt amüsieren. Ich liebe diese Stadt. Ich liebe all die Pizzas und Läden, die rund um die Uhr offen sind, die Konzerte und Nachtclubs und grellen Kleider und schrillen Leute und die riesigen Häusern. Abgesehen von den armen Menschen, die auf der Straße sterben, gefällt mir eigentlich alles hier. Ich gewöhne mich sogar allmählich an den komischen süßen Whiskey.«

»Ich auch«, sagte Heather. »Obwohl er natürlich an den köstlichen Malzwhiskey, den die MacKintoshs brauen, nicht heranreicht. Wir könnten uns prima amüsieren, wenn diese Idioten sich zur Abwechslung mal friedlich verhalten würden. Hat Kerry eigentlich schon mein Indianer-Stirnband fertig?«

»Ja, und es steht dir bestimmt spitze, falls du je die Chance bekommst, es zu tragen. Was ist denn das?«

Talas Armee setzte gerade zum zweiten Angriff an, als über den hoch oben am Himmel immer noch sichtbaren Mondbogen noch mehr Feen anmarschiert kamen.

»Glaubst du wirklich, daß es funktioniert?« fragte Aelric, der in Aelis' Tasche griff und eine Handvoll Flugblätter nach der anderen abwarf.

»Bestimmt«, meinte Aelis, die an seiner Seite flog. »Ich bin eine äußerst begabte Agitatorin, wenn ich das mal so sagen darf.«

»ARBEITER, BEFREIT EUCH!« hieß es auf den Flugblättern, die zu Tausenden aus dem Himmel flatterten.

Nach der Operation wurde Kerry in ein abgeschiedenes Zimmer gerollt. Die Schwestern informierten Dinnie, daß es doch nicht nötig gewesen war, ihren Dünndarm zu entfernen. Als man sie aufgeschnitten hatte, stellte sich heraus, daß sich die Krankheit nicht so weit ausgebreitet hatte wie befürchtet. Das passierte oft bei der Crohnschen Krankheit: Die Attacken wirkten schlimmer, als sie in Wirklichkeit waren. Also konnte Kerry immer noch auf die Operation hoffen, nach der sie keinen künstlichen Darmausgang mehr brauchte.

»Aber was für ein schreckliches Trauma!« sagte Dinnie. »Ich fühle mich entsetzlich.«

»Für sie war es schlimmer«, konterte die Schwester.

»Wird es ihr jetzt besser gehen?«

Vielleicht ja, vielleicht nein. Schon morgen, vielleicht schon in zehn Minuten, konnte es wieder losgehen.

42

Dinnie nahm ein Taxi zurück in die 4. Straße, um das Nötigste für Kerry zusammenzupacken. Da er sich um sie sorgte, scherte ihn das Fahrgeld nicht. Liebe versetzt eben Berge. Kerry hatte ihm den Schlüssel gegeben, und er stopfte in ihrer Wohnung hastig ein paar Dinge in eine Tasche, bevor er zu sich rüber lief. Genau in dem Moment, als er das Treppenhaus betrat, fing Cals Premiere an. Ohne sich darum zu kümmern, eilte Dinnie die Treppe hinauf.

Cals Stück lief genauso katastrophal, wie er erwartet hatte. Die Ersatzschauspieler, die kein einziges Mal geprobt hatten, vergaßen ständig ihren Text. Das Band, das er in aller Eile für die Hintergrundmusik aufgenommen hatte, plärrte den Schauspielern mitten ins Wort. Die paar noch verbliebenen ursprünglichen Schauspieler huschten verängstigt über die Bühne, rechneten offenbar jeden Moment mit einem neuen Pennerinnen- oder Feenangriff.

Die wenigen Zuschauer kicherten und lachten, und die drei Juroren, zwei davon lokale Künstler, wußten vor Peinlichkeit nicht, wohin.

»Ich dachte mir ja, daß das Niveau niedrig sein würde«, flüsterten sie einander zu. »Aber das hier ist das Letzte.«

Oben wusch sich Dinnie und zog sich hastig um. Er gähnte. Er mußte zurück ins Krankenhaus, spürte aber, wie ihn eine Welle von Müdigkeit überkam. Als sein Blick auf die Geige auf seinem Bett fiel, beschloß er, schnell was Flottes zu spielen. Das würde ihn aufmuntern.

Er griff sich die Geige und legte eine temperamentvolle Version von ›Tullochgorum‹ hin.

Auf der Stelle bildete sich ein Mondbogen bis unten ins Kino und schreiende Feen stürmten von allen Seiten her auf die Bühne.

Es waren die letzten Scharmützel der Schlacht vom Central Park, die sich letzten Endes als doch nicht so wüst herausgestellt hatte. Die von Aelis mit der Gewieftheit eines geborenen Marketingstrategen verfaßten Flugblätter hatten bei den englischen Soldaten tief verschüttete Gefühle aufgewühlt. Da ihnen so lange der Zugang zu jeglichen Informationen von außerhalb verwehrt worden war, drangen ihnen die schlagenden und leicht verständlichen Argumente der Flugblätter direkt ins Herz.

»*Warum* arbeiten wir zwölf Stunden am Tag für Niedrigstlöhne, wo wir es doch gewohnt waren, frei zu sein und zu tun, was wir wollten?«

»*Warum* müssen wir diesen schrecklichen neuen Gott anbeten? Ich mochte unsere alte Göttin lieber.«

»*Warum* lassen wir zu, daß Tala und seine üblen Schlägerbanden uns regieren?«

»Wie kommen wir dazu, andere Feen zu bekämpfen?«

Die festgefügten Reihen der Armee brachen auf. Es schien, als wären die Feen aus einem Alptraum erwacht und hätten plötzlich das Absurde ihrer Situation erkannt. Überall verweigerten die Infanteristen den Angriffsbefehl. Die Barone, die der Regentschaft Talas ohnehin skeptisch gegenüberstanden, mußten zusehen, wie jetzt ihre eigene Macht über ihre Hörigen zerbröckelte.

Doch die Lage hatte sich noch lange nicht entschärft. Talas große Söldnertruppe zeigte keinerlei Neigung, überzulaufen. Ebenso die von Talas Stieftochter angeführte königliche Garde. Alles hätte immer noch auf eine Katastrophe zusteuern können, hätte Aelric, der auf einer Brise heruntergeschwebt kam, nicht den dreiblütigen walisischen Klatschmohn in Magentas Plastiktüte entdeckt und ihn sich schnellstens gegrabscht.

»Wenn du zu uns überläufst, süße Marion«, rief er, »wenn du dich auf die Seite der aufständischen Bauern stellst, dann gehört diese seltene walisische Mohnblume mit den drei Blüten in rot, orange und gelb dir. Dann wäre deine Sammlung komplett.«

Marion starrte gebannt auf die Mohnblume, überflog rasch das Flugblatt und lief mitsamt der königlichen Garde über. Der Kampf war vorüber und New York wieder sicher.

Die einzigen, die nicht aufgeben wollten, waren die Söldner. Aber bald mußten auch sie einsehen, daß die Schlacht verloren war. Da es ihnen aber gegen die Ehre ging, sich zu ergeben, zauberten sie schnell einen Mondbogen herbei und traten die Flucht an.

»Man muß sie einfach bewundern«, meinte Magenta, die ihnen nachsah. »Ein hervorragendes Söldnerheer!«

Dinnie, der die Treppen hinunterrannte, war überrascht, daß ein solches Getöse aus dem alten Kino drang. Da er annahm, daß die Zuschauer die Bühne mit allem Möglichen bombardierten, konnte er nun doch nicht widerstehen, schnell einen Blick hineinzuwerfen.

Ein solches Chaos hatte er allerdings noch nie gesehen. Daß er selbst es verursacht hatte, konnte er natürlich nicht ahnen. Sein ›Tullochgorum‹ hatte den Mondbogen der Söldner angelockt, und sie waren mitten in die Aufführung geplatzt, hinter ihnen die sie verfolgenden, aufgebrachten New Yorker Feen.

Die Söldner waren schon verwirrt genug von der bizarren Schlacht in dieser fremden Stadt, und keiner hatte je eine Aufführung des ›Sommernachtstraums‹ gesehen. Kein Wunder also, daß sie tiefstes Entsetzen packte, als sie sich plötzlich von gigantischen Feen eingekreist sahen. Diese mit ihren Pappflügeln über die Bühne wetzenden Exoten konnten nichts anderes sein als die Nachhut des Feindes, sagten sie sich, machten sich in Reih und Glied sichtbar und stellten sich dem Kampf, was ihre Verfolger natürlich zwang, sich ebenfalls sichtbar zu machen und ins Getümmel zu stürzen.

Die Schauspieler flohen schreiend von der Bühne, auf der Feen jeder Hautfarbe mit gezückten Schwertern hin und her flatterten. Cal schrie, sie sollten ihn endlich in Ruhe lassen, und den Juroren stand vor Staunen der Mund offen.

Dinnie sah zu den drei Preisrichtern hin. Den einen

kenne ich doch, ging ihm flüchtig durch den Kopf, aber er wurde im nächsten Moment von Heather abgelenkt, die auf seiner Schulter landete.

»Hallo, Dinnie«, schrie sie ihm ins Ohr. »Kein Grund zur Sorge. Wir machen hier nur klar Schiff!«

Sie gab ihm eine kurze Schilderung der jüngsten Ereignisse, aber Dinnie hörte kaum zu.

»Ihr dämlichen Feen!« schrie er sie an. »Kerry liegt krank im Hospital. Ich gehe jetzt zu ihr.«

Und das tat er. Nichts konnte ihm gleichgültiger sein als dieser blöde Feenkrieg. Daß Cals Stück ein so himmelschreiender Reinfall war, freute ihn jedoch.

43

Der Kampf war vorüber, und die Feen feierten auf den Dächern im East Village. Nur Heather und Morag fehlten. So schnell sie konnten, waren sie ins Krankenhaus geeilt, um Kerry zu besuchen.

Sie berichteten ihr vom Verlauf dieses ereignisreichen Tages und steckten ihr Blumen ins Haar.

Kerry stützte sich auf die Ellbogen.

»Berührt meine Finger«, sagte sie. »Ich brauche Kraft.«

Wie alle anderen, hatten es sich auch die MacLeod-Schwestern den ganzen Nachmittag über gutgehen lassen und ordentlich getrunken, aber als Freundinnen von Kerry interessierte sie der Ausgang des Kunstwettbewerbs, und sie schwebten rüber zum alten Kino, um die Juroren zu belauschen.

Überrascht stellten sie fest, daß sie einen von ihnen kannten. Es war Joshua, den man auf der Straße aufgelesen hatte, denn es gehörte zur Idee des »Stadtteil-Kunstprogramms«, einen der Preisrichter aus dem Viertel zu rekrutieren.

»Bestimmt stampfen sie Cals Stück in Grund und Boden«, meinte Ailsa zuversichtlich. »Wirklich ein Jammer, daß Kerry ihr Alphabet nicht einreichen konnte.«

Ein Taxi fuhr draußen vor dem Kino vor, aus dem die wie ein Skelett aussehende Kerry im blauen Morgenmantel und einer Weste mit gelben Fransen stieg. Dinnie half ihr die Stufen hinauf.

Viel zu krank, als daß sie ihr Bett hätte verlassen dürfen, war Kerry wegen ihrer Blume gekommen.

»Wo ist dieser Aelric?« rief sie. Seonaid MacLeod flog aufs Dach und kam mit Aelric zurück, der Marion an der Hand hielt. Marion hatte die Blume in ihr mit Perlen besetztes schwarzes Haar geflochten.

»Gibst du sie mir?« fragte Kerry und streckte die Hand aus. Marion löste die Blume aus ihrem Haar und reichte sie Kerry.

Kerrys Gesicht strahlte vor Freude. Sie drückte Dinnie die Mohnblume in die Hand.

»Reich mein Alphabet zum Wettbewerb ein«, wies sie ihn an. Die Feen klatschten in die Hände und jubelten angesichts dieser heroischen Kraftanstrengung einer Schwerkranken.

Kerry sank ohnmächtig zu Boden. Sie wurde ins Krankenhaus zurückgebracht, und Dinnie benachrichtigte die Juroren, das alte keltische Blumenalphabet sei jetzt zur Besichtigung bereit.

Magenta bog triumphierend in die 4. Straße. Sie war hochzufrieden, denn wieder einmal hatte ihr hervorragender Generalstab einen großartigen Sieg errungen, und sie war gekommen, an den Siegesfeiern teilzunehmen.

Überall in der Straße tranken die Feen, feierten und vögelten. Und als Folge davon kamen später die ersten Mischlingskinder unter den Feen zur Welt.

Die MacLeods, die fest damit rechneten, daß Kerrys Blumenalphabet den Wettbewerb gewinnen würde, waren entsetzt und trauten ihren Ohren nicht, während sie die Preisrichter belauschten. Cals ›Sommernachtstraum‹ war offenbar gut bei ihnen angekommen.

»Die erstaunlichsten Bühneneffekte, die ich je gesehen habe«, schwärmte der eine.

»Wirklich unglaublich, wie das Stück einen in die Welt der Feen versetzt. Ich hätte schwören können, daß ich wirkliche Feen sah. Einiges an der Aufführung war natürlich etwas stümperhaft, aber ich muß schon sagen, ich war tief beeindruckt.«

»Das Blumenalphabet ist ein schönes und einzigartiges Beispiel keltischer Folklore ... aber reicht es an diese revolutionäre Interpretation Shakespeares heran?«

»Oh, nein«, stöhnte Rhona. »Kerry darf jetzt nicht verlieren, nachdem sie ihr Leben riskiert hat, um ihr Alphabet noch einzureichen – und nachdem sie uns mit all den Haferflockenplätzchen vollgestopft hat.«

Heather und Morag kamen aus dem Krankenhaus zurück, und die Feen hielten eine Krisensitzung im Laden ab, fanden aber keine Lösung.

»Wir könnten die Preisrichter bestechen.«

»Womit denn?«

»Wir überfallen eine Bank.«

Eine Idee, die schnell wieder verworfen wurde.

Trotz des Feengewimmels gelang es Sheilagh MacPherson, Magenta zu finden und ihr für ihre Verdienste um die MacPherson-Fiedel und ihren Beistand in der Schlacht zu danken. Danach sicherte die betrunkene Clanchefin ihrer tapferen Mitstreiterin die unverbrüchliche Freundschaft des ganzen MacPherson-Clans zu, was sie durch einen herzhaften Schlag auf Magentas Rücken bekräftigte, und informierte die Kampfgenossin dann über den letzten Stand des Kunstwettbewerbs.

»Eine tapfere, junge Frau, diese Kerry«, sagte Magenta bewundernd. »Ich nehme sie jederzeit in meine Armee auf.«

»Na, wenn sie eine Freundin von dir ist, wird sie den Wettbewerb auf keinen Fall gewinnen«, verkündete Joshua, der plötzlich neben ihr stand. »Ich bin nämlich in der Jury und werde für Cal stimmen. Danach komm ich zurück und schlage dich tot.«

44

»Die Frau ist noch unentschlossen, aber dem jungen Mann gefiel Cals Stück am besten«, berichtete Morag, die von ihrem Lauschangriff auf die Preisrichter zurückkam.

»Und Joshua stimmt für Cal«, jammerte Heather. »Und dann gewinnt der.«

Sie saßen hoch oben auf einer Pappsäule, die zur Kulisse des Athener Hofes gehörte. Dinnie kauerte am Fuß der Säule. Sheilagh MacPherson und Agnes MacKintosh flatterten mit schweren, schwankenden Flügeln herauf.

»Wir wissen von euren Sorgen«, sagten sie. »Und wir fühlen mit euch, denn wir haben gehört, daß Kerry den in New York verirrten Feen eine gute Freundin war und dieser Cal sie schlecht behandelt hat. Wir können Männer, die mies zu ihren Freundinnen sind, nicht ausstehen und werden euch helfen, das Problem zu lösen.«

»Aber wie?«

»Kennt ihr den ›Sommernachtstraum‹?«

»Ja, zumindest teilweise.«

»Dann werdet ihr ja wissen«, sagte Agnes, »daß darin ein Zauberkraut vorkommt, das man jemand nur auf die Augen legen muß, und schon verliebt er sich in die erste Person, die er sieht. Dinnie, Clanbruder der MacKintoshs, geh und hol mir das Kraut.«

Dinnie, der bei den ersten Worten der Fee schon Hoffnung geschöpft hatte, schüttelte traurig den Kopf. Diese Clanoberhäupter waren noch dämlicher als der Rest der Feen. Der Unterschied zwischen einer Theaterrequisite und dem wirklichen Leben war ihnen offenbar fremd.

»Das war doch bloß irgendein Unkraut vom Straßenrand«, brummte er.

»Für dich vielleicht. Aber nicht für die mächtigen Oberhäupter der schottischen Feenclans. Los, hol das Kraut her!«

Dinnie fand das Unkraut und brachte es ihnen. Agnes und Sheilagh flogen schwerflügelig zu Joshua, berührten seine Augen und trieben ihn mit Hilfe leichter Piekser mit ihren Schwertern auf Magenta zu.

Er kniff die Augen zusammen, dann riß er sie weit auf.

»Magenta, ich habe dich immer geliebt.«

»Dann gib Kerry deine Stimme.«

»Selbstverständlich.«

»Komm, trink einen Schluck Fitzroy Cocktail«, sagte Magenta und ließ ihre Hand in seine gleiten. »Ich schreib dir auch das Rezept auf.«

Jetzt gab es eine Stimme für Cal, eine für Kerry. Die junge Frau, eine Bildhauerin von der Eastside, war immer noch unschlüssig.

»Ich seh's schon, ihr hat das Stück am besten gefallen«, seufzte die hellsichtige Mairi.

»Ihr dämlichen Feen«, schimpfte Dinnie, als eine ganze Feenparade im Wartesaal des Krankenhauses an ihm vorbeimarschierte. »Nur, weil ihr soviel Trubel gemacht habt, ist Kerry krank geworden.«

»Quatsch«, fuhr Heather ihn an. »Die Crohnsche Krankheit haut auch Leute um, die ihr ganzes Leben noch keine Fee gesehen haben. Aber weil du jetzt so nett zu Kerry bist, raube ich vielleicht doch eine Bank aus, damit du deine Miete zahlen kannst. Wir wollen zu Kerry.«

»Aber es ist keine Besuchszeit.«

»Der entscheidende Unterschied zwischen uns Feen und euch Menschen ist eben, daß wir klein und für die meisten Menschen unsichtbar sind. Wir brauchen uns an keine Besuchszeiten zu halten.«

Dinnie warf dem Feenzug finstere Blicke nach. Neben ihm im Wartesaal saßen zwei andere junge Männer, die Kerry besuchen wollten, und er war eifersüchtig. Kerry lag matt im Bett, freute sich aber sehr über den Besuch der Feen.

»Du hast den Preis gewonnen.«

Kerry stieß einen Freudenschrei aus.

»Das hast du letzten Endes Dinnie zu verdanken«, verkündete Heather, stolz darauf, daß er ein MacKintosh war. »Im entscheidenden Moment stiefelte er zu der unschlüssigen Preisrichterin, stellte sich höflich vor und fragte sie, ob sie nicht nur die bekannte Bildhauerin war, sondern auch die berühmte Linda, der Star des heißesten Dreiers der Stadt. Sie war begeistert, so berühmt zu sein, und völlig hingerissen, als Dinnie ihr versicherte, er sei ein großer Fan von ihr und sie um ein Autogramm bat. Danach war sie Wachs in seinen Händen und stimmte für dich.«

»Jetzt hast du den Kunstpreis der 4. Straße gewonnen, wie du es verdient hast. Cal wird für den Rest seines Lebens bereuen, dir nie den Gitarrenbreak aus ›Bad Girl‹ beigebracht zu haben.«

Morag mischte sich ein.

»Draußen warten Horden von Männern auf ein Date mit dir«, sagte sie. »Allerdings würde ich mir an deiner Stelle erstmal alle Möglichkeiten offenhalten. Aber jetzt möchte ich dir meine Freunde vorstellen.«

Sie wies auf die Feen und Elfen, mit denen sie gekommen war und die nun Kerry nacheinander höflich begrüßten.

»Das hier ist Sheilagh MacPherson, das Agnes MacKintosh und das Jean MacLeod. Die drei sind die Oberhäupter unserer Clans und kennen sich in der Heilkunst bestens aus. Sie haben Flora MacGillvray mitgebracht, die in ganz Schottland berühmte Heilerin.

Und dies hier ist Donal, ein Freund von Maeve. Er ist der Medizinmann des O'Brien-Stamms und in ganz Irland berühmt für seine Heilkünste. Und hier haben wir noch Cheng Tin-hung, Heiler der Chinesen, Lucretia, Heilerin der Italiener, und Aba, die Medizinfrau der Ghanesen. Alles anerkannte Kapazitäten.

Vor dir steht der beste Feen-Ärztestab, den es je gegeben hat. Stör dich nicht an ihrer Whiskey-Fahne! Selbst in total besoffenem Zustand ist ein Feenheiler noch im Vollbesitz seiner Kräfte.

Und noch eins möchten wir dir zum Schluß sagen, Kerry. Du bist gar nicht so schlimm dran, wie du vielleicht glaubst. Du bist talentiert, beliebt, hast ein angenehmes Wesen und bist sehr schön. Und trotz deines Kolostomiebeutels bist du den meisten Menschen meilenweit voraus. Aber wir wollen dir keine lange Predigt halten, sondern die Heiler an die Arbeit lassen.«

»Sollte mich doch sehr wundern, wenn es acht mächtigen Feen nicht gelänge, Ordnung in deinen Eingeweiden zu schaffen«, fügte Heather hinzu. »Morag und ich hauen jetzt ab und organisieren die Willkommensparty für dich. Von den Engländern mußt du dich jetzt schon verabschieden, denn die wollen sofort nach Hause, um die Arbeitshäuser niederzureißen, ihre alte bequeme Lebensweise wieder aufzunehmen und sich unter den Büschen zu betrinken. Magenta ist putzzufrieden mit Joshua abgezogen, hochbeglückt, weil sie glaubt, er habe dafür gestimmt, sie als Generalfeldmarschall der griechischen Armee einzusetzen. Callum MacHardie repariert die MacPherson-Fiedel, und die Oberhäupter unserer Clans haben uns unsere kleinen Missetaten vergeben, weil sich zum Schluß alles zum Guten gewendet hat.«

»Das ist uns neu«, erklärten die drei Clanoberhäupter.

»Habt ihr uns denn nicht verziehen?«

Die Oberhäupter meinten, das müßten sie sich nochmal gründlich überlegen. Morag und Heather hielten es für das klügste, sich derweil schnellstens aus dem Staub zu machen.

»Was ist da los?« wollte Dinnie wissen, als sie im Wartesaal an ihm vorüberflatterten.

»Drinnen in Kerrys Zimmer bewirken acht Feen ein medizinisches Wunder per Magie«, antwortete Heather. »Wir bereiten jetzt Kerrys Willkommensparty vor, zu der du auch kommen darfst, vorausgesetzt, du bringst ein entsprechend teures Geschenk mit. Wenn ich nicht irre, ist sie ganz scharf auf ein paar Silberarmringe aus dem Indienladen. Vielleicht kriegst du's ja doch noch hin, daß sie wieder mit dir ausgeht. Du darfst dir halt in Zukunft keine Schnitzer mehr leisten, sondern mußt dir was einfallen lassen: ihr die schönsten Blumen für ihr Haar bringen, so tun, als ständest du auf Botticelli, und ihr teure Geschenke kaufen.

So, und wir genehmigen uns jetzt ein paar Gläschen und widmen uns dann ernsthaft unserem Fiedelspiel. Wenn die Iren und alle andern sich einbilden, sie hätten das Beste gehört, was die schottische Musikszene zu bieten hat, nur weil Klein Maggie MacGowan es geschafft hat, sich ohne Fehler durch ein paar einfache Liedchen zu hangeln, haben die sich total geschnitten.

Callum MacHardie hat versprochen, uns ein paar Verstärker zu bauen, und wenn unsere radikale keltische Band erstmal steht, dann geht in den Highlands aber die Post ab!«

Johnny Thunders ließ Cals Gibson im Theater. Es war eine gute Gitarre, aber Johnny brachte es nicht übers Herz, sie zu behalten. Er wußte, wie schlimm es war, wenn einem die Gitarre geklaut wurde.

Es war Zeit für ihn, sich auf den Weg zurück in den Himmel zu machen. Leider war seine Mission fehlgeschlagen; trotzdem, es konnte ja nicht schaden, sich noch ein letztes Mal umzusehen, sagte er sich und schwebte rüber zu Kerrys Wohnung. Er wollte sich unbedingt noch das Blumenalphabet ansehen, das für so viel Wirbel gesorgt hatte.

Er war tief beeindruckt. Die von Kerry getrockneten und von Morag besprochenen Blumen strahlten große Schönheit und Kraft aus. Die Blüten lagen auf dem Boden ausgebreitet, und um sie herum hatte Kerry all ihre Lieblingsbesitztümer verteilt, inklusive ihrer New York Dolls-Bootlegs und der Neuaufnahme des Heartbreaker-Albums.

Zu ihren Lieblingsbesitztümern gehörte auch die Gitarre.

»Meine 1958er Gibson Tiger Top!«

Johnny nahm sie hoch.

»Sie hat sie die ganze Zeit gehabt! Kein Wunder, daß sie so versessen auf die New York Dolls ist.«

Welcher Lover Kerry die Gitarre auch geschenkt haben mochte, es mußte der Kerl gewesen sein, der sie Johnny vor so vielen Jahren geklaut hatte.

Johnny wollte schon mit seiner Gitarre auf und davon schweben, aber dann hielt er inne und betrachtete noch einmal die schönen Blumen. Er dachte an Kerry, die krank im Hospital lag.

»Ach, zum Teufel mit der 1958er Gibson Tiger Top! Ich nehme das alte Monstrum, das ich von der Pennerin habe. Auch auf dem ältesten Schruppbrett spiele ich immer noch besser als alle andern!«

Er ließ Kerrys Gitarre, wo sie war, und machte sich zufrieden auf den Weg.

T.C. Boyle
im dtv

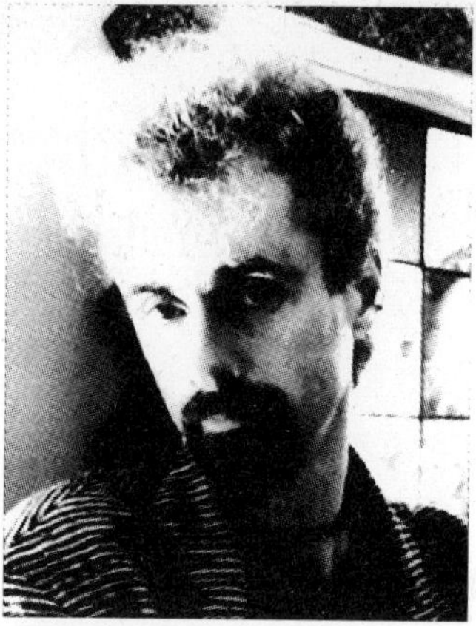

World's End
Roman · dtv 11666

Ein fulminanter Generationenroman um den jungen Amerikaner Walter Van Brunt, seine Freunde, seine holländischen Vorfahren, die sich im 17. Jahrhundert im Tal des Hudson niederließen, und die Indianer dort.

Greasy Lake und andere Geschichten
dtv 11771

Geschichten von bösen Buben und politisch nicht einwandfreien Liebesaffären, von Walen und Leihmüttern – mit wenigen Strichen umreißt Boyle das Amerika der siebziger Jahre.

Grün ist die Hoffnung
Roman · dtv 11826

Drei schräge Typen wollen in den Bergen nördlich von San Francisco Marihuana anbauen, um endlich ans große Geld zu kommen. Aber die Natur ist widerspenstig – und Hanf ist ein empfindsames Pflänzchen ...

Wenn der Fluß voll Whisky wär
Erzählungen · dtv 11903

Vierzehn Geschichten aus Amerika: vom Kochen und von Alarmanlagen, von Fliegenmenschen, mörderischen Adoptivkindern, dem Teufel und der heiligen Jungfrau.

Willkommen in Wellville
Roman · dtv 11998

1907, Battle Creek, Michigan. Im Sanatorium des Dr. Kellogg läßt *man* sich mit vegetarischer Kost von seinen Zipperlein heilen. So auch Will Lightbody. Einziger Lichtblick dort ist Schwester Irene. Doch Sex hält Dr. Kellogg für die schlimmste Geißel der Menschheit ...

Der Samurai von Savannah
Roman · dtv 12009

Als der japanische Matrose Hiro Tanaka irgendwo vor der Küste Georgias von Bord seines Frachters springt, trägt er außer einem Rettungsring nicht viel bei sich. Was ihm in Amerika blüht, hat er sich freilich nicht träumen lassen.

Matt Ruff:

Fool on the Hill

Nicht zu fassen, was an amerikanischen Universitäten alles passiert, jedenfalls wenn man diesem haarsträubenden Campus-Roman glauben darf, in dem der junge Schriftsteller S. T. George einen Drachen steigen läßt und sich in die schönste Frau der Welt verliebt, der Kobold Puck der Elfe Zephyr nachjagt und Blackjack und Luther in den Himmel für Katzen und Hunde aufbrechen. Ein Märchen? Eine Love-Story? Ein Heldenepos für Freunde von Hobbits und Kobolden? Eine Shakespeare-Parodie? Ein Schauerroman? All das und noch viel mehr ist der »Narr auf dem Hügel«.

dtv 11737

Joseph von Westphalen im dtv

Foto: Isolde Ohlbaum

Im diplomatischen Dienst
Roman · dtv 11614

Frauenliebhaber Harry von Duckwitz ist unangepaßt, zynisch, unpolitisch – und ausgerechnet Diplomat geworden. Leben und Wirken dieses schrägen Vogels in diplomatischen wie auch weiblichen Kreisen in einem unterhaltenden und scharfzüngigen Schelmenroman.

Das schöne Leben
Roman · dtv 12078

Ex-Diplomat Harry von Duckwitz versucht den Zusammenbruch seines Vielfrauenimperiums zu verhindern und eine neue Weltordnung zu schaffen.

Das Drama des gewissen Etwas
Über den Geschmack und andere Vorschläge zur Verbesserung der Welt
dtv 11784

Eine einzigartige Definition des guten Geschmacks, die hohe Kunst des Seitensprungs, eine Anleitung für Führungskräfte – diese und andere elementare Bereiche des Daseins finden sich in den Geschichten von Joseph von Westphalen meisterhaft und lästerlich kommentiert.

Dreiunddreißig weiße Baumwollunterhosen
Glanz und Elend der Reizwäsche nebst sonstigen Wahrheiten zur Beförderung der Erotik
dtv 11865

Zeugnisse des deutschen Geistes.

Das Leben ist hart
Über das Saufen und weitere Nachdenklichkeiten zur Erziehung der Menschheit
dtv 11972

Über Ärzte, Broker, Photomodelle und andere Helden unserer Zeit.

Die Geschäfte der Liebe
dtv 12024

Bissige, boshafte und brillante Geschichten über Liebe, Talkshows, Buffets und andere Bereiche des Lebens.

Charles Bukowski im dtv

Gedichte die einer schrieb bevor er im 8. Stockwerk aus dem Fenster sprang
dtv 1653

Faktotum
Roman
dtv 10104

Pittsburgh Phil & Co.
Stories vom verschütteten Leben
dtv 10156

Ein Profi
Stories vom verschütteten Leben
dtv 10188

Das Schlimmste kommt noch oder Fast eine Jugend
Roman
dtv 10538

Gedichte vom südlichen Ende der Couch
dtv 10581

Flinke Killer
Gedichte
dtv 10759

Das Liebesleben der Hyäne
Roman
dtv 11049

Hot Water Music
Erzählungen
dtv 11462

Foto: Richard Robinson

Western Avenue
Gedichte
dtv 11541

Hollywood
Roman
dtv 11552

Die Girls im grünen Hotel
Gedichte
dtv 11731

Roter Mercedes
Gedichte
dtv 11780

Der Mann mit der Ledertasche
Roman
dtv 11878

Jeder zahlt drauf
Stories
dtv 11991

John Steinbeck im dtv

Früchte des Zorns
Roman
dtv 10474

Autobus auf Seitenwegen
Roman
dtv 10475

Der rote Pony
und andere Erzählungen
dtv 10613

Die Straße der Ölsardinen
Roman
dtv 10625

Das Tal des Himmels
Roman
dtv 10675

Die Perle
Roman
dtv 10690

Tagebuch eines Romans
dtv 10717

Tortilla Flat
Roman
dtv 10764

Wonniger Donnerstag
Roman
dtv 10776

Eine Handvoll Gold
Roman
dtv 10786

Von Mäusen und Menschen
Roman
dtv 10797

Jenseits von Eden
Roman
dtv 10810

Meine Reise mit Charley
Auf der Suche nach Amerika
dtv 10879

König Artus und die Heldentaten der Ritter seiner Tafelrunde
dtv 11490

An den Pforten der Hölle
Kriegstagebuch 1943
dtv 11712

Graham Greene im dtv

Ein Mann mit vielen Namen
Roman
dtv 11429

Orient-Expreß
Roman
dtv 11530

Ein Sohn Englands
Roman
dtv 11576

Zwiespalt der Seele
Roman
dtv 11595

Das Schlachtfeld des Lebens
Roman
dtv 11629

Das Attentat
Roman
dtv 11717

Die Kraft und die Herrlichkeit
Roman
dtv 11760

Der dritte Mann
Roman
dtv 11894

Das Herz aller Dinge
Roman
dtv 11917

Jagd im Nebel
Roman
dtv 11977

Unser Mann in Havanna
Roman
dtv 12034

Der stille Amerikaner
Roman
dtv 12063